"THE FIFTH HEAD OF CERBERUS" GENE WOLFE

ケルベロス第五の首

ジーン・ウルフ

柳下毅一郎 訳

未来の文学

FUTURE/LITERATURE

国書刊行会

忘れがたき一九六六年六月のあの夜、
わたしを豆から芽ぶかせてくれた
デーモン・ナイトに

目次

装幀　下田法晴＋大西裕二(s. f. d)

ケルベロス第五の首

ケルベロス第五の首

The Fifth Head of Cerberus

キヅタの茂みにずっしりと雪が積もり、
訪れるフクロウがほうと啼く足元では
飢えた狼が連れ合いの子を食べる
——サミュエル・テイラー・コールリッジ『老水夫行』

子供のころ、デイヴィッドとわたしとは眠かろうが眠くなかろうが早くベッドに入らねばならなかった。とりわけ夏には就寝時間はしばしば日没前になった。わたしたち兄弟の部屋は館の東翼にあり、中庭に面した広い窓は西を向いていたので、ときには何時間も、強烈なピンク色がかった光を浴びつつ、横になったまま、まだらに剝げた姫墻《ひめがき》に座りこんでいる父の片輪の猿を眺め、あるいはベッドのあいだで言葉に出さずジェスチュアで話を交わしていたものだった。

わたしたちの部屋は館の最上階にあり、窓についているねじれた細工の鉄製鎧戸は閉じられたままで開けてはならないと命じられていた。おそらくは鎧戸を開けておくと、雨が降った朝に（屋上は庭園に仕立てられていたので、そのとき以外はいつも人がいた）泥棒がロープを垂らして部屋に侵入するかもしれない、と考えたのだろう。

このきわめて勇敢な空想上の泥棒は、もちろん、わたしたちを盗むだけの目的で侵入するわけではない。子供は、男女を問わず、ポート・ミミゾンではきわめて安い存在だった。実際、父もかつては売買に手を染めていたが、取り引きが低調なので手を引いたのだと聞かされたことがある。それが事実かどうかはともかく、誰でも——と言うのが極端ならば、ほとんど誰でも——望まれているものを、常識の範囲内で、手の届く値段で提供してくれるプロを知っていた。そうした男たちは普段から貧乏人や粗忽者の子供を観察しており、要望があれば、たとえば褐色の肌で赤い髪の少女だろうと、ぽっちゃり型でも痩せぎすでも、デイヴィッドのような金髪の少年だろうと、わたしのような色白で茶色の髪に茶色の目をした少年だろうと、ほんの数時間で調達できるのだ。

そしてまた、想像上の泥棒が身代金目的でわたしたちを誘拐するというのも、たとえ父を無尽蔵の金持ちだと思っている人が実際いたにせよ、決してありえないことだった。これにはいくつか理由がある。わたしたち兄弟の存在を知っている人は、同時に父がわたしたちのことをなんとも思っていないと知っていた、あるいは少なくともそう信じこまされていた。それが真実だったかどうかはわたしにはわからない。わたしはまちがいなくそう信じていたし、父はその点を疑う理由をこれっぽっちも与えてくれなかった。とはいえその当時は父を殺すことなど考えもしなかったのだが。

そしてたとえこうした理由だけでは充分でなかったとしても、父がおそらくは不変の存在として加わっていた階級について理解していたなら、父の考え方も推測できたはずである。父はすでに秘密警察に多額の賄賂を強いられていたが、一度でもそうしたかたちで金を吐き出せば、以後数限りなく同様の脅迫にさらされることになるだろう。こうしたことが——それと父がふりまいていた恐怖が——わたしたちが誘拐されなかった本当の理由だったかもしれない。

鋼鉄の鎧戸は（今わたしは昔の居室でこの文章を書いている）完全に左右対称な柳の枝型に堅く

打ちなめされている。子供のころは中庭から壁を這いつたって伸びてきた葉に斑《ふ》の入ったノウゼンカズラに覆われていたが（後に根から掘り取られた）、わたしはベッドに入っているときに太陽を遮ってほしかったので、窓を完全に覆いつくすまで茂ってくれるように願っていた。だがデイヴィッドは、窓のすぐ下で寝ていたにもかかわらず、飽きもせず手を伸ばして枝を折り取っては、中空の茎を吹いて、四、五本並べた一種のパンパイプのようなものを作っていた。デイヴィッドが大胆になってゆくにつれ、もちろん、笛音は大きくなり、やがてわたしたちの家庭教師、ミスター・ミリオンの注意を引くことになった。ミスター・ミリオンは音もたてずに部屋に入ってくると、幅広の車輪ででこぼこな床を滑り、眠ったふりをしているデイヴィッドに近づく。そのときにはパンパイプは枕の下か、あるいはマットレスの下に隠されていたはずだが、ミスター・ミリオンは必ず見つけだした。

ミスター・ミリオンがデイヴィッドから没収したその小さな楽器をどうしたのか、わたしは昨日まで忘れていた。刑務所にいるあいだも、嵐や激しい雪に降りこめられたときには、度々このことを考えて思いだそうとした。壊してしまったり、鎧戸越しに中庭に放り捨てるなどというのはまったく彼らしくはない。ミスター・ミリオンは決してものを壊そうとはしなかったし、何も無駄にはしなかった。小さな笛を隠し場所から引っぱり出したときのなかば悲しそうな表情（スクリーンの裏に浮かんでいるように見える顔は父とよく似ていた）と、背を向けて部屋から滑り出ていく様子は完璧に思いだせた。だが、あの笛はどうなったのだろうか？

昨日、言ったように（こうしたことが自分に自信を与えてくれる）、わたしは思いだした。わたしが働いているとき、ミスター・ミリオンが部屋を訪れた。そして出てゆき際に――彼の滑らかな動きを戸口まで見るともなしに目で追っていったとき――何かが、幼いころの記憶にある動作のようなものが、欠けていた。わたしは目を閉じ、かつてどう見えたのかを思いめぐらせ、自分を疑う心を捨て、わたしが見た「はずだ」という推断を一切排して思いだそうとした。そしてついに欠けていたのはミスター・ミリオンの頭上での一瞬の閃き、金属の輝きだとわかったのだ。

それを思いだしさえすれば、見えたのは、部屋を出る際の、敬礼のように、すばやく腕を上向きに振る動作だったに違いないとわかった。一時間かそこら、わたしは手の動きの意味を考えつづけたが、それが何に向けられていたにせよ、今ではもうないものだろうと結論せざるを得なかった。部屋の外の廊下に、そう遠くない過去には、今はないものがあったかどうか思いだそうとした。カーテンかブラインドか何か、作動させるようなもの、あの動きに対応するものが。何もなかった。

わたしは廊下に出て、家具の痕がないかと綿密に床を調べた。壁に埋めこまれたフックや鍵の痕をさがし、古い粗織のタペストリーを押しのけてみた。首をぐるりと回して天井を調べた。そして、一時間後、わたしは扉そのものを調べ、これまで通り抜けるたびに何千回も目にしていたものを目にした。この家にある扉はすべてそうだが、この扉もとても古いもので、厚板を四角く組んだ框《かまち》に入り、戸枠の上面は鴨居のように、扉の上で狭い棚になるまで突き出していた。

わたしは椅子を廊下まで押してゆき、坐板に立った。埃が厚く積もった棚には四十七本の笛を筆頭に素敵ながらくたの寄せ集めが乗っていた。ほとんどのものは思いだしたが、中には記憶の窪みに入りこんで照らし返さないものもあった……。

小さく青い、茶色の斑点が飛んだ小鳥の卵は、デイヴィッドかわたしが、窓の外のツタにかかっている巣から奪ったが、結局ミスター・ミリオンに取り上げられたものに違いない。だがそんな出来事は思いだせなかった。

さらに小動物の内臓を模した青銅製の（壊れた）パズルがあり、そして——なんとも暗示的にも——装飾のついた大きな鍵、毎年発売され、市の図書館で閉館後にさる部屋に入るための通行証となるものがあった。おそらくミスター・ミリオンは、通用期限が切れたあと、鍵がおもちゃとして勤めを果たしているのを見て没収したのだろう。だがなんという記憶だろう！

わたしの父には自前の図書室があり、それは今ではわたしのものになっている。だがわたしたちは立ち入りを禁じられていた。大きな木彫りの扉の前に——いつごろのことかははっきりしないのだが——立っているおぼろげな記憶がある。目の前でその扉が振れ戻り、父の肩にとまっている片輪の猿はいかめしい顔に身体を寄せ、黒いスカーフとその下の深紅のドレッシング・ガウンとその先に何列も何列も並んだ薄汚れた本とノートが見え、そしてスライド式の鏡の奥にある研究室から漂ってくるホルマリンのむかつくように甘い香りを嗅いだ。

そのとき父が言ったことも、ノックしたのがわたしだったのか他に人がいたのかも覚えていないが、ドアが閉じたあと、ピンク色の服を着た、とてもきれいだと思えた女性が体を前にかがめて目線を合わせ、今わたしが見た本はすべて父が書いたのだと告げ、自分がその言葉をひとかけらも疑わなかったことは覚えている。

デイヴィッドとわたしは、すでに述べたように、この部屋への立ち入りを禁じられていた。だがわたしたちがもう少し大きくなると、ミスター・ミリオンはほぼ二週間に一度、市の図書館へ連れていってくれた。これはわたしたちが家を離れることを許されたほとんど唯一の機会であり、そしてわたしたちの家庭教師は賃借りした荷車に長大な金属モジュールをまるめて押しこむのを嫌っており、さらに彼の重さを支えられ、その巨軀を納められる輿は存在しなかったので、遠征は徒歩でおこなわれた。

＊
＊　＊

長いあいだ、わたしが市の中で知っているのは図書館への道筋だけだった。わたしたちの家が建っているサルタンバンク通りを三ブロック下り、ダスティコット小路を右に折れて奴隷市場を抜け、一ブロック先の図書館まで。子供は、何が特別で何が当たり前かを知らず、たいていはその両者の中の道に光を当て、大人が気にとめるまでもないと考えるものごとに注目し、ほとんどありうべからざる出来事を平然と受け入れる。デイヴィッドとわたしはダスティコット小路の偽物骨董品やがらくたを売る屋台に目を奪われていたが、ミスター・ミリオンが奴隷市を眺めるために小一時間も立ち止まっているとすっかり退屈してしまった。

ポート・ミミゾンは奴隷売買の中心地ではなかったので、奴隷市はそう大きくなく、売り手とその商品がごく親しいことも珍しくなかった――同じ欠陥のせいで所有者が移り変わる途中、何度か顔を合わせていたのだ。ミスター・ミリオンは一度も競りに参加しなかったが、じっと動かずにその様子を見つめ、その間わたしたちは屋台で買ってもらった揚げパンをほおばりながら遊んでいた。輿をかつぐ、両足を筋肉の鎧に包まれた駕籠かきたちがおり、愛想をふりまく三助がいた。鎖につながれた闘奴の目は、薬で鈍磨させられているか、でなければけだもののように獰猛にぎらついている。料理人、召使い、さまざまな人々――だがデイヴィッドとわたしは先に図書館へ行かしてくれとせがんだものだった。

図書館は無駄に広い空間を持ち、かつてフランス語が公用語だった時代には官庁舎として利用されていた。以前は周囲を取り巻いていた公園はつまらない汚職のために消えうせ、今では商店や住宅になっている。狭い公道がまっすぐ正面入り口に伸び、そして一旦中に入れば周囲の貧困は忘れられ、隠されていた壮観があらわになる。中央のデスクは丸天井の下にあるが、このドームには、図書館の主要蔵書が並ぶ螺旋の歩路がへばりつき、頭上五百フィートに浮かんでいる。石造りの天蓋がひとかけらでも落ちてきたらその下にいる図書館員は死んでしまうだろう。

ミスター・ミリオンが本を走り読みしながら悠々と螺旋を上っていく間に、デイヴィッドとわたしは先に自分の好きなことをやろうと、数周先まで先を急いだ。まだ幼かったころ、わたしはよく、(ピンク色の女性の証言によれば) 父は部屋いっぱいの本を書いたのだから、何冊かはここにもあるはずだと考えた。そこでわたしははるか丸天井の頂上近くまでのぼり、くまなく漁った。図書館員たちの棚の整理はあまり厳密ではなかったので、つねに新しい本に出会うチャンスはあると思われた。棚は頭上はるか高くそびえていたが、誰からも見られていないと思ったときには、梯子のように棚をよじのぼり、そして棚に小さな茶色い靴の四角いつま先を押しこむスペースがないときには本を踏みつけて、ときには本を蹴落としさえしたが、その本は次回の訪問時までも、もっと後に訪れたときもずっとそのまま床に放置されており、図書館員たちがこの長く螺旋を描く坂を登りたがらないでいる証拠となっていた。

上の方の棚は、どちらかといえば、手が届きやすい下の方より乱雑になっており、そして輝かしき日、ついにいちばんの高みにたどりついたとき、その埃まみれの頂上には（よく知らないドイツ人が書いた『一マイルもある宇宙船』という宇宙航行学の教科書が間違って置かれている隣に）一冊きりの『月曜日あるいは火曜日』がトロツキーの暗殺について書いた本にもたれかかっており、加えてヴァーナー・ヴィンジの今にもボロボロに崩れそうな短篇集が、わたしの思うところでは、はるか昔に死んだ図書館員が背の薄れかけた「V. Vinge」の文字を「Winge」と読みまちがったがために置かれていた。

結局父が書いた本は見つからなかったが、丸天井の頂上まではるばる登ったのを後悔したことはない。デイヴィッドがついてきたときには競争して、斜路になった床を走った——欄干から身を乗り出してミスター・ミリオンのゆっくりとした歩みを見下ろしながら、何か重たいものを一投げすれば彼に引導を渡せると相談したこともある。デイヴィッドが自分の興味の対象を追求しに行ったときには、一人で丸天井の頂点にごく近い頂上までのぼった。そしてそこで、登ってきた本棚よりさほど広いわけでもない（そしてそれほど丈夫なわけでもないと思われる）錆びた鉄製の猫走りに立って、円を為す小さなビスをはずし——ビスが貫いている鉄の壁はごく薄く、腐食しかけた覆い板を滑らせてどけると、そこから顔を突き出して外にいる気分を味わえた。風と輪を描く鳥たちとところどころに白い塗料が残る丸屋根が眼下にどこまでも広がっている。

西には、まわりの家よりも高いのと屋根のオレンジの木が目印になったおかげで、わたしたちの館が見えた。南には港に停泊している舟のマストが見え、さらに晴れた日なら――時間が合っていれば――〈人差し指〉と〈親指〉と呼ばれる半島のあいだの入り江にサント・アンヌが引き寄せる潮の白い波濤も見えた（そして一度など、はっきりと覚えているが、星船が着水するしぶきが日に照らされた巨大噴水となって見えた）。東と北には市の中心地、城塞と巨大市場、そしてその先には森と山が見えた。

だが遅かれ早かれ、デイヴィッドがわたしと一緒にいようと、おのおのばらばらに自分の関心事を追求しているのだろうと、ミスター・ミリオンはわたしたちを呼び寄せた。わたしたちはミスター・ミリオンにしたがって図書館の一翼、科学書のコレクションが納められている場所へ行かねばならなかった。それはすなわち勉強の本だった。父はわたしたちに生物学、解剖学、化学のすべてを学ぶように求めており、ミスター・ミリオンの監督下でしっかり学ぶことになった――それぞれのテーマについて、すべての収蔵本のすべての章について議論できるようになってはじめて、そのテーマを学んだと認めてくれた。生物科学はわたしの得意分野だったが、デイヴィッドは言語学、文学、法律を好んだ。そうした分野に加えて二人とも人類学、サイバネティクス、心理学といった学問も聞きかじっていた。

これから数日分のわたしたちの勉強内容を決定する本を選び、わたしたちにもさらに本を選ぶよう促したのち、ミスター・ミリオンはわたしたちとともに科学読書室の静かな隅へ引きこもった。そこには椅子とテーブルと、ミスター・ミリオンを全体丸めておさめるか、壁か本棚に立ててもたせかけるスペースがあったので廊下にはみ出さずに済んだのだ。正式な授業のはじまりを告げるため、ミスター・ミリオンは出席をとるところからはじめるが、いつもわたしの名前が最初だった。

わたしは「はい」と言い、ちゃんと話を聞いていることを示す。

「ではデイヴィッド」

「はい」(デイヴィッドはミスター・ミリオンの目が届かないところで、膝の上に『オデュッセイア』を広げていたが、明るい、上辺だけの関心をこめてミスター・ミリオンに返事した。高い窓から陽光が斜めに差しこみ、空気の中を舞う塵を照らしだした)。

「きみたちは、何ヶ月か前に通り過ぎた部屋にあった石器のことは覚えているかね?」

わたしたちはうなずき、二人とも相手が口をきいてくれればいいと願っている。

「あれは地球で作られたものかね、それともこの惑星で作られたものか?」

これは引っかけ問題だが、たやすい罠だった。デイヴィッドが答える。「どっちでもない。プラスチック製だから」わたしたちはクスクス笑う。

ミスター・ミリオンは辛抱強く言う。「そう、あれはプラスチックの複製品だ。だがその原型はどこから来たものかね?」その顔、あまりに父によく似ており、だがこのときにはただミスター・ミリオンのものであり、スクリーンではなく生きている人間についているのを見れば、逆にひどい倒錯に感じられそうな顔は、興味を示しているでもなく、怒っているでもなく、退屈しているでもない。ただ冷静でよそよそしかった。

デイヴィッドは答える。「サント・アンヌから」サント・アンヌはわたしたちの惑星の姉妹惑星であり、共通の中心のまわりをお互い同士で回りながら太陽のまわりを回っている。「説明文にもそう書いてあったし、原住民《アボリジナル》が作ったから——ここにはアボはいないから」

ミスター・ミリオンはうなずき、超然とした顔をこちらに向けた。「この石器はその製作者たちの生活において中心的地位を占めていたと思うかね？　いいえ、と言いなさい」

「いいえ」

「なぜそう思う？」

わたしは必死で考えるが、机の下で向こう臑を蹴飛ばしてくるデイヴィッドは助けにならない。

おぼろげなヒント。

「話しなさい。即座に答える」

「それは自明でしょう」(「それ」がありえるかどうかさえわからないときでも、こう言って損はない)「そもそも道具としてお粗末な出来で、こんなものに頼って生活していたと考える理由がない。食料を得るためには黒曜石の矢尻や骨の釣り針が必要だったって言う人もいるかもしれませんが、それは間違いです。ある種の植物から取れる毒を水に入れたっていいんだし、そもそも原始人にとっては魚を捕るいちばん簡単な方法はやなを作るか、なめし皮や植物繊維の網を使うことだろうし。同様に、罠をしかけたり炎でけものを追い込む方が、弓矢を使った狩りよりずっと効率的です。それにどのみち、果実を集めたり、食べられる植物の新芽を摘んだりするときには石器は必要ないけれど、おそらくはそれがもっとも重要な栄養源であるわけで――石器がガラス・ケースの中におさまっているのは落とし穴や網は腐って消え果てて残ったのはあれしかないからで、だからああいう展示を作って暮らしてる人はそれが重要だって考えたがるんです」

「よろしい。デイヴィッド？　独創的なのを頼むよ。今聞いたばかりのことをくりかえさないように」

デイヴィッドは本から顔をあげ、その青い目にはわたしたち二人に向けた怒りが燃えている。

「彼らに訊ねてみれば、重要なのは自分たちの魔法であり宗教であり、うたう歌であり民の伝統だと答えるだろう。いけにえのけものを剃刀のように鋭く尖った貝殻で屠り、生涯片輪になるほどの火傷を負うまで火の中に立ちつづけることができてはじめて父となることが許された。木々と番《つが》い、河への捧げものとして我が子を沈めた。それこそが重要なものだったんだ」

首もないのに、ミスター・ミリオンの顔がうなずいた。「では次は原住民の人間性についてディベートしよう。デイヴィッド、否定的な立論から」

（わたしは足を蹴飛ばすが、デイヴィッドはそばかすだらけの骨張った足を後ろに引き、あるいは椅子の脚の裏に隠してズルをする）「人間性とは」デイヴィッドはいかにも客観的に聞こえる声を出す。「人間の思想史においては、我々が便利にアダムと呼ぶことにしている存在の末裔だということを前提にしている。それはつまり地球種族ということだ。二人とも、それに気づかないんじゃ阿呆と言うしかないね」

わたしはデイヴィッドが続けるのを待ったが、デイヴィッドの議論はそこで終わりだ。わたしは時間稼ぎをする。「ミスター・ミリオン、ディベートのときに悪口を言うのはフェアじゃありません。そんなのはディベートじゃないって言ってやってください、ただの喧嘩です」

ミスター・ミリオンは言う。「個人攻撃はなしだ、デイヴィッド」(デイヴィッドはすでにサイクロプスのポリュペーモスとオデュッセウスの方に目を戻しており、わたしが長々と議論を続けてくれることを期待している。これを挑戦と受け止め、わたしは応じてやろうとする)

わたしは切り出す。「対象を地球人種に限定する議論は有効でもないし決定的でもありません。決定的なものと言えない理由は、サント・アンヌの原住民が最初期の人類移民――そう、たとえばホメロス時代のギリシャにも先立つ――移民の波の末裔であるかもしれないからです」

ミスター・ミリオンは柔らかく言う。「わたしなら、もう少し可能性の高い議論に限定しておくがね」

わたしはエトルリア文明やアトランティス、ゴンドワナ大陸を支配していた頑強で拡張主義的な仮説テクノロジーをもちだしてこじつける。ようやく立論を終えると、ミスター・ミリオンが言う。「では立場を変えて。デイヴィッド、肯定的な立論を。くりかえしにならないように」

デイヴィッドは、もちろん、聞くかわりに本を読んでおり、立ち往生を期待してわたしは思いっきりに足を蹴り飛ばすが、デイヴィッドは言う。「アボが人間なのは絶滅しているから」

「説明しなさい」

「もし原住民が生きていたら、いろいろな要求をしてくるから人間扱いするのは危険だ。でも死んでいれば、人間だって言う方がおもしろい。だから移住者たちはみな殺しにしてしまった」

そんな具合に続く。丸い太陽の影は黒い筋が引かれた赤いテーブル板の上をよぎって――百回もよぎってゆく。わたしたちは脇扉から図書館を出て、二棟のあいだにあたる放置された抜け道を歩いていった。通路には空き瓶やありとあらゆるたぐいの紙ゴミが散らばっており、一度など明るい色の襤褸にくるまった死体が転がっていたこともあるが、わたしたち子供二人は足の上を飛び越え、ミスター・ミリオンは静かに回ってよけた。通廊から小路に出ると、城塞の守備兵たちの角笛が(とても遠くで)兵士たちを夕食に呼び集めている。ダスティコット小路では点灯夫が街灯に火をともし、鉄格子の裏では店を閉めている。古道具が魔法のように消え去った小路はいつもより広く生々しく感じられた。

わたしたちが住むサルタンバンク通りはそれとはまったく異なり、早くも飲み騒ぐ連中が集まりつつある。白髪の威勢のいい男たちがひどく幼い若者や少年、ハンサムで筋肉質だがちょっぴり栄養の良すぎる若者と少年たちを連れてくる。若者たちはおずおずとジョークを言って微笑み、見事な歯並びを見せびらかす。早い時間に来るのはいつも彼らだった。もう少し年をとってからだが、わたしはときどき、若者たちが早くに来るのは白髪の男たちがお楽しみを望みながらも睡眠時間をたっぷりとりたいからなのか、それとも父の館の魅惑を味あわせるために連れてきた若者たちが真夜中を過ぎたら、夜更かしした子供のように、眠くなってむずかると知っているからなのだろうかと考えたものである。

ミスター・ミリオンは日が暮れたあとは裏通りを通らせたがらなかったので、わたしたちは館へは正面玄関から白髪の男たちやその甥っ子や息子たちと一緒に入っていった。前にある庭は小さな部屋ほどの広さで、窓のない館の正面へ伸びていく。庭には墓石ほどの高さまでシダが伸びていた。小さな噴水は水を吹きあげて草の葉で鈴のような音をたて、しょっちゅう子供たちのいたずらの被害にあった。そしてさらに、足をしっかり大地に張り、ほとんど苔にくるまれるようにして、首が三つある鋼鉄の犬の像が立っていた。

おそらくこの像のせいで、わたしたちの館は「犬の館《メゾン・デュ・シャン》」と呼び習わされるようになったのだろうが、あるいはそのあだ名はわたしたちの名字にもかけられたものだったのかもしれない。三つの頭は鼻面と耳をとがらせ、なめらかにして力強かった。ひとつの顔は歯をむきだし、ひとつの、中央に位置していた顔は庭と道からなる世界を寛容な視線で睥睨していた。三つ目の顔、わたしたちの家に通じる煉瓦道にいちばん近い側にある首は——他にふさわしい言葉がないのだが——気やすげに笑っていた。そして父のお客たちは、通りすがりざまに、この頭の耳と耳とのあいだを撫でていく習いになっていた。その部分は長年こすられ続けて黒いガラスのようになめらかに磨きあげられていた。

*
*　*

これが、すなわち、長い年月にわたるわたしたちの世界の中での七歳のわたしの世界であり、そしてたぶんそれから半年後までの世界だった。日中はほとんどミスター・ミリオンが君臨する小さな教室で過ごし、夜は居室でデイヴィッドとまったく無音の中で争いつづけた。説明した図書館への旅や、ごく稀に、他の場所への旅によって変化がつけられることもあった。ときどきノウゼンカズラの葉を押しのけて、眼下の中庭にいる女の子とそのお客たちの姿を眺めたり、あるいは屋上庭園から洩れてくるその声を聞きもしたが、彼らがやっていること、話している内容には少しも興味をひかれなかった。わたしは館に君臨して女の子や使用人から〝主人《メートル》〟と呼ばれている背が高く細面の男性が自分の父なのだと知っていた。さらに物心ついたときから、どこかに恐ろしい女性がいて――使用人たちはその女性のことを恐れていた――〝奥様《マダム》〟と呼ばれていたが、彼女はわたしの母でもデイヴィッドの母でもなく、父の妻でもないのだということも知っていた。

この人生とわたしの子供時代が、少なくともわたしの幼年期が終わったのは、デイヴィッドとわたしがとっくみあいと無言の議論に疲れ果て、眠りこんだある夜のことだった。誰かがわたしの肩を揺すぶって起こしたが、それはミスター・ミリオンではなく使用人の一人、みすぼらしい赤い上着を着た傴僂男だった。「あの方がお呼びです」と男は告げた。「起きなさい」

起きると、彼はわたしが夜着を着ているのを見取った。これは指示には含まれていなかったらしく、しばらく、わたしが突っ立ってあくびしているあいだ、心の中で自問自答しているようだった。

「服を着なさい」ようやく言った。「髪をとかして」

わたしは従い、前の日に着ていた黒いビロードのズボンをはいたが（何かの予感にうながされて）清潔なシャツをおろして着た。そしてわたしが連れてゆかれた部屋は（最後のお客が帰ったあとの曲がりくねった廊下を通り、そしてカビくさくネズミの糞で汚れた、お客が決して足を踏み入れぬ通路を抜けて）父の書斎だった――大きな木彫りのドアの前で、ピンク色の服を着た女性から秘密を囁かれた部屋である。それまで一度も中に入ったことはなかったが、案内人が慎ましやかにノックするとドアは内側に開き、わたしはほとんど何が起きたのかもわからないうちに部屋の中にいた。

父がドアを開け、わたしの背後で閉じた。そしてわたしを立たせたまま、細長い部屋のいちばん奥まで歩いてゆき、大きな椅子に腰をおろした。父は赤いドレッシング・ガウンと黒いスカーフというちばん馴染んだ格好で、長くて乏しい髪はまっすぐ後ろに撫でつけられていた。父がわたしを見つめ、わたしは涙をこらえようとして唇が震えていたのを覚えている。

「さて」父は、しばらくお互いの顔を見つめ合ったのち、言った。「よくぞ来た。おまえをなんと呼ぼうか？」

わたしは自分の名前を告げたが、父は首をふった。「それでは駄目だ。わたしのために他の名前が必要だ――二人のあいだだけの名前が。なんなら、おまえが自分で決めてもいい」

わたしは何も言わなかった。自分にはほとんどありえないことのように思えた。自分にはわからぬ神秘的な理由により理解することなく敬っていた二つの言葉、「わたしの名前」以外の名前を持つなどということ自体。

「ならば、わたしが選んでやろう」と父は言った。「おまえは第五号だ。おいで、第五号」

わたしは近づき、そして父の正面に立つと、父は言った。「じゃあ、二人でゲームをしよう。これからおまえにいくつか絵を見せる。いいな？　そして絵を見ているあいだ、おまえは話をしなければならない。ずっと話していられればおまえの勝ちだ。だがほんの一瞬でも、口をつぐんだら、わたしの勝ち。いいな？」

わたしはわかったと答えた。

「よろしい。おまえがかしこい子だというのはわかっている。実を言えば、ミスター・ミリオンはおまえが受けたテスト、それに話したときの録音もすべてわたしに送ってくれている。そのことは知っていたか？　テストをどうしているか、考えたことはあるか？」

わたしは言った。「捨ててるんだと思ってました」そして気づいたのだが、父はわたしが話すあいだ身を乗りだしていた。そのときには誇らしいと思うような状況だった。

「いや、すべてわたしが持っている」父はスイッチを押した。「さあ、いいか、おまえは話しつづけなければならん」

だが、最初の数刻、わたしは話すのを忘れた。

部屋の中には、魔法を使ったかのように忽然と、わたしよりずっと幼い少年と、ほとんどわたしと同じくらいの大きさの色塗りの木の兵隊があらわれたが、触れようと手を伸ばすと空気のように実体がなかった。「何か言うんだ」と父が言った。「第五号、今、何を考えている？」

もちろん、わたしは兵隊のことを考えていた。それにおよそ三歳ばかりに見える子供のことを。子供は霧のようにわたしの腕を突き抜けて這い、人形を突き倒そうとしていた。

それはホログラフだった——光の二つの波面の干渉によって形成される三次元の映像——物理学の教科書に載っている平らなチェス駒の絵で見たときはまったく退屈に思われたものだった。だがあのチェス駒と夜に父の書斎を歩く幽霊とが結びついたのはしばらくしてからのことだった。この間ずっと父は言いつづけていた。「話せ！　何か言うんだ！　この子供は何を感じていると思う？」「ええと、子供はおっきな兵隊のことが好きだけど、できるなら押し倒してやりたいと思ってる、兵隊はただのおもちゃだから、本当に、でも自分より大きいから……」そんな調子で喋りつづけ、それは長いこと、たぶん何時間ものあいだ、続いた。場面は変わり、また変わった。巨大な兵隊はポニーに、ウサギに、スープとクラッカーの食事に変わった。だが中心にいるのはいつも三歳児だった。すりきれたコートを着た傴僂男がふたたび、あくびをしながら、わたしをベッドに連れ戻しにきたときには、喉はヒリヒリと痛み、声はしわがれてしまっていた。その夜見た夢では三歳児が次々に与えられる仕事へと駆けずりまわっていたが、その人格がどういうわけかわたし自身と父親と混ざりあい、わたしは同時に観察者であり、観察対象であり、その両方を観察する第三者でもあった。

次の夜、わたしはミスター・ミリオンにベッドへ追いやられた瞬間に眠りに落ち、そこまでよく頑張ったと思うとほとんど同時に意識を失った。目覚めたのは傴僂男が部屋に入ってきたときだったが、今回、ベッドから起こされたのはわたしではなくデイヴィッドだった。静かに、眠っているふりをしながら（というのはもし目覚めているのに気づかれたら、そのときにはごく合理的な考えだと思われたのだが、一緒に連れてゆかれると思ったのだ）、デイヴィッドが服を着て、くしゃくしゃな柔らかい髪をかたちばかり整える様子を見ていた。デイヴィッドが戻ってきたときにはわたしはぐっすり眠っていたので、朝食の時、ミスター・ミリオンがときどきあったのだが中座して、わたしたちを二人きりにしたときにようやく、前夜の出来事について訊ねることができた。話の流れでわたしもその前夜の経験を語ったが、デイヴィッドもほとんどわたしと同じ夜を過ごしたようだった。デイヴィッドもホログラフ映像を見せられており、あきらかに同じものだった。木の兵隊、ポニー。デイヴィッドも話しつづけるよう強いられた。ミスター・ミリオンからしょっちゅうディベートや口頭試問でやらされていたように。わたしの面談との唯一の相違点があきらかになったのは、わたしがなんという名前で父から呼ばれたかと訊ねたときだった。

デイヴィッドは呆然とわたしを見つめ、トーストは口までたどりつかず中途で止まった。

わたしはもう一度訊ねた。「おまえに話しかけるとき、あいつはなんて名前で呼んだんだ?」

「デイヴィッドと呼んだよ。なんだと思ったんだ?」

この面談のはじまりとともにわたしの生活パターンは変わり、一時的なものだと思っていた変化がいつのまにか恒常的なものとなり、デイヴィッドもわたしも意識はしていなかった新しいかたちに落ち着いた。就寝時のゲームとお話はなくなり、デイヴィッドはノウゼンカズラのパンパイプを滅多に作らなくなった。ミスター・ミリオンは就寝時間を遅くしてくれ、わたしたちはそれとなく大人扱いされつつあると教えられた。またこのころ、弓道場やさまざまなゲームの設備がある公園へも連れていってもらえるようになった。この小さな公園は、家からそう遠くないところにあり、片側を運河に接していた。そしてそこで、デイヴィッドが腹に藁を詰めたガチョウに矢を射ったり、テニスを楽しんでいるあいだ、わたしはただ座って静かな、ほんのわずか濁った水を眺めていることが多かった。それとも白い船——船首はカワセミのクチバシほどに鋭く、四、五本、ときには七本マストの大型船——がごくたまに、十本か十二本の紐で牛に牽かれてくるのを待っていた。

＊
＊　＊

十一年目か十二年目の夏――たぶん十二年目だったと思う――わたしたちははじめて、陽が暮れたあとも公園に残り、運河の土手の、ゆるやかな坂になった草地に座りこんで花火を見るのを許された。最初の打ち上げ花火が市の半マイル上空で力尽きるのとほとんど同時に、デイヴィッドの具合が悪くなった。デイヴィッドは川辺に駆け寄ってもどし、赤と白の星が栄光に輝く下で、両手を肘までへどにうずめた。ミスター・ミリオンの腕に抱かれ、哀れなデイヴィッドがすべて吐いてしまうと、わたしたちは家へと急いだ。

デイヴィッドの不具合は原因だった腐ったサンドイッチと一緒に流れ去ってしまう程度のものだったが、ミスター・ミリオンがデイヴィッドを寝かしているあいだ、わたしは花火の残りをあきらめまいと、その一部は帰る道すがらも家並の合間から見えていたが、決心した。暗くなってから屋根に上がるのは禁じられていたが、いちばん近い階段の場所は知っていた。紫と金色と燃え立つ緋色の炎の花が咲く下、木の葉と影の禁じられた世界へ侵入するスリルに熱が出たように浮かされ、わたしは息を切らし、身震いし、真夏なのに身体が冷たくなった。

屋根の上には、思っていたよりもずっとたくさん人がいた。男たちは外套も、帽子も杖も身につけておらず（すべてクロークルームに預けてあった）、女たち、父に雇われている者たちは朱をさした乳房を鳥籠のような金網で囲い、あるいは高く突き出しているように見せる（ごく近くに立たないかぎりその見かけは保たれる）衣装や、着ている者の顔を水辺に立つ木の影が水面に浮かぶように映し出す夜着を着て、間欠的に閃く色づいた光の中で、タロット・カードに出てくる奇妙な衣装をまとった女王たちのように見えた。

わたしはもちろん目立っていたが、興奮していて身を隠してはいられなかった。だが誰からも戻れとは言われなかったので、おそらく、花火見物の許可をもらったものだと思われていたのだろう。花火は長いあいだ続いた。太って角張った顔をした鈍重そうなお客がおり、どうやら重要人物らしかったが、相方の歓心を買おうと懸命で——娘の方は花火を最後まで見たがっていた——同時に男はプライバシーを求めたので、結局二、三十ほどの鉢植えや灌木を動かして小さな茂みを作る羽目になった。わたしは小さな桶や鉢を動かす召使いたちを手伝い、人工林ができあがる前に中へと潜りこんだ。そこで枝の陰から爆発する打ち上げ花火や「電光雷」を見ながら、同時にお客と森の妖精《ニンフ・デュ・ボワ》を観察していたが、彼女はわたしよりよほど熱心に花火を見つめていた。

わたしの動機には、記憶できるかぎりでは、好色なものはなく、すべてただの好奇心だった。わたしはこうしたものに熱烈に関心を抱く年頃だったが、その熱情はあくまでも科学的だったのだ。したがって背後からいきなり伸びてきた手にシャツをつかまれ、植え込みから引きずり出されたときには、すでにわたしの興味は満たされていた。

茂みの外に引きずり出されて解放され、ミスター・ミリオンと顔をつきあわすのだろうと思いながら振り向いたが、そこにいたのは彼ではなかった。わたしを捕らえたのは黒いドレスを着た小柄な銀髪の女性で、スカートは、そのときにもう気づいたが、ウェストからまっすぐ地面に落ちていた。女性はあきらかに使用人ではなかったので、わたしはお辞儀したはずだと思うが、彼女はまったく挨拶を返そうとせず、じっとわたしの顔を見つめつづけ、光っている最中だけでなく、光輝が炸裂する合間にも見えているのではないかと思われるほどだった。とうとう、おそらくは花火の締めくくりに、大きな打ち上げ花火が炎の河の上を叫びながら駆けあがり、その瞬間だけ彼女も目をあげた。それから爆発して信じられないほど大きく明るい藤色の蘭が咲いたとき、このいかめしい小柄な女性はふたたびわたしをつかみ、強い力でわたしを階段へ引っ張っていった。

屋上庭園の平坦な石畳では、わたしにわかるかぎりでは、女性はまったく歩いておらず、磨きあげたチェス盤の上を動く瑪瑙《めのう》の駒に似て、地面を滑っていくように見えた。そしてその後にはさまざまなことが起きたが、わたしにとって、彼女はいまだにあのときの姿である。黒の女王、邪悪でもなく慈愛に満ちているわけでもないチェスの女王であり、黒なのはいまだわたしが出会っていない白の女王と区別しなければならないからである。

だがしかし、階段まで来ると、滑るような動きが流れるような上下動に変わって、黒いスカートのすそは二インチばかりずつ段をこすっては、まるで急流にまかれる小舟のように――ここで早くなり、ここで止まり、ここで逆流にあって後進しそうになり――胴体は一段ずつ降りていった。

階段を降りる際にはわたしにつかまり、加えて階段の上で待ち受けていた、わたしと挟むようにして手助けする女中の腕にも支えられて姿勢を保った。屋上庭園を横切っているときには、滑るような動きは、単に、いい姿勢と奇跡的にコントロールされた歩き方のたまものなのだろうと考えていたが、今ようやく彼女がなんらかの障害者なのだと気づいた。そして女中とわたしの助けがなかったなら、彼女は真っ逆さまに落ちかねないとも思われた。

階段を下まで降りきると、なめらかな動きが復活した。女中に合図して帰し、わたしを部屋と教室があるのとは逆の方向に向かって引っぱり、しまいに館のずっと奥にある階段、螺旋階段、めったに使われることのない、ひどく急な、階段と六階下の地下室とのあいだには低い鉄製の手すりしかない階段まで連れてきた。そこでつかんでいた手を離すと、きっぱり、階段を降りるように命じた。わたしは数段降り、そこで苦労しているのではないかと振り向いた。

苦労はしていなかったが、階段を使ってもいなかった。女性は長いスカートをカーテンのようにまっすぐ下に垂らし、宙づりになって、螺旋階段の中心で、わたしを見つめていた。あまりに驚いたのでわたしはその場に凍りついてしまったが、それを見た彼女が怒ったように首を振ったので、わたしはあわてて走りはじめた。螺旋階段をくるくるとまわって降りていくと、彼女はわたしと同じようにまわり、父と驚くほどよく似た顔をつねにこちらに向けて片手を手すりに乗せていた。二階まで降りるとまっすぐに急降下し、親猫が聞き分けのない子猫を手玉に取るようにたやすくわたしをつかまえ、それからこれまで立ち入りを許されなかった部屋や通路を次々に抜けて、しまいにわたしは見知らぬ建物に入りこんだかのように混乱してしまった。ようやく、わたしたちはなんの変哲もない扉の前で止まった。女性は先がノコギリみたくなった古い形の真鍮の鍵で扉を開けると、中に入るようわたしに手振りした。

部屋の照明は明るく、屋上や廊下では推測していたことを、わたしは目で確認した。彼女がどんな動きをしようとスカートのすそはつねに床の上二インチのところにあって、スカートと床のあいだには何も存在しなかった。彼女は針編みレースの刺繍がかけられた小さな足台の方を指し示して「座りなさい」と言い、わたしがそれに従うと袖つきの安楽椅子のところまで滑っていって、向かい合うように腰を下ろした。落ちつくと女性は「おまえの名前は？」と訊ねた。わたしが自分の名前を告げると、こちらに向けて眉を持ち上げ、すぐ隣にあったフロア・ランプを指でそっと押して椅子を揺らしはじめた。長い間があってから言った。「それで、あの人はなんと呼ぶ？」

「あの人？」わたしはすっかり馬鹿になっていた。たぶん眠かったからだろう。

女性は唇を引きむすんだ。「わたしの兄」

わたしは少しリラックスした。「ああ、じゃあ、叔母さんだったんですね。父に似ていると思いました。父からは第五号と呼ばれてます」

女性はそのままわたしを見つめつづけ、唇のはじが、父がよくそうなるように、ゆるんだ。それから言った。「その数字は少なすぎるし、でなければ多すぎる。生きているのは、あの人とわたし、それにシミュレータも数に入れているんでしょう。妹はいる？　第五号」

わたしたちはミスター・ミリオンに『デイヴィッド・コパフィールド』を読まされており、この言葉を聞いたときにベッツィー・トロットウッドおばさんのことが思いがけず強烈に頭に浮かび、笑いが噴きだした。

「何も可笑しいことはない。おまえの父には妹がいる――おまえにいたっていいでしょう？　妹はいるの？」

「いいえ、いません、奥様《マダム》。でも兄弟ならいます。デイヴィッドという名前です」

「ジーニー叔母さんと呼びなさい。第五号、デイヴィッドはおまえに似ている?」

わたしは首を振った。「デイヴィッドの髪はぼくと違ってブロンドでカールしてます。ちょっとは似てるかもしれないけど、そんなには似てません」

「どうやら」叔母は低い声で言った。「女の子を誰か使ったのね」

「奥様?」

「デイヴィッドの母親が誰かは知ってる、第五号?」

「ぼくらは兄弟だから、ぼくの母と同じはずですけど、ミスター・ミリオンからはずっと前にいなくなってしまったと言われました」

「おまえと同じではない」と叔母は言った。「違うとも。おまえの母親の顔なら見せてやれます。見たい?」ベルを鳴らすと、別の部屋から女中が頭を下げてやってきた。叔母が何かを囁き、女中はまた出ていった。ふたたびわたしの方を向いて、訊ねた。「それで、おまえは毎日何をしている? 第五号。上がってはいけない時間に屋上にあがるだけ? 勉強は教わっているの?」

わたしは自分の実験のことを説明し(未受精のカエルの卵に刺激を与えて無性分裂を引き起こし、さらに化学作用で倍染色体化して、無性生殖が続けられるようにした)、さらにミスター・ミリオンから解剖を試すよう勧められていると話したが、その流れで、たまたま、サント・アンヌの原住民に生検を施せたらどんなに興味深い結果が得られるだろうか、もしもその一部が生き残っていたとしての話だが、というのも初期の探検家たちの報告はきわめてヴァラエティに富み、原住民は姿を変えられるという証言さえあるからだ、と言った。

「ああ」と叔母は言った。「原住民のことは知っている、と。では、試験してみましょう、第五号。ヴェールの仮説とは？」

数年前に学んだことだったので、わたしは答えた。「ヴェールの仮説は原住民《アボ》が人類を完璧に真似る能力を持っていたという仮定に基づきます。ヴェールは、地球から船が着くと、アボは乗員を皆殺しにして船を奪ったと考えました。だから連中は死んでなどおらず、ぼくらが死んだんです」

「地球人が、ということね」と叔母は言った。「人類が」

「奥様？」

「もしヴェールが正しければ、おまえとわたしはサント・アンヌのアボだということになる。少なくともその末裔である、と。おまえが言いたいのはそういう意味でしょう。ヴェールは正しかったと思う？」

「ぼくには違いがあるとは思えません。ヴェールは模倣は完璧だろうと言ってますし、もしそうならいずれにせよぼくらとまったく同じになっているはずです」一本取ったつもりだったが、叔母は微笑み、椅子をさらに強く揺すった。閉ざされ、明るく照らされた部屋はとても暖かかった。

「第五号、おまえは意味論をもてあそぶには幼すぎるし、どうやら『完璧』という言葉に幻惑されているらしい。ヴェール博士は、おまえが考えているよりもっと緩やかな意味でその言葉を使っているはず。模倣は正確と呼ぶには程遠いものでなければならない。なぜなら人類には変身の力がないのだから、完璧に模倣すればアボはその能力を失ってしまうことになる」

「それはありえないんですか？」

「いいこと、どんな能力であっても進化で獲得しなければならない。そして獲得したあとは利用しなければ萎縮してしまう。もしもアボが模倣する能力を失うほどまで相手を真似ることができたなら、その種族はそこで終わってしまうし、最初の船がサント・アンヌに降りるはるか以前に、そのときは来ていたはず。もちろん、原住民がその手のことを出来たという証拠は何も残っていない。きちんとした研究がなされる前に消え去ってしまった。そしてヴェールは、自分が見せられてきた残虐行為と不合理を劇的に説明してくれるものを求めて、空中楼閣の理論を組み立てたんです」

その言葉は、とりわけ口調から親しみが感じられたこともあり、叔母の特別な移動方法について訊ねる理想的なタイミングと思われたのだが、まさにその話を持ち出そうとしたとき、ほとんど同時に、二方向から邪魔が入った。女中が型押しされた革装の大判の本を持って戻ってくると叔母に渡し、そのときドアにノックの音がした。叔母はぼんやりと「出て」と言ったが、その言葉は女中と同程度にはわたしに向けられた命令だという可能性もあったので、また別のかたちで自分の好奇心を満たそうと、わたしは女中に先んじて走ってドアを開けに行った。

遊び女が二人、廊下で待ち受けていた。いかなアボよりも異様な姿に着飾り化粧して、ポプラのように堂々と、幽霊のように非人間的に、緑と黄色の目は卵ほどに大きく、乳房はほとんど肩と同じ高さまで持ち上がっている。女たちは平静を装っていたが、あきらかに扉を開けたわたしを見て驚いており、わたしは心中愉快だった。わたしはお辞儀して二人を招きいれたが、女中がドアを閉じたとき、叔母は気のない調子で言った。「ちょっと待ってちょうだい。この子に見せたいものがあるから。それが済んだらこの子は帰ります」

「見せたいもの」とは、焦げ茶色以外の色をすべて洗い落とす新技術を利用した写真のようだった。写真は小さく、全体的印象と崩れかけている縁からはとても古いものに見えた。写真に写っているのは二十五歳ぐらいの娘で、痩せており、背は高そうで、赤ん坊を抱いて舗道の上でがっしりした体格の若者の隣に立っていた。歩道の後ろには見事な邸宅があったが、とても細長く、見たところ一階建ての木造建築で、二、三十フィートごとに、ポーチかベランダの建築スタイルが変わり、極端に狭い家が壁と壁とを隣り合わせて建てられているような印象を受ける。こうしたディテールを説明できるのは、監獄から釈放されて以来、たびたびこの家の痕跡を探しつづけているからである。最初に写真を見せられたときには、わたしは少女の顔、そして赤ん坊の顔の方に気をとられていた。赤ん坊の顔は実際にはほとんど白い毛布の中にうずもれていて見えなかった。少女ははっきりした目鼻立ちに輝くような笑顔を浮かべており、一目見て、鄙《ひな》には稀な、自然な、詩的な、お茶目な魅力をたたえているように思われた。第一感はジプシーだったが、肌の色はそんなに黒くなかった。この世界の住人は比較的小さな集団の子孫なので、顔かたちはかなり似通っている。だがわたしはもともとの地球人種についても学んでいたので、次に浮かんだケルト系という考えにはほぼ確信があった。「ウェールズだ」とわたしは大声で言った。「それかスコットランド。それかアイルランド」

「なんですって？」と叔母は言った。女の子の片割れがクスクス笑った。女たちは長椅子に座っており、輝かしい長い足は磨きあげられた旗竿のように交差していた。

「なんでもない」

叔母はまっすぐわたしの顔を見て、言った。「そのとおりよ。今度、もっと時間があるときにおまえを呼びにやって、この続きについて話しましょう。とりあえず、女中に部屋まで送らせます」

女中と二人で歩いた自室までの長い帰り道のことも、無許可でいなくなったのをミスター・ミリオンになんと言い訳したのかも覚えていない。なんと言ったのであれ、ミスター・ミリオンは嘘を見通したか、召使いから真実を聞き出すかしたのだろう。というのは叔母の部屋からの呼び出しは、それから何週間ものあいだ、今か今かと待っていたにもかかわらず、二度となかったからである。

その夜――おそらくは同じ夜のことだったろうと思っているのだが――わたしはサント・アンヌの原住民の夢を見た。アボたちは頭と腕と足首に摘みたての草で作った飾りを付けて踊り、葦の葉を編んだ楯と軟玉の穂先を持つ槍を振るアボたちの動きはベッドにまで乗りうつり、やがて、みすぼらしい赤い布につつまれ、父の家令の腕と変じて、わたしをいつものように、書斎へと連れていった。

その夜、こちらの方はまちがいなく同じ夜だったと確信しているが、わたしがはじめてアボの夢を見た夜に、父と過ごす時間のパターン、つまりこれより四、五年前からくりかえされていた会話、ホログラフ、自由連想、解放というお決まりの手順――変えられないものだとすっかり思いこんでいた手順――が変化した。わたしをくつろがすのが狙いだったはずの無難な会話（しかしいつものようにそうはならなかった）のあと、袖をまくるように命じられ、わたしは部屋の隅にあった古い検査台に横たわった。それから壁の方を見るように言われたが、そこにあるのは古いノートが押し込まれた本棚だった。腕の内側に針が入りこむのを感じたが、頭は押さえつけられ顔は反対を向いていたので、起きあがることもできず、父がやっていることも見えなかった。それから針が抜かれ、わたしはそのまま寝ているように命じられた。

　とても長い時間がたったように感じ、その間父はときおりわたしのまぶたを持ち上げて目を観察し、また脈を取って、すると部屋のどこか遠くにいる人がとても長くやたらと入り組んだ話を語りはじめた。父は聞いた話を記録に取り、ときおり止めて質問したがわたしは答える必要がないらしく、語り手が勝手に答えてくれていた。

　父から注射された薬物は、想像していたのと異なり、時間がたっても効果が衰えなかった。逆に薬物のせいでわたしはますます現実から遠ざかり、思考だけが自立しつづける意識状態へ運ばれていった。剝げかけたレザーの検査台は身体の下から消え、気がつくと船の甲板上におり、気がつくと鳩の翼が世界のはるか上空ではばたいている。そして読みあげている声が自分のものなのか父のものなのか、もう気にはならなかった。声はときどき甲高くなり、ときどき低くなり、それからたまに自分のものよりも大きな胸から出る声の深みをそなえ、ノートのページをめくるときの柔らかな紙ずれの音からわかる父の声は、夏の日図書館の丸屋根のふもとにある窓から頭を突き出したときに聞こえた、通りを競争して駆ける子供たちの叫び声のように高く震えているようにも思われた。

＊
＊　＊

その夜からまたわたしの生活は変わった。薬物のせいで――薬はひとつではなく、大抵は今説明したような効果だったが、ときにはおとなしく寝ていられず、話しながら何時間も走りまわらずにはいられなくなることもあったし、至福の、あるいは説明しがたいほど恐ろしい夢に沈みこむこともあった――わたしの体はおかしくなった。しばしば頭痛とともに目覚めて一日中苦しみつづけ、周期的に極端な興奮や不安感にとらわれるようになった。何よりも恐ろしいことに、ときどき日々が部分的に失なわれるようになり、わたしは目覚めて服を着て、読書し、歩き、会話さえしているのに、前夜父の書斎の天井を眺めながらぶつぶつ言っていたときから後の記憶がまったくないということまであった。

デイヴィッドと一緒に受けていた授業は相変わらずだったが、ある意味では、ミスター・ミリオンとわたしの役割は今や逆転していた。授業があるときには、授業をやろうと言いはるのはわたしの方だった。そしてわたしが題材を選び、大抵はデイヴィッドとミスター・ミリオンを詰問した。だが、しばしば、二人が図書館や公園に行っているあいだ、わたしはベッドに残って本を読んでおり、父の家令がわたしを呼びにくるまで意識をたもって読書し勉強していた時間はかなり長かったと思う。

デイヴィッドの面談も、ここで明記しておかねばならないが、同じころにわたしと同じような変化を遂げた。だがその頻度はわたしよりはるかに少なく——そして百日続く夏が秋に変わりついに長い冬にいたるころにはますます少なくなっていて——また薬物の副作用も軽かったので、デイヴィッドへの影響はそれほど深刻ではなかった。

もしもひとつのときが決められるものなら、わたしの幼年期が終わったのはこの冬だった。体調不良のせいでわたしは子供らしい活動から遠ざかり、小動物に対する実験とミスター・ミリオンが手に入れてくれる、つねに口をあんぐり開けて目を見開いた死体におこなう解剖へと向かった。そして読書や学習も、すでに述べたように、何時間も続けていた。あるいはただ両手を頭の後ろにまわして寝転がり、まる一日近くかけて、自分自身が父に語りかけるのを聞いていた話を思いだそうとしたりもした。デイヴィッドもわたしも、思いだせた断片だけからではとうてい自分が浴びせられた質問の性質について一貫した理論を組みたてることはできなかったが、それでもわたしの記憶には決して事実ではありえない光景がこびりついており、おそらくはそうした変成意識状態に浮かび潜っているあいだに囁かれた示唆を映像化したものだろうと思われた。

叔母は、以前はひどくよそよそしかったのに、廊下で会えば話しかけてくるようになり、ときにはわたしたちの居室を訪れることもあった。館内の差配をしているのは叔母だと知り、彼女を通じて、自分用の小さな実験室を同じ棟にしつらえてもらうこともできた。だがわたしはほとんど一冬中を、すでに説明したように、琺瑯《ほうろう》の解剖台の前かベッドの中で過ごした。白い雪が窓ガラスの前を舞い、ノウゼンカズラの裸の茎にかじりついた。父のお客たちは、ごく稀に見かけるときには、長靴を履いて、肩と帽子に雪を積もらせ、息を切らし真っ赤な顔をして玄関でコートをはたいていた。オレンジの木は消え、屋上庭園はもう使われることもなく、窓の下の前庭がにぎわうのはただ真夜中過ぎ、半ダースばかりのお客とその相方が、ワインと歓喜に酔って叫び声をあげ、雪合戦で遊ぶときだけだった――必ず最後には女の子たちが服を脱がされ、雪の中を裸で転げまわることになるのだ。

* * *

春は不意打ちだった。わたしたちのような、生涯のほとんどを屋内で過ごす者にとってはいつもそうなのだが。ある日、まだわたしが、そもそも季節のことなど滅多に考えないのだが、てっきり冬の内だと思っていたとき、デイヴィッドは窓を開けはなって一緒に公園へ行こうと言い張った――すると四月になっていた。ミスター・ミリオンもついて来て、正面玄関から通りに通じる小さな庭へ出ると、この前見たときは雪かきをして通路を造ってあった庭が、ふくらみかけた球根と噴水から落ちる水音に光り輝いており、デイヴィッドは鋼鉄の犬の輝く鼻面を軽くたたいて詠唱した。

「そしてそれゆえに犬は／四つの頭を光明界へもたげる」

　わたしは数が違うと指摘した。

「ああ、いやいや。ケルベロスはもともと四つ頭があったんだ。知らなかった？　四つ目はメイデンヘッド（処女膜）、こいつはたちの悪い雌犬だったから、誰も処女を奪えなかったんだ」ミスター・ミリオンさえも舌打ちをしたが、わたしはあとから、血色良く健康そうなデイヴィッド、すでに両肩のもりあがりに予感されつつあった男らしさを見て、もし、これまでずっと思っていたように、三つの頭が主人《メートル》、奥様《マダム》、ミスター・ミリオンを、つまりわたしの父、叔母（デイヴィッド言うところの処女だろう）、教師を象徴しているのだとすれば、ならばじきにデイヴィッドその人を象徴する四番目の頭を溶接しなければならないだろう、とも考えた。

デイヴィッドにとっては公園は楽園だったのだろうが、不健康なわたしにとっては寒々しい場所であり、わたしは午前中はほとんどベンチにうずくまってデイヴィッドがスカッシュで遊ぶのを見ていた。お昼前には仲間が加わった。同じベンチにではなかったが近いと感じられるくらいの距離にある別のベンチに、片足にギプスをした黒髪の少女が座ったのだ。少女は松葉杖をつきながら、看護婦か女家庭教師のような女性に連れられてきて座らされ、付添いの方はまちがいなく意図的に、少女とわたしのあいだに座った。だがこの厄介者は姿勢が良すぎたせいでお目付役の役割を果たしてはいなかった。お目付役はベンチのへりに座っていたが、少女の方は、ギプスの足を前に突きだして、後ろにそっくりかえっていたので、わたしはじっくりとその美しい横顔を観察できたのだ。そしてときどき、少女が顔をまわして同伴の生き物に話しかけたときには正面から顔が見えた――洋紅色の唇と紫色の目、楕円というより真円に近い顔、黒髪の先が額を二つに分けている。繊細なアーチを描く黒い眉とカールした長い睫《まつげ》。物売りの老婆が中華春巻きを売りにきたので（手よりも細長いが、煮えたぎる脂のせいでまだ熱いままなので、踊り食いでもするかのように用心して食べなければならない）、わたしは老婆をメッセンジャー代わりに使い、自分でもひとつ注文しておいて、少女とお目付役の怪物に熱々のご馳走をふたつふるまった。

もちろん怪物は拒否した。少女は、わたしが魅せられて見守る前で、懇願した。大きな目と血色の良い頬が雄弁に語るおかげで、不運にも離れているために聞き取れない議論も充分に伝わってきた。なんの罪もない人の好意を拒否するのは失礼にあたるだろう。お腹がすいていて、どのみち春巻きを買うつもりだった——買いたいと願っていたものが無料で差し出されたのに断わるなんて、なんと不経済なことか！　物売りの女は、あきらかに取り持ち役を愉しんでおり、わたしからもらった金を返さなければならないと考えただけで涙がこぼれそうだと言い放ち（実際には少額の紙幣で、物売り女が商品をつつんでいる紙と似たような油染みまであり、さらに汚い代物だった）、しまいに二人のやりとりは声が聞き取れるほど大きくなったが、少女の声は、澄んだとても心地よいコントラルトだった。最後には、もちろん、二人は贈り物を受けとった。怪物は氷のように冷たい会釈でわたしに挨拶し、その背後で少女がウィンクした。

半時間後、デイヴィッドと、コートの縁からデイヴィッドを見守っていたミスター・ミリオンに、昼食を食べるかと訊ねられ、わたしは食べると答えた。心の中では戻ってきたときにはあつかましいと思われないで今よりも少女の近くに座れるだろうと考えていた。花市場に近い清潔な小さなカフェで、昼食をひどくせっかちに（少なくともそう見えるのではないかと恐れながら）食べた。だが公園に戻ってきてみると、少女とお目付役の姿はなかった。

わたしたちは家に戻り、一時間ほどすると父から呼び出された。わたしは不安を感じつつ出向いたが、それは普段の面談の時間よりもはるかに早かったからである——最初のお客が来る前だったが、いつもは最後の客が帰ったあとで父に呼び出されていた。不安がる必要などなかった。父はまずわたしの健康について訊ね、冬のあいだよりはずっとよくなったと答えると、妙にかしこまって大仰な調子で、いつもの疲れたような辛辣さはかけらも見せずに、自分の商売について話し、若者は自力で生計をたてなければならないと語った。父は言った。「おまえは科学の学徒だろう」

わたしは、ささやかにでもそうありたいと答え、それからいつものように、わたしたちが住む、産業基盤があまりに小さく、公務員となるにも役に立たず、貿易のひとつもないような世界で化学や生物学を学ぶ無意味さを攻撃されるのだろうと身構えた。そのかわり、父は言った。「そう聞いてわたしも嬉しい。実を言えば、わたしはミスター・ミリオンに可能なかぎりその方面への興味を助長するように頼んでいた。もちろん彼はわたしが頼まなくてもそうしていただろうが。わたしのときもそうだった。研究はおまえにとって大いなる喜びとなるだけでなく……」父は言葉を切り、咳払いをし、両手で顔と頭皮を揉みほぐした。「さまざまな点で有用だろう。そしてそれは、言うならば家族の伝統でもある」

そう聞いてとても幸せだとわたしは言い、実際そのとおりに感じていた。

「わたしの研究室を見たことがあるか？　大きな鏡の裏にある」

見たことはなかったが、書斎のスライド鏡の向こう側に続き部屋があるのは知っていたし、「診療室」で父が薬の調合をおこない、毎月雇っている女の子たちの診察をし、ときおりお客の「友人」たち、無分別なことに（賢明なお客は決してやらぬが）わたしたちの館以外の場所で趣味を追求してしまった人の治療薬を処方していると召使いたちが話すのを聞いたことがあった。わたしは大いに見たいと思っている、と告げた。

父は笑った。「それはそれ、話題が逸れてしまったな。科学には大いなる価値がある。だが、わたしも思い知らされたが、今にわかるだろうが科学は生みだすよりも多くの金を消費する。生活費はもちろん、実験器具や参考書などさまざまなものが欲しくなるだろう。ここでは利益のあがらぬでもない商売を営んでおり、わたしはすぐに死ぬつもりはないが――科学の力のおかげだ――跡取りはおまえなのだから、いずれはこのすべてはおまえのものになる……」

(ということはわたしはデイヴィッドより年上だったのだ！)

「……わたしたちがやることすべてが。信じるがいい、ひとつとして、重要でないものはない」

わたしは自分が知ったことにあまりに驚き、実際歓喜していたので、父の言葉を一部聞き漏らしてしまった。いちばん無難だと思われたので、うなずいておいた。

「よろしい。ではまず正面玄関の番からはじめてもらおう。今は女中が受け持っているが、最初の一ヶ月ばかりはその娘に補佐をさせる。あそこにも、おまえが思っているよりもはるかにたくさん、学ぶべきことがあるからだ。ミスター・ミリオンに言っておく。彼が手はずを整えてくれるだろう」

わたしは感謝の意を述べ、父は書斎の扉を開いて面談の終わりを示した。部屋を出るとき、今話していた相手が、ほとんど毎朝のようにわたしの人生を飲み尽くしていたのと同じ人間だったとはとうてい信じられなかった。

唐突に身分が上がったことを公園での出来事と結びつけて考えたことはなかった。今では、文字通り後ろにも目がついているミスター・ミリオンが父に報告し、わたしがようやくふさわしい年齢に達して、子供時代には意識下で親のような存在と結びついている欲望が、なかば意識的に、家族から外の世界へと手探りをはじめたと伝えられたのだろうと思っている。

＊
＊　＊

いずれにせよ、その夜から新しい義務を授けられ、わたしはミスター・ミリオン言うところの「出迎え役」に、デイヴィッドは（その言葉の元々の意味は玄関《ポータル》だと説明していたが）館の「ポーター」になった――こうして正面の庭で鋼鉄の犬が象徴的に担っていた機能を実際的なかたちで肩代わりすることになったのだ。それまでその役を勤めていた女中、ネリッサという名前の、女中たちの中でも一、二を争うほど美しいというだけでなく、もっとも背が高くもっとも腕力が強く、骨太で、長い顔でよく笑い、大抵の男よりは肩幅の広い娘が、父が約束してくれていたように、そのまま残って手助けしてくれた。面倒なことはほとんどなかった。父のお客たちはみなそれなりの富と地位のある人々であり、尋常ならざる酩酊下にでもないかぎりは文句をつけたり騒々しい議論をふっかけたりはしなかったからである。大抵は皆何十回もわたしたちの館を訪れており、中には数百回来ている者もいた。わたしたちはここでしか使われないニックネームで呼びかけ（その名前はネリッサがそっと耳打ちしてくれた）、コートをあずかり、館のさまざまな場所へ送りこむ――必要な場合には直接案内もする。ネリッサはしなを作り（わたしの見たところ、よほど立派な体格のお客でもないかぎり、迫力に気圧《けお》されていた）抓《つね》られるのを我慢し、チップをもらい、客が途絶えて暇ができたときには、目利きのお客の注文に応じて「二階に呼ばれた」ときのことを、その夜どれぐらい稼いだかを語ってくれた。わたしは冗談に笑ってみせ、チップを断ってお客にそれとなく自分が経営側の人間なのだと伝えた。ほとんどのお客にはそんなことをするまでもなく通じ、わたしはしばしば驚くほど父にそっくりだと言われた。

こうしたかたちで応接係を務めるようになってからまもなく、おそらく三日目か四日目の晩だったと思うが、珍しいお客が訪れた。男が訪れたのは夕刻早かったが、その日は昼間からひどく暗く、その年最後となる冬日で、庭の灯火は一時間も前からすでについており、館の前の道をときおり通りすぎる馬車は、音こそ聞こえど姿は見えなかった。ノックの音にこたえて扉を開け、はじめての客にはいつもそうするように、礼儀正しく何が望みかと訊ねた。

「オーブリー・ヴェール博士にお目にかかりたい」と男は述べた。

わたしは呆然としていたと思う。

「こちらはサルタンバンク通り六百六十六番地かと」

もちろんそうだった。そしてヴェール博士の名前は、しかと判らなかったが、記憶の鐘を鳴らした。わたしは父の館を「連絡先住所《アドレス・ダコモダシオン》」として使った客がいるのだろうと推測し、そして男はどう見てもまっとうな客だったし、前庭で丸見えになっていないとはいえ、誰であっても玄関口で議論するのは望ましくないことなので、中へと招き入れた。そしてネリッサにコーヒーを淹れるよう命じて、玄関広間に続く小さく暗い応接室でひそかに話を聞くことにした。これは滅多に使用されない部屋で、女中の掃除もおざなりだと部屋を開けた途端わかった。わたしは叔母にそのことを告げなければならないと心に刻み、そのときにどこでヴェール博士の名前を聞いたのかを思いだした。叔母が、はじめて話す機会を得たときに、ヴェール博士の理論のことを口にしていたのである。わたしたちは実際には元々の地球からの移民者たちを殺害して入れ替わったサント・アンヌの原住民なのだが、その変身があまりに完璧だったので自分たちの過去を忘れてしまったのかもしれない、と。

見知らぬお客はカビくさい黄金色の袖付き椅子に腰掛けた。髭を伸ばし、今の流行よりずっと濃くずっと長い髭で、まだ若そうだったが、もちろんわたしよりははるかに年上で、顔立ちは整っていたものの、顔の肌が——見える範囲においては——ほとんど醜いくらいまで白かった。暗色の服はフェルト生地のようで異常なほど厚ぼったい。わたしは昨夜、湾にサント・アンヌからの星船が着水したと他のお客から聞いたことを思い出し、もしやその船に乗っていたのかと訊ねた。男は一瞬驚いたようだったが、それから破顔一笑した。「いい冗談だね。それにヴェール博士と暮らしているんだから、その理論にも親しんでいるんだろう。いや、わたしは地球から来た。わたしの名前はマーシュだ」男は名刺をくれ、わたしは二度読み直してようやくその優美に空押しされた頭文字が意味するところを理解した。この客は地球から来た科学者であり、人類学博士号を持っていた。

わたしは言った。「別に冗談のつもりではありませんでした。本当にあなたがサント・アンヌから来たのかと思ったんです。ここらの人間はほとんどみな当地風の顔で、違うのはジプシーと犯罪者族だけですけど、あなたはそこには収まらないように思われました」

「きみの言わんとするところはわかるよ。きみ自身もそういう風だが」

「ぼくは父にとてもよく似ているはずなんですが」

「おお」マーシュはわたしをまじまじと見た。「きみはクローンなのか？」

「クローン？」その言葉は聞いたことがあったが、あくまでも植物学の関連語としてであり、そして自分の知性を他人に印象づけようとしたときには決まってそうなるのだが、何も浮かんでこなかった。自分が愚かな子供のようだと思った。

「単為生殖による再生産、つまり新しい個体は——複数の個体でも、なんだったら千体だって作れるが——親と同一の遺伝子構造を持つようになる。クローンは反進化的な行為として地球では禁止されている。だがここではそれほど厳密に守られているわけではないだろう」

「人間のことをおっしゃってるんですか？」

彼はうなずいた。

「そんな話ははじめて聞きました。正直言って、ここで必要な技術を用意できるとは思えません。わたしたちは地球と比べるとはるかに遅れているんです。もちろん、父なら何かご用意できるかもしれませんが」

「別にそれを望んでいるわけではない」

そのときネリッサがコーヒーを手に入ってきて、マーシュ博士が続けたかもしれなかった言葉を巧みに遮った。実をいえば父のことを口に出したのはただの習慣以上のものではなく、たとえ父でもそんな生物学的妙技が可能だとは思っていなかったのだが、それでもつねに可能性はある。大金を積む気さえあれば。実際には、ネリッサがカップを並べコーヒーを注ぐあいだ、わたしたちは互いに黙ったままで、ネリッサが立ち去るとマーシュは感嘆したように言った。「実に並はずれた娘だ」わたしは、彼の目が明るい緑色で、大抵の緑目にはある茶色の色合いがないことに気づいた。

わたしは地球のこと、向こうでの新発明のことを聞きたくてうずうずしており、すでに、彼をここにとどめておくか、せめて再訪を誘うのには女の子が効果的だろうと思いついていた。「何人かお会いになってみてはいかがですか。父は最高のもののみ集めております」

「わたしはどちらかと言えばヴェール博士にお会いしたい。それとも父君がヴェール博士なのかな？」

「あ、いいえ」

「ここに住んでいるはずなんだが。少なくともわたしが教えられた住所はここだ。サント・クロア、デパルトマン・ド・ラ・マン、ポート・ミミゾン、サルタンバンク通り六百六十六番地」

彼はきわめて真剣で、わたしがはっきり誤解だと告げると去ってしまうのでないかと思われた。わたしは言った。「ヴェールの仮説のことは叔母から聞きました。叔母はヴェール仮説によく親しんでいるようです。なんでしたら今宵遅くにでも叔母と話してみてはいかがでしょう」

「今会うわけにはいかないのかな？」

「叔母はほとんど人と会わないんです。内輪の話になりますが、ぼくが生まれる前に叔母は父と喧嘩をして、それからめったに自室から出なくなったんだそうで。女中頭が叔母に報告し、叔母は自室から家事一切の指示を出しますが、部屋を出ること自体ごく稀ですし、外からのお客様を招くことも滅多にないんです」

「それで、なんでそんな話をするのかね？」

「それは叔母との会見を手配できないと申し上げるのは決して悪意からではないとご理解いただきたいからです。少なくとも今夜は無理です」

「叔母上にヴェール博士の現住所をご存じか、もしご存じならどこかを聞いてもらえるだけでいいんだが」

「ぼくはお手伝いしたいんです、マーシュ博士。嘘じゃありません」

「だがすぐに話をするのはいい考えではないと？」

「ええ」

「言い換えれば、わたしの人となりを判断してもらう機会がないまま、ただ叔母上に訊ねるだけでは、たとえ情報を持っていたとしても、教えてもらえないかもしれない？」

「ここでちょっとお話させていただければ手助けになるかもしれません。地球についてたくさん知りたいと願っているんです」

一瞬、黒い髭の下で苦い笑みが浮かんだような気がした。彼は言った。「ならばこちらから――」

邪魔が入った――またしても――ネリッサが、用がすべて済んだかを確認しに来たのだ。ネリッサを絞め殺してやりたい気持ちだったが、マーシュ博士は言いかけた言葉を呑みこんで、質問を変えた。「叔母上にお会いいただけないか、この娘さんに訊ねてもらうわけにはいかないだろうか？」

素早く考えなければならなかった。わたしは自分で部屋から出て、適当な間をおいて戻ってきて、叔母は後ほど会うと言っているとマーシュ博士に告げ、待っているあいだにさらに質問する機会を得ようという考えだった。だが少なくとも彼が待とうとしない可能性もあったし（地球における新発見について聞きたいという思いにとらわれていたわたしには、疑いなく、実際以上にその可能性が高く見えていた）――叔母と会ったときに、そのことを口に出すかもしれなかった。ネリッサを使いに出せば、少なくともそのあいだは博士を独占できたし、かなりの確率で――そうわたしの想像では思われたのだが――叔母は知らない客と会うよりも仕事を優先するだろう。わたしはネリッサに行くように命じ、マーシュ博士は名刺の裏に何かを書き入れて渡した。

「それで」とわたしは言った。「さっきは何をおっしゃろうとしてたんですか？」

「なぜこの館は、植民が始まってからわずか二百年足らずの星に建っているのに、馬鹿馬鹿しいほど古く見えるのだろうかとね」

「館が建ったのは百四十年前です。ですが地球にはもっと古い建物がいくらもあるでしょう」

「おそらくね。何百と。だが建ってから一年もたってない建物はその一万倍もある。ここでは、わたしが見た建物はほとんどどれもこの館と同じくらい古いように見える」

「人口が増えすぎたことはないですし、まだ建物を取り壊さなければならなくなったことはない。そうミスター・ミリオンは言ってます。実際に五十年前よりも今の方が人口は減っているんです」

「ミスター・ミリオン？」

わたしはミスター・ミリオンのことを話し、わたしが話し終えると、マーシュ博士は言った。

「話からするとテン・ナインの非拘束シミュレータがいるようだね。興味深いな。過去に数体しか作られていないはずだ」

「テン・ナイン・シミュレータ？」

「十億、十の九乗パワーという意味だよ。もちろん、人間の脳には数十億のシナプスが存在する。だがその働きを再現するには――」

ネリッサが去ってからまったく時間などたっていないように思えたが、彼女は戻ってきた。スカートをつまんで腰をかがめ、マーシュ博士に言った。「奥様《マダム》がお会いになります」

つい口からこぼれた。「今？」

「はい」ネリッサは素直に答えた。「奥様は今すぐとおっしゃってます」

「それなら、ぼくが案内する。きみは戸口を見ていて」

わたしは暗い廊下を案内し、わざと遠回りして時間を稼ごうとしたが、染みのある鏡やたわんだ小型のクルミ・テーブルの脇を通り過ぎていくあいだ、マーシュ博士は頭の中で母に訊ねる内容を整理しているようで、わたしが地球のことを訊ねてもそっけない返事しか返ってこなかった。

叔母の部屋の前に来ると、博士に代わってノックした。叔母は自分でドアを開け、黒いスカートのすそは足跡ひとつないカーペットの上に宙づりになっていたが、おそらく博士はそのことに気づいていなかったろう。彼は言った。「奥様、ご無礼の段は深くお詫びいたします。あなたの甥御さんから、もしや奥様がヴェールの仮説の作者を探す手がかりを与えてくれるのではないかとうかがいましたもので」

叔母は言った。「わたしがヴェール博士です。どうぞお入りください」そして博士を招き入れてドアを閉じ、口をあんぐり開けたわたしは一人廊下に取り残された。

＊
＊　＊

わたしは次にフィードリアに会ったときにこの出来事の話をしたが、彼女はそれよりも父の館のことを知りたがっていた。フィードリアとは、これまで名前を挙げていなかったかもしれないが、デイヴィッドがスカッシュをするのを見ていたとき、わたしの近くに座った少女のことである。少女は、次にわたしが公園を訪れたとき、他ならぬ女怪その人から紹介されたのだが、怪物女は少女をわたしの隣に座らせただけでなく、驚いたことに、さっさと、視野の外ではないとはいえ、少なくとも会話は聞こえないところまで引き下がった。フィードリアは折れた足首を身体の前に投げ出し、砂利道をなかば遮るようにして、見たこともないほど魅力的な笑みを浮かべた。「ここに座ってもよろしいかしら？」完璧な歯並びだった。

「光栄です」

「驚いてもいるでしょ。あなたって驚くと目が大きくなる。気づいてた？」

「驚いた。ここに来るたびに探してたんだけど、一度も来なかったから」

「わたしたちもあなたを探してたんだけど、あなたもいらっしゃらなかった。でも一日中公園で過ごす人はいないでしょ」

「そうしても良かったけど。ぼくのことを探してくれてるって知ってたら。どっちにしても来られるかぎりは来てたけど。ぼくはてっきり彼女が……」怪物の方にあごをしゃくって「来させてくれないんだろうって思ってた。どうやって説得したの？」

「してないわ」とフィードリアは言った。「想像つかない？　何も知らないの？」

わたしは知らないと告白した。わたしは馬鹿になったように感じていたが、実際に、少なくとも喋っている言葉に関しては、馬鹿そのものだった。わたしの心はもっぱら彼女の言葉への返答を考えることではなく、彼女の歌うような声、紫色の目、肌から立ちのぼるかすかな香水、冷え切った頬に感じる暖かな吐息までをも記憶に刻みこむのに集中していたからである。

「それでね」とフィードリアは喋っていた。「あたしの方はそういうわけ。ウラニー叔母さんが――まあ、母の貧乏な従姉妹なんだけど――家に帰ってあなたのことを話したら、お父さんがあなたが誰かを知って、それでここにいるってわけ」

「うん」とわたしは言い、彼女は笑った。

フィードリアは結婚という希望と、現金収入という現実のはざまで育てられた子供だった。父親の収入は、フィードリア自身が言っていたが、「不安定」だった。フィードリアの父は、もっぱら南の海から運ばれる船荷――織物と薬物に投資していた。たいていは大金を抱えていたが、それは回収の見込みがない融資元から追い貸しされた金だった。いつ破産して野垂れ死ぬことになるかもしれなかったが、それまでのあいだは娘にあらゆる教育と美容整形を受けさせつづけた。もし適齢期に達して十分な持参金を用意できれば、娘は裕福な家とつながりを作ってくれるかもしれない。

あきらめて金に換えることを選べば、ちゃんと育てられた娘にはありきたりなストリート・チャイルドの五十倍もの値段がつくだろう。わたしたちの館は、もちろん、どちらの目的にもかなうものだった。

「あなたの家のことを教えて」と彼女は言った。「みんながなんて呼んでるか知ってる？〝犬《ケイヴ》・洞穴《カネム》〟だって。ただ『穴』って言うこともあるけど。男の子たちはみんなあなたの家に行くのは一大事だって思ってるから、行ったたって嘘をついてる。ほとんど誰も行ったことないのにね」（Cave Canemは「猛犬注意」の意味）

だけどわたしはマーシュ博士と地球の科学のことを話したかったし、フィードリアがわたしたちの館のことを知りたがったように、彼女の世界のことを、ごくさりげなく口にした「男の子たち」のことを、学校と家族のことを知りたかった。そしてまた、わたしは館にいる娘たちが後援者たちに施す奉仕の内容に関してはいくらでも話す用意があったが、いくつか、たとえば叔母が階段を浮遊して降りたこととか、論じたくはないこともあった。だがわたしたちは前と同じ老婆から春巻きを買って、冷たい陽光の下で食べながら秘密を交換し、いつのまにかただ恋人同士ではなく友人同士となって、翌日にまた再会することを約束して別れた。

その日の夜のあいだのどこか、たぶん寝室に戻ったのとほとんど同時に――あるいはより正確に言うならば、わたしは自力ではほとんど歩けなかったのだから、戻されたのとほとんど同時に――何時間にもおよぶ父との面談のあと、空気が変化した。晩春から初夏の湿気が麝香《じゃこう》の匂いとともに鎧戸を抜けて忍びこみ、部屋の小さな暖炉は恥じ入ってひとりでに火が消えてしまったようだった。

父の家令が窓を開けてくれ、すると部屋には、山々の北側に生えるどこよりも深くどこよりも暗い常緑樹林の根元に残った最後の雪が融けたことを教えてくれる芳香があふれた。わたしはフィードリアと十時に会う約束をしており、父の書斎に呼ばれて行く前に、ベッドの隣の書き物机にメモを書いて、約束の時間の一時間前に起こしてくれるよう頼んでおいた。その夜、わたしは鼻腔に芳香を遊ばせ、心には思いをたゆたわせ――なかば計画し、なかば夢見ながら――なんらかの方法でフィードリアの叔母から二人で逃げだし、短く刈り込んだ芝に青と黄色の花々が点在する誰もいない草原へとたどりつくところを想像していた。

目が覚めると午後一時で、窓の外は土砂降りだった。ミスター・ミリオンが、部屋の遠い側で本を読んでいたが、この激しい雨は朝の六時から降っており、それが理由でわたしを起こす手間をかけなかったのだと言った。わたしは、父との長い面談の後ではよくそうなったのだが、割れるような頭痛を覚え、それを軽減するために父が調合してくれていた粉薬を飲んだ。灰色の薬はアニスの香りがした。

「具合が悪そうだ」とミスター・ミリオンが言った。

「公園に行くつもりだったのに」

「わかっている」ミスター・ミリオンが車輪で近づいてくるのを見て、わたしはマーシュ博士が「非拘束」シミュレータと言ったことを思いだした。ごく幼かったころに確認して以来はじめて、身を起こして（頭痛の報いを払わねばならなかったが）胴体部分に記された、ほとんど消えかけている刻印を読んだ。そこには地球上のサイバネティクス企業の名前と、フランス語で、と長い間思っていたが、彼の名前が記されているだけだった。M. Million――「ムッシュー」または「ミスター」・ミリオン。それから、安楽椅子で思いにふけっていた男が突然後ろから殴られたときのように唐突に、わたしはドット(.)がある種の算術では乗法記号として用いられることを思い出した。Mはもちろんローマ数字で千を意味する。とっくにわかっているかと思っていたが」

「十億ワード・コア容量だ」と彼は言った。「英語ではビリオン、フランス語でならミリャード。

「あなたは非拘束シミュレータだ。じゃあ拘束シミュレータというのはなんなんです、それで、あなたは誰をシミュレートしてるんです――父ですか?」

「いいや」画面に浮かぶ顔、ミスター・ミリオンの顔としてわたしがいつも思い浮かべる顔が、首を振った。「わたしのことは、少なくとも、わたしがシミュレートしている人物のことは、きみの曾祖父と呼びたまえ。彼――わたし――は死んでいる。シミュレーションを実現するためには脳細胞を、重なり合った層を一層ずつ、加速粒子ビームによって検査して、コンピュータ内にいわゆる『コア・イメージ』、神経パターンを再現しなければならない。このプロセスは致死的だ」

わたしは少し考えてから訊ねた。「それで拘束シミュレータは?」

「シミュレーションに人間に似た身体を持たせようとすれば、機械のボディは離れた場所にあるコアとリンク――「拘束」――されなければならない。最小限の十億ワード・コアであっても、人間の脳と同程度のサイズまで縮小することはできないからだ」またしても口ごもり、そして一瞬、ミスター・ミリオンの顔は無数の光点へ溶けて消え、陽光の中に踊るほこりのように渦を描いた。

「すまない。はじめてきみは学ぶ気になってくれたが、わたしは教える気になれない。はるかはるか昔、手術の前、自分のシミュレーションは――これは――状況によっては感情を覚えることもできると言われた。今日この日まで、わたしはずっと嘘をつかれたんだと思っていた」間に合えば呼び止めたろうが、驚きで呆然としているあいだにミスター・ミリオンは部屋から出ていってしまった。

長いあいだ、たぶん一時間以上、わたしは座りこんで雨音を聞きながら、フィードリアのこと、ミスター・ミリオンが語ったことを考えつづけ、そのすべては前夜、父から受けた尋問と混ざり合い、尋問によってどんどん答えが盗まれてわたしは空っぽになってしまったような気がして、その空虚で夢がちらついたが、それは柵と壁と隠された掘割つまり隠れ垣という、見えないから蹴つまづきそうになるまで気づかない障害の夢だった。わたしが見たのはコリント式の列柱に囲われた石畳の庭に立っている夢で、柱の間隔が狭すぎて、夢の中では三歳か四歳くらいの子供だったにもかかわらず、どうしてもあいだを通れなかった。長いあいださまざまな場所を試し、しまいにそれぞれの柱に言葉が刻まれているのに気づいた――今思いだせるのは「甲羅」という言葉だけだ――そして石庭に敷かれた石は、古いフランスの教会の床に敷かれているような墓標であり、すべてにわたしの名前と、それぞれ異なる日付が記されていた。

フィードリアのことを考えようとしてもこの夢は心から離れず、女中が熱いお湯を持ってきたとき――というのはわたしはその頃には週に二度髭を剃るようになっていたからなのだが――気がつくとわたしは手に剃刀を握っており、切って流れ落ちた血が夜着からシーツにまで伝い落ちた。

＊
＊　＊

次にフィードリアに会ったのは四、五日後だったが、彼女はデイヴィッドとわたし二人ともを数に入れた新計画に夢中になっていた。それはなんと劇団であり、構成メンバーはほとんどがフィードリアと同年配の少女たちで、公園にある自然の円形劇場で夏のあいだ公演をおこなうことになっていた。劇団は、今述べたが、ほぼ女性だけで構成されていたので、男の役者は貴重であり、デイヴィッドとわたしはじきに深く関わることになった。芝居は俳優陣による共同作業で製作されたが、すると――自然――フランス系の初期植民者たちの政治権力の喪失がテーマになった。フィードリアは、足首が公演の日までには治らなかったので、フランス人総督の片輪の娘を演じた。デイヴィッドはその恋人（いなせな追撃兵隊長）、わたしは総督その人――わたしは喜んでその役を受けたが、それはデイヴィッドよりもはるかにいい役だったし、フィードリアに父親的愛情をたっぷり注ぐことができたからである。

その公演の夜、六月はじめの日のことを、わたしは二つの理由から鮮明に覚えている。わたしの叔母が、マーシュ博士を招き入れて扉を閉じて以来会っていなかったのに、ぎりぎりになって芝居を見にいくと言いだし、わたしにエスコートするように命じたのだ。わたしたち俳優陣は客の入りに不安を抱いていたので、わたしは父に、館の女の子を何人か送ってもらえまいかと頼んでみた――夜のいちばん早い客を失うだけで済むし、どうせその時間なら商売はまだ佳境に入っていない。

大いに驚いたことに（おそらくはいい宣伝になると考えたのだろう）父は、用事が出来たら使いをやるので、その場合は三幕の終わりには女たちを帰すという条件付きで認めてくれた。

わたしはメイクアップのために一時間前には行っておかなければならなかったので、叔母を迎えに行ったのは午後早くだった。叔母はみずからドアを開け、早速、クローゼットの上段から重たい荷物を下ろそうと奮闘している女中を手助けするよう言った。出てきたのは折りたたみ式の車椅子であり、叔母の指示にしたがって組み立てた。できあがると、叔母はぶっきらぼうに「手を貸してちょうだい、二人とも」と言い、わたしたちの腕につかまって車椅子に身体を沈めた。黒いスカートは潰れたテントのように足置きの上に広がり、わたしの手首ほどの太さしかない足のかたちを示した。だが同時にお尻の下で、まるで鞍《くら》か何かのように、奇妙に膨らむものがあった。わたしが見つめているのに気づき、叔母はぴしゃりと言った。「館に戻るまでこれは要らない。ちょっと持ち上げてちょうだい。後ろに立って、腕で抱きかかえて」

わたしが言われたとおりにすると、女中が手早くスカートの下に手を入れ、叔母が腰を乗せていた革製のパッドが入った装置を取り出した。「もう行く？」叔母は鼻を鳴らした。「遅刻するわよ」

お付きの女中がドアを開けておいてくれたので、わたしは叔母の車椅子を押して廊下に出た。どういうわけか、叔母が持っていた煙のように宙に浮かぶ力が物理的に、実際のところ機械的に、奪われ得るのだと知って、わたしはひどく困惑した。なぜ黙っているのかと訊ねられ、わたしはそのことを告げ、さらにこれまで反重力装置を発明した人はどこにもいないと思いこんでいた、とつけ加えた。

「なのにわたしが持っているというわけ？　ならばなぜ、おまえの芝居を見にいくのに、それを使わないんだと？」

「人に知られたくないんでしょう」

「ばかばかしい。あれはごく普通の装具よ。外科用品店で買えるもの」叔母は椅子の中で身体を回し、わたしを見上げた。その顔はあまりにも父の顔に似ており、その命の通わぬ足は少年時代、デイヴィッドとわたしがお座敷マジックをやったときに使ったステッキにあまりにも似ており、あのときわたしたちは偽の身体の下に身をかがめて、そこにうつぶせに寝ているとミスター・ミリオンが信じてくれるよう祈っていた。「超伝導磁場を発生させて、それから床面に仕込まれた強化ロッドによって渦電流を誘導する。誘導電流の磁束が機械自身の磁束と反発し、わたしは浮遊する、そう言ってよければね。前に体重をかければ前進し、まっすぐ背を伸ばせば止まる。ほっとしたようね」

「しました。たぶん反重力というのが怖かったんだと思います」

「以前、おまえと階段を降りたときには鉄のてすりを使ったことがある。都合良くコイルの形をしているからね」

　わたしたちの芝居は順調に運び、予想通りの拍手を、フランス人の貴族階級の末裔の、あるいは少なくともそう思われたがっている観客から浴びた。実のところ、観客は望んでいたよりもはるかに多く、五百人以上集まったうえに当然ながら掏摸《すり》や警官、街娼たちまでが散りばめられていた。もっとも鮮やかに思いだす出来事は第一幕の後半に起き、そのときわたしは十分かそこら、ほとんど台詞もないまま机の前に座り、共演者の台詞を聞いていた。舞台は西向きで、落ちゆく陽が空に毒々しい色の渦巻きを残していた。赤紫色に金と炎と黒の縞が入っている。この荒々しい背景、居並ぶ地獄の旗とも見える前に、ぽつぽつと一人二人、羽根と鋸歯の飾りをつけた一風変わった擲弾兵の引き延ばされた影のように、父の遊女たちの頭が、細長い首が、狭い肩があらわれたのだ。遅れてやってきたので、女たちは劇場最上段の最後尾の席に座り、暴徒となった反逆者たちを包囲する奇怪な、古代の政府の兵士よろしく、劇場を取り囲んだ。

女たちがようやく席につき、キューが出て、そこでわたしは台詞を忘れた。この風景が最初の公演についてわたしが覚えているすべてである。あとはある部分でわたしの所作が父の癖を思わせたために観客から予定外の笑いが起きたこと――そして第二幕のはじまりで、サント・アンヌが昇ってゆるやかな河と大いなる緑の牧草地までが見え、観客を緑の光で染めたこと。そして第三幕の終わりに小柄な傴僂の家令が座席の上段を走りまわり、遊女たちが、緑の縁取りのついた黒い影となって、退場してゆくのが見えたこと。

その夏、わたしたちはさらに三つの舞台をこなして、どれも一応の成功をおさめ、デイヴィッドとフィードリアとわたしとはパートナー同士になったが、フィードリアはどちらとも均等な関係を保っていた――それが彼女の意志だったのか、両親の命令にしたがっていただけなのかはどうしてもわからなかった。足首が治ったフィードリアはデイヴィッドにはうってつけの運動相手であり、公園に来る女の子の中では誰よりもボールやラケットを使ったゲームが上手だった。だがそれと同時に同じくらい頻繁に、すべてを放り出してわたしの隣に座って、植物学や生物学への興味に共感を示し（とはいえ実際に興味を分かち合ったわけではなかったが）、無駄口を叩き、よく本を読むおかげで駄洒落と当意即妙な機知を身につけていたわたしを友人たちに自慢した。

そして一回目の芝居のチケット売り上げだけでは次の芝居に考えていた衣装と装置を揃えるのには足りないとわかったとき、次回からは公演の最後に俳優たちが観客の中を回り、カンパを募ることにしようと最初に言いだしたのもフィードリアだった。そして当然のごとく、人混みとどさくさに紛れてわたしたちはケチな盗みをはたらくようになった。だがしかし、ほとんどの人は分別を持ち合わせ、劇場がある夜薄暗い公園には、切符代とせいぜいアイスクリームかワインを一杯買い求める程度のお金しか持ってこなかった。したがっていかに狡賢こく立ちまわっても利益は限られたものであり、わたしたち、とりわけフィードリアとデイヴィッドは、すぐにはるかに危険で、はるかに儲けの多い冒険の相談をしはじめた。

ほぼこのころ、おそらくはさらに強力になった父による無意識の探索、いまだに目的はわからないまま、すっかり疑問にも思わなくなるほど長いあいだ続いていた夜毎の乱暴な検査の結果として、わたしは意識のコントロールに重大な欠落を生じるようになりつつあった。デイヴィッドとミスター・ミリオンの話では、わたしはまるで普段通りで、せいぜいがいくぶん普段よりも静かなくらいで、ちゃんと質問にも答えているが、突然我に返って、自分を取り巻くおなじみの部屋、おなじみの顔を見つめはじめるのだという。おそらくは昼下がりまで、まったく記憶のないまま目を覚まし、服を着て、髭を剃り、食事をして、散歩に出かけていたのだ。

子供のころわたしはミスター・ミリオンをこの上なく深く愛していたが、あの会話で身体の横にあるおなじみの文字の意味を知ってしまって以来、どうしても昔の関係を取り戻すことはできなかった。わたしはつねに、今もそうだが、わたしが愛した人格は自分が生まれるはるか昔に消え去ったものだ、と意識せずにはいられなかった。そしてわたしが話しかけていたのはその模倣品であり、本質的には数学的な存在で、人間の言葉と行動の刺激に対し元の人格がしたかもしれないように反応しているだけなのだ。その意味で、ミスター・ミリオンが本当に意識を持っており、いつも言っていたが、「わたしが思うに」や「わたしが感じたのは」といった言葉を使う資格があったのかどうか、わたしにはどうしても判断できなかった。そのことを訊ねてみると、ミスター・ミリオンは答えは自分にもわからず、比較する基準を持たない以上、自分の心的プロセスが真に意識を表現しているものなのかどうかは不明だと答えた。そしてわたしは、もちろん、果たしてその答えがシミュレーションに踊る抽象思考の中でかろうじて生きている魂が深くめぐらせた思索の結果なのか、たんなるわたしの質問に引き金を引かれて再生された録音済みの返答なのか、決めかねていた。

わたしたちの舞台は、すでに述べたように、夏のあいだじゅう続き、最後の公演では落ち葉が舞台の上を、古いかばんをひっくり返して誰のものともしれぬ香りのついた手紙をまき散らしたかのように舞った。カーテン・コールが終わった後は、一シーズンの芝居を書き演じきったわたしたちはすっかり気が抜けてしまい、衣装とメイクを落とすと、それ以上何もせず、劇場に最後まで残っていた客の中に混ざり、三々五々ヨタカが啼く小道を抜けて市街から家へ帰った。今思いだせば、わたしは急いで玄関番の仕事に向かったが、その夜、父は玄関に傴僂男を待たせており、わたしはまっすぐ書斎へ向かうよう命じられた。父はぶっきらぼうに今夜は仕事があるので面談を（父の言葉では）早い時間にした、と告げた。父は疲れて加減が悪そうだった。わたしはそのときはじめて、いつの日か父は死に――そしてまさにその日に、自分は豊かにかつ自由になれると悟ったのだ。

その夜薬物の影響下で喋った中身はもちろん思いだせないが、尋問の後で見た夢のことは、まるで今朝見た夢のように、鮮やかに思いだす。わたしは船に乗っていた。公園の脇を流れる緑色の水をたたえた運河を、鋭く尖ったへさきが波濤をたてないほどにゆっくりと、牛に牽かれていくような白い船だった。乗組員はわたし一人で、そもそも生きているのがわたしだけだった。船尾に立ち、巨大な舵輪にひどくだらしなく、舵輪を支えて導いているというよりも舵輪の側に支えられているかのように、痩せた背の高い男の死体がつかまっており、首がまわってわたしの方を向いた顔は、ミスター・ミリオンのスクリーンに浮かんでいるのと同じものだった。この顔は、すでに述べたように、父とごくよく似ていたが、舵輪の死体が父ではないのはわかっていた。

わたしは長いあいだ船に乗っていた。左舷から数ポイントの強い風を受け、船はあてもなく航海するかに思われた。夜になり檣頭《しょうとう》に登ればマストと帆桁とロープが震えて風に歌い、顔をあげれば帆の上にまた帆がひるがえり、視線を落とせば白い帆の下にさらに帆が広がり、前方にも後方にも帆をなびかせたマストが並んでいる。昼間甲板で作業をすれば、しぶきがシャツに飛び、板には涙型の染みが残ったが、明るい日差しに照らされるとすぐに乾いた。

実際にそんな船に乗った記憶はなかったが、あるいは、ごく幼いころにあったのかもしれない、というのはその音が、マストが付け根でたてる軋みも、千本のロープを鳴らす風の笛も、木の船殻に打ち当たる波の音も、どれもはっきりと、リアルに、まさしく本物のように聞こえたからで、それは子供のころ、眠ろうとしていたときに、頭の上から聞こえてきた笑い声やガラスの割れる音と同じだった。あるいはそのころ、時に朝わたしを起こした城塞から聞こえてくるラッパのようだった。

わたしはこの船に、なんなのかはわからなかったが用があった。バケツに水を汲んで運んで甲板の血の染みにぶっかけ、何にもつながっていない――というよりは索具よりもはるか高くにある動かない物体にしっかり縛りつけられているように見えるロープを引っ張った。船首と舷墻《げんしょう》から海面を見つめ、檣頭から見つめ、中央の広い船室の上から見つめたが、星船が、再突入シールドを熱で目がくらむほど明るく輝かせ、焼け付く音をたててはるか遠くの海に落ちたときにも、それを告げる相手はどこにもいなかった。

そしてこのあいだずっと、舵輪につかまった死体はわたしに話しかけていた。首は折れたように力なく垂れ、握っている舵輪が大波が舵に打ちつけた衝撃で揺れると、右肩から左肩へ振れ、くりかえし天を仰いでは地を見つめた。だがそれでも死体は喋りつづけ、聞こえてきた言葉からは、自分でも根拠がないとわかっている倫理を教える説教のようだった。お喋りを聞くのが厭わしかったので、わたしはできるだけ船首の方に逃げたが、それでもときどき風がきわめて明瞭に言葉を届けてきて、作業を休めて顔を上げるといつも、自分が思っていたよりもはるかに船尾に近いところにおり、ときには実際に、死んだ操舵手に触れそうな場所にいることさえあった。

この船に長いあいだ乗って、とても疲れて孤独を感じはじめたころ、船室の扉が開いて叔母が姿をあらわし、背をピンと伸ばして傾いた甲板の二フィート上を浮遊してきた。スカートはいつものように垂直に垂れ下がってはおらず、吹き流しのように風に吹かれて波打ち、今にも飛ばされそうに見えた。なぜだかよくわからないが、わたしは叔母に告げた。「叔母さん、舵輪の男には近づかないで。悪いことをするかもしれない」

叔母は、わたしの寝室の前の廊下で会ったときと同じくらい自然に、答えた。「ばかばかしい。あいつはもう誰かの役に立ったり、それとも、害を及ぼしたりするような存在じゃないよ、第五号。わたしたちが心配しなければならないのは兄の方よ」

「どこにいるの？」

「下よ」父が船倉にいる、と示すかのように甲板を指さした。「あいつはなぜこの船が動かないのか調べている」

舷側に駆け寄って見下ろすと、広がっていたのは海ではなく夜空だった。星々――数え切れないほどの星々が眼下無限に深く広がっており、見つめるうちに、船は、叔母が言っていたように、前進していないばかりかうねりさえせず、腰を据えてびくともしないのに気づいた。叔母の方を見返すと、こう教えてくれた。「船が動かないのは、なぜ船が動かないのか調べるあいだ、船をしっかりつないでおこうと兄が考えたから」そして気がつくとわたしは船倉だと思われる場所に向けてロープを滑りおりていた。けもののにおいがした。わたしは目が覚めていたが、しばらくはそのことに気づいていなかった。

足が床に触れ、デイヴィッドとフィードリアが隣にいた。わたしたちは屋根裏のような広い部屋におり、フィードリアを見るととても可愛らしかったが緊張して唇を嚙んでおり、どこかでカラスの鳴き声がした。

デイヴィッドが言った。「金はどこにあると思う？」デイヴィッドは道具箱を携えていた。

そしてフィードリアは、たぶんデイヴィッドの言葉を聞いておらず、でなければ心中の思いを口に出して言った。「時間はいくらでもある。メアリードルが見張りをしてるし」メアリードルとは芝居に出ていた女の子のことだった。

「もし逃げてなければ、だろ。金はどこにあると思う？」

「この階にはない。下の、事務所の裏でしょ」フィードリアはかがみこんでいたが、体を起こして前に這いすすみはじめた。フィードリアはバレエシューズから黒い髪を束ねる黒いリボンまで全身黒ずくめで、顔と腕の白さと強烈なコントラストをなしており、紅色の唇だけが誤ってわずかばかりの色として残されていた。デイヴィッドとわたしは後につづいた。

籠が床に、広く散らばって置かれていた。そして脇を通り過ぎるとき、中に鳥が、籠ごとに一羽ずついるのが見えた。部屋を横断して上げ戸から下階へ降りる梯子まで来たところではじめて、それが闘鶏だと気づいた。そのとき天窓から射しこんだ光の矢が籠に当たり、雄鶏は目を覚まして伸びをし、コンゴウインコのようにけばけばしい羽毛と猛々しい赤い目を見せつけた。「早く」とフィードリアは言った。「次は犬よ」そしてわたしたちは梯子を降りていった。下の階ではまさに地獄絵図がくりひろげられていた。

犬は仕切りの中につながれていたが、間仕切りはお互いの姿が見えないくらい高く、仕切りのあいだには広い通路があった。すべて闘犬だったが、十ポンド級のテリアから子馬ほどのマスティフまで大きさはさまざまで、いずれも頭は古木にできたこぶのように異形にふくれあがり、顎は人の両足を一口で嚙み切れる乱暴者ばかりだった。吠え声は信じられないほどやかましく、梯子を降りようとするわたしたちを文字通りに揺さぶり、わたしは降りきったところでフィードリアの腕をつかんで手振りで伝えようとした――自分たちがどこにいるのであれ、許可なしで入りこんでいるのは間違いなかったので――すぐに逃げ出した方がいい、と。フィードリアは首を振り、そしてわざと大げさに唇を動かしてもなおわたしが理解できないでいると、ほこりの積もった壁に湿らせた指で書いた。「いつもこうやって騒いでるの――通りの物音とか――なんにでも反応する」

下の階に降りる階段に通じる重たいドアには差し錠がかかっておらず、おそらくは吠え声を閉じこめる目的でしつらえられたものらしかった。ドアを閉じるとだいぶましになったが、それでも騒音はかなりのものだった。このころにはわたしはすっかり目覚めており、本当ならデイヴィッドとフィードリアに自分がどこにいるのかも、ここで何をしているのかもわかっていないと説明すべきだったのだろうが、恥ずかしくてできなかった。それにいずれにしても自分たちの目的は容易に想像がついていた。デイヴィッドは金のありかを知りたがっていたし、それまでに何度も相談していた――そのときには空想以上のものではないと思っていたのだが――ケチな犯罪をくりかえさなくともよくなるくらいの大きな盗みを働こうと。

どこにいたのかは、後ほど出ていくときに判明した。そしてどうやって入りこんだかはなにげない会話をつなぎあわせて読み取った。そこは元々は倉庫だった建物で、港に近いエグー通りに建っていた。オーナーは動物を娯楽で戦わせる愛好者たちへの供給元であり、当地では最大の数を飼う業者だった。フィードリアの父親はたまたまもっとも高価な動物を船に積み込んだことを聞きおよんでオーナーを訪ねたが、そのときフィードリアも一緒に連れてゆき、そしてこの建物は夕のお告げの祈りの鐘《アンジェラス》を過ぎるまでは締めきりになるとわかっていたので、わたしたちは翌日昼のアンジェラスのあと、天窓を抜けて忍びこんだのだ。

犬の階からさらに下へ、建物の二階にあたる階に降りたときに見たものを説明するのは難しい。闘奴自体はこれまでに何度も、ミスター・ミリオンやデイヴィッドと一緒に図書館へ行く途中で奴隷市場に立ち寄ったときに見かけていた。だが一人か二人、きつく縛《いまし》められた者を見たくらいである。ここではあたり一面に寝ころび、座りこみ、歩きまわっており、わたしは一瞬、なぜお互い同士で戦い合わないのか、それを言うなら、わたしたち三人に襲いかかってこないのかと訝《いぶか》った。それから、それぞれが床に釘付けされた短い鎖でつながれているのに気づき、そして擦れ削れてできた床の円から、奴隷の手がどこまで届くかもわかった。奴隷たちのものである家具は藁布団と椅子やベンチ数脚程度で、いずれも軽くて投げても無害か、でなければ頑丈に作られてしっかり釘付けしてあった。闘技場では戦いの前にお互いに雄叫びをあげているので、てっきりわたしたちに向かっても叫び、脅しかけてくるだろうと思っていたが、みな鎖につながれているかぎりは何もできないとわかっているようだった。わたしたちが階段を降りていくと首がみなこちらを向いたが、食べ物を持っていないとわかると、一瞥しただけで、それ以上は犬が示したほどの関心も向けようとしなかった。

「こいつらは人間じゃないのよね」とフィードリアが言った。フィードリアは行軍する兵士のように背筋を伸ばして歩きながら、興味深げに奴隷を見つめた。彼女を見ていて、自分が頭に思い浮かべる「フィードリア」よりも、実物は背が高く痩せているのに気づいた。フィードリアはただ可愛いのではなく、美しい娘だった。「本当のところ、けだものでしょ」

わたしはもう少し正しい知識を学習していたので、彼らも幼児のときは人間だった――場合によっては子供か、さらに成長している場合もある――が、外科手術（一部は脳にも手術を受ける）と薬物による内分泌系の変化で普通の人から変わってしまうのだ、と教えた。それにもちろん外見は傷で変わっている。

「あなたのお父さんは女の子にそういうことをするんでしょ？　館のために？」

デイヴィッドが答えた。「滅多にないよ。すごく手間がかかるし、大抵の人は普通の方が好きだ。すごく変わった普通だとしてもね」

「今度見せてちょうだい。だから、お父さんが手を加えたのを」

わたしはまだ闘奴たちのことを考えていた。「きみは、こういうもののことは知らないの？　前に来たことあるんだと思っていた。犬のことは知ってたじゃないか」

「ああ、前にも見たことあるし、ここの人に話を聞いたわ。あたし、つい考えてることが口に出てたのね。まだ人間なんだったら、さぞかし辛いでしょうね」

一階は上の階とはまったく異なっていた。壁には窓があり、犬や鶏や闘奴や奇妙な生き物の写真が額に入って飾られていた。エグー通りと港に面した高く小さな窓からは細い光線が差しこみ、薄暗がりの中で、高価な赤い革張りの椅子の片方の肘かけのみ、栗色のカーペットの本ほどの大きさの一画、それに半分だけ水が入ったデカンタを照らしだした。部屋を三歩歩いて見つかったと悟った。わたしたちに向かってくるのは背が高い、肩も高い若者で——驚いた顔で、わたしと同時に立ち止まった。それは金の縁どりつきの窓間鏡に映った自分の姿であり、わたしは一瞬自分がどこにいるのかわからなくなった。それは見知らぬ相手、見覚えのない顔が振り向くか角度が変わって、よく知っているはずの友人をおそらくはじめて、外からの目で見ていた姿に変わるときの現実喪失感だった。自分自身と知らずに見た顎の尖った、陰気な顔の少年こそ、フィードリアとデイヴィッドとミスター・ミリオンが見ていたわたし自身だったのだ。

「ここでお客の相手をするの」とフィードリアは言った。「何か売るときには、一度に一匹ずつ持ってこさせて他の動物を見せないようにしている。でも犬の吠える声はここまで聞こえてくるから、パパとあたしを上に連れていって何もかも見せてくれたわけ」

デイヴィッドが訊ねた。「お金をどこにしまってあるかは？」

「裏よ。タペストリーがあるでしょ？　あれは本当はカーテンなの。っていうのはパパが話しているとき、何かで借りのある男が来てお金を払ったんだけど、そのお金を持ってそこをくぐって入っていったから」

タペストリーの裏のドアは小さな事務所に通じ、向かい側の壁にはまた別のドアがあった。金庫や金箱はどこにもなかった。デイヴィッドは道具箱から金てこを出して机の引き出しをこじ開けたが、中にはごく普通の書類しかなかった。そして、わたしが向かいのドアを開けようとしたとき、その奥の部屋から、こするような、引きずるような音が聞こえてきた。

一分かそこらのあいだ、三人とも凍りついて動かなかった。わたしは掛けがねに手をかけたまま立っていた。フィードリアは、わたしの後ろ、左側におり、床に現金を隠していないかカーペットをめくって探していた――四つんばいになったまま、スカートは足元で黒いプールとなった。壊れた机のあたりから、デイヴィッドの息づかいが聞こえた。また引きずる音がして、床板がきしった。デイヴィッドがそっと言った。「動物だ」

わたしは掛金から手を離し、デイヴィッドを見つめた。まだ金てこを握ったままで顔は蒼白だったが、微笑んだ。「つながれたけものが足を引きずってるんだ。それだけだよ」

わたしは訊ねた。「なんでわかる？」

「向こうに誰かいればこっちの物音が聞こえたはずだ、少なくともぼくが机をこじあけたときには。人がいれば出てくるか、怖がってれば隠れて静かにしてるだろ」

フィードリアが言った。「彼の言うとおりだと思う。ドアを開けて」

「開ける前に、もし動物じゃなかったら？」

デイヴィッドが言った。「動物だよ」

「でももし違ったら？」

その答えは二人の表情が語っていた。デイヴィッドは金てこを握りしめ、わたしはドアを開いた。

その先の部屋は予想していたよりも広かったが、がらんどうで汚かった。わずかな光は反対側の壁高くにあるひとつきりの窓から落ちるだけだった。床の中央には大きな、鉄枠がはまった暗色の木箱があり、その前には襤褸らしきものが転がっていた。カーペットが敷かれたオフィスから一歩踏みこむと、襤褸が動いて顔が、カマキリのように三角形をした顔が、わたしの方に向いた。顎は床から一インチも持ち上がっていなかったが、深く落ちくぼんだ目は小さく燃える緋色の炎だった。

「きっとあれよ」フィードリアは顔ではなく鉄枠つきの櫃《ひつ》の方を見ていた。「デイヴィッド、箱を開けられる？」

「たぶん」とデイヴィッドは答えたが、彼も、わたしと同じように、襤褸にくるまれたの目の方を見ていた。「あれはどうする？」一瞬後そう言って、手振りで指し示した。フィードリアやわたしが答える前に、その口が開いて、長く細く尖った灰黄色の歯が見えた。「カカレ」とそれは言った。

わたしたちは誰も、そいつが喋れるとは思っていなかったと思う。まるでミイラが喋ったようだった。外では馬車が走り過ぎ、鋼鉄の車輪が石畳で音をたてた。

「やめよう」とデイヴィッドが言った。「もう出よう」

フィードリアは言った。「病気にかかってるのよ。わかるでしょ、よく面倒が見られるように下に連れてきたのよ。病気だから」

「それで病気の奴隷を金箱につないだってわけ？」デイヴィッドは眉毛を持ちあげてみせた。

「わからない？　部屋に重たいものがあれしかなかったからでしょ。ちょっと行って、かわいそうな生き物の頭をひっぱたくだけでいいの。怖いんだったら金てこを貸してよ。あたしがやるから」

「ぼくがやる」

わたしはデイヴィッドに続いて箱から数フィートの距離まで近づいた。デイヴィッドは金てこで奴隷を威嚇するような格好をした。「おい！　そこをどけ！」

奴隷は喉をならすような音を出し、鎖を引きずりながら這って脇へ避けた。汚らしい、ぼろぼろの毛布にくるまれた生き物は子供ほどの大きさしかないように見えたが、手だけは巨大だった。

　わたしは振り向いてフィードリアに一歩近づき、もしデイヴィッドが開けるのにてこずるようだったらすぐに逃げるようにうながそうとした。今でも覚えているが、何か聞いたり感じる前に、フィードリアの目が大きく見開かれるのが見えた。そしてデイヴィッドが持っていた道具箱が床に落ちて音をたて、デイヴィッド自身が重たい音と小さなあえぎ声を出して倒れたときも、まだ何が起こったんだろうと考えていた。フィードリアが悲鳴をあげ、三階の犬たちがいっせいに吠えはじめた。

　このすべては、もちろん、一瞬のうちに起こった。わたしが振り向くのとデイヴィッドが崩れ落ちるのはほとんど同時だった。奴隷は矢のように腕を突き出して弟の足首をつかまえ、それから一瞬のうちに毛布をはねのけて――こういう説明しかできないのだが――弟の上で跳ねていた。

　わたしは奴隷の首筋をつかんで、てっきりデイヴィッドにしがみつくだろうと思って引きはがすつもりで後ろに強く引っ張ったが、奴隷はわたしの手を感じた瞬間にデイヴィッドを横に放り投げ、蜘蛛のように身悶えした。奴隷には腕が四本あった。

　四本の腕がこちらに向かってきて、わたしはネズミを顔の前に突き出されたみたいに、手を離して身を引いた。本能的嫌悪がわたしの命を救った。そいつは足を後ろに蹴りあげたので、もしわたしがそのまま捕まえていたら腕が支点になって、まちがいなく蹴りで肝臓か脾臓が破裂して殺されていただろう。

その代わり、そいつは前に飛び出し、わたしは、息を切らして、飛びすさった。わたしは倒れ、奴隷の手が鎖で届かない円の外へ転げ出た。デイヴィッドはすでに走って逃げており、フィードリアは安全なところにいた。

しばし、わたしが身震いしながら立ち上がるまで、三人そろってただそいつを見つめていた。それから、デイヴィッドは皮肉っぽく引用した。

手と手のぶつかりあい、人を我は歌う、宿命に追われ
はげしいユーノーの解けぬ怒りに追われ
離れ旅立つ、トロイアの岸辺を

フィードリアもわたしも笑わず、フィードリアは長く息を吐いてから、わたしに訊ねた。「どうやったの？　あんな風になるなんて？」

わたしは異物に対する免疫力を弱めてから余分な一対を移植したはずだと言い、手術ではおそらくドナーの肩部の構造と肋骨何本かを置き換えているのだろうと説明した。「ぼくはネズミを使って同じようなことを試している——もちろん、こんなに大胆なスケールじゃないけれど——驚くのは、あいつが移植された両腕を自由に使っていることだ。一卵性双生児を使わないかぎり、神経端を正しく接合するのはまず不可能だし、これをやった人は望んだものを手に入れるまでに数え切れないほど失敗をくりかえしているはずだ」

デイヴィッドは言った。「もうネズミはやめたんだと思ってたよ。今は猿で実験してんじゃないの？」

やってはいなかった。そうしたいとは思っていたが。だがいずれにせよ、こうして話していてもなんにもならない。わたしはそうデイヴィッドに告げた。

「逃げ出したがってるんだと思ってたよ」

さっきまではそうだった。だが今やわたしにはもっと欲しいものができていた。デイヴィッドやフィードリアがお金を欲しがっているよりも強く、この生き物を解剖して調べてみたかった。デイヴィッドはわたしより剛胆だと思いたがっていたので、「別に逃げたいならそれでもいいけど、ぼくをダシに使うなよな」と言えば、話は簡単だった。

「わかったよ。どうやって殺すつもりだ？」デイヴィッドは怒った顔を向けた。

フィードリアが言った。「あいつの手は届かない。ものを投げつければいい」

「はずれたのを拾って投げかえしてくるだろ」

わたしたちが話しているあいだ、そいつ、その四本腕の奴隷はこちらを見て笑っていた。生き物がわたしたちの言葉を、少なくとも部分的には解するのはほぼ間違いないと思えたので、わたしはデイヴィッドとフィードリアに机がある部屋に戻ろうと手で合図を送った。部屋に戻ると、ふたつの部屋をつなぐドアを閉じた。「あいつに話を聞かれたくなかったんだ。棒の先に武器をつけて、槍のようなものを作れば、近づかないであいつを殺せるかもしれない。何か棒に使えそうなものはなかったか？　思いつかない？」

デイヴィッドは首を振ったが、フィードリアは言った。「ちょっと待って、なんかあったわ」わたしたちがフィードリアを見つめると、彼女は関心を集めているのを楽しんで、眉をひそめて記憶をさぐるふりをした。

「それで？」とデイヴィッドが訊ねた。

フィードリアは指を鳴らした。「窓開け棒よ。ほら、長くって先にフックのついてる奴。応接室に窓があったでしょ。あの部屋の窓は高いところにあって、パパとオーナーが話してるとき、窓開け棒を持ってきて開けた人がいたのよ。どこかそこら辺にあるはず」

五分間探して二本見つけた。充分使えそうだった。長さ六フィートで直径一インチ余り、堅い木でできている。デイヴィッドは自分の分を振り、フィードリアを突くまねをし、それからわたしの方を向いた。「それで、鋒先《ほさき》はどうする？」

いつも身につけている外科用メスが胸ポケットでケースに収まっていたので、それを、デイヴィッドが幸運にも道具箱にしまわずベルトからぶらさげていた絶縁テープで棒に縛りつけたが、デイヴィッド用の二本目の鋒先は見つけられず、しまいに彼自身が割れたガラスを使おうと言いだした。

「窓を割るのは無理よ」とフィードリアが言った。「音が外に漏れる。それに、それだと切りつけたらはずれちゃうんじゃない？」

「厚いガラスなら大丈夫だ。ほら、これ」

そっちを見ると――またしても――自分の顔があった。デイヴィッドが指さしているのは、階段を降りてくるときにわたしが驚いた大きな鏡だった。わたしの視野の中でデイヴィッドの靴が鏡を打ち、鏡は音をたてて崩れ落ちて、犬がまた吠えだした。デイヴィッドは細長く、ほとんど棒のような三角形の破片を選び、明かりにかざすと、宝石のようにきらめいた。「これならサント・アンヌでアボが瑪瑙と碧玉から作った奴にも負けないだろ？」

＊
＊　＊

前もって決めておき、わたしたちはそれぞれ反対側から近づいた。奴隷は宝箱の上に飛び乗り、そこから、じっと落ち着いてわたしたちの様子をうかがっており、深くくぼんだ目はデイヴィッドからわたしへと動き、そしてついに近くまで来たところで、デイヴィッドが突進した。

ガラスの鋒先が胸に食いこむと奴隷は体を回して槍の柄を握り、強い力で手前に引いた。わたしは突きを入れたがはずし、そして構えなおす前に生き物は箱から飛び降りて箱を挟んで反対側でデイヴィッドに組みついていた。わたしは上から覆いかぶさるように突いたが、デイヴィッドが悲鳴をあげた瞬間、はじめてメスをデイヴィッドの太腿に刺してしまったことに気づいた。血が、明るい色をした動脈血が、吹き出して柄を濡らすのを見て、わたしは棒を投げ捨て、箱を飛び越えて上からつかみかかった。

生き物は待ちかまえていた。仰向けになってニタニタと笑いながら、両足と四本の腕すべてを死んだ蜘蛛のように広げて。そのままだとまちがいなくわたしは次の瞬間には絞め殺されていたろうが、デイヴィッドが、どこまで意識的だったのかわからないが、片手を生き物の顔の上に振りあげたおかげで、そいつはつかみそこね、わたしは伸ばした手と手の隙間に落ちた。

＊
＊　＊

そのあとはほとんど語るべきことはない。生き物はデイヴィッドを放り出してわたしを引き寄せ、喉に咬みつこうとした。だがわたしは親指を相手の眼窩に突っこんで押しのけた。そこでフィードリアが思ってもみなかった勇気を発揮し、わたしの手にデイヴィッドのガラスをつけた槍を押しこんでくれたので、それを使って首筋を刺した――相手が死ぬまでに頸動脈と気管両方を切断したと思う。デイヴィッドの足に止血を施し、金も、奴隷の肉体から得ることを望んでいた知識も手にすることなく、倉庫を後にした。メアリードルの手を借りてデイヴィッドを連れ帰り、ミスター・ミリオンには空き家を探検中に足を滑らせたのだと説明したが、信じてもらえたとは思えない。

この出来事――つまり奴隷を殺した一件――についてはもうひとつ語ることがあるのだが、わたしは先を急ぎ、その直後に味わった、そのときには、はるかに大きな影響を自分に与えた発見について語る誘惑にもかられる。それはただの印象にすぎないものであり、今では記憶の中で歪められてより強くなっているはずだ。わたしが奴隷を刺したとき、顔が相手の顔に近づき、（おそらくは高い窓からの光で背後から照らされていたために）わたし自身の顔が相手の目の角膜に反射して二重に見えたのだが、その顔は奴隷の顔とひどく似ているように思われたのだ。それ以来、マーシュ博士がクローン技術によって何人でも同一の人間を作りだせると語ったこと、そして父が、わたしが幼かったころ、子供のブローカーとしても有名だったことが頭から振り払えなくなった。わたしは釈放以来、母親の行方を、叔母から見せてもらった写真に写っていた女性の行方を探しつづけている。だがあの写真はまちがいなくわたしが生まれるはるか昔に撮られたものだった――ひょっとしたら地球かもしれない。

さっき言っていた発見をしたのは、奴隷を殺した建物から出るのとほとんど同時だった。つまりこういうことである。今はもう秋ではなく、夏の盛りだった。わたしたち四人は――このときにはメアリードルも加わっていた――デイヴィッドのことをひどく心配していたし、怪我の言い訳を考えなければならなかったので、自分の中で衝撃を感じている暇はなかったのだが、これは疑う余地なき事実だった。空気には夏特有の重たく湿った熱気がただよっていた。ほとんど裸だったはずの木は緑に染まり、椋鳥が鳴いていた。庭の噴水には、パイプの氷結と破裂の危険を避けるための温水はもう流されていなかった。デイヴィッドを運ぶ途中、水盤に手を浸してみると、それは朝露のように冷たかった。

ならばわたしの無意識の行動、夢遊状態は一冬まるごとと春を飲みこむまでになっていたのだ。わたしは自分自身がどこかに行ってしまったような気がした。

家に入ると、てっきり父のものだと思っていた猿が肩に飛びついてきた。後からミスター・ミリオンが、それはわたし自身のもので、実験室の研究動物をペットにしたのだと教えてくれた。この小動物に見覚えはなかったが、毛皮の下の傷跡とねじれた手足が、猿がわたしを知っている証拠だった。

（わたしはそれ以来ポポを手元から離しておらず、拘束されていたあいだはミスター・ミリオンが世話をしてくれていた。今でもポポは天気のいい日には館の灰色の朽ちかけた壁をよじ登る。そして姫墻の上を走り、傴僂になったシルエットが空に浮かぶとき、わたしは、一瞬、まだ父が生きているのではないかと思い、また書斎に呼び出されるのではないかと思う――だが、それはペットの罪ではない）

＊
＊　＊

父は医者を呼ばず、自分でデイヴィッドを手当てした。怪我の事情を訝《いぶか》っていたとしても、それを表に出さなかった。わたし自身の推測では――こんなに時間のたった今となって、どれほどの意味があるのかわからないが――喧嘩してわたしが刺したのだと信じていたのだろう。こう言うのは、これ以降、父はわたしと二人きりになるのを不安がるようになったからである。父は臆病者ではなかったし、長年のあいだには幾たびも最悪の犯罪者を相手にした経験があった。だがもはやわたしを相手にしたときはリラックスしていなかった――用心を怠らなかった。もちろん、それは失われた冬のあいだに何かわたしが言ったことのせいなのかもしれない。

メアリードルもフィードリアも、それにもちろん叔母やミスター・ミリオンも、たびたびデイヴィッドを見舞いに訪れたので、たまさかの父の訪問をのぞけば、病室は一種待ち合わせ場所のようになった。メアリードルはほっそりした金髪の優しい心をした少女で、わたしはとても好きになった。メアリードルが帰るときにはよく送っていってやり、そして帰り道には奴隷市場に立ち寄って、かつてミスター・ミリオンとデイヴィッドとわたしが習慣にしていたように、揚げパンと甘いコーヒーを買い、競りを眺めた。奴隷は世にも愚鈍な顔をしていた。だが気がつくとわたしはその顔を見つめており、そして長い時間が、少なくとも一ヶ月が過ぎたころになってはじめて理解した——ある日突然に、自分が探していたものを見いだして——なぜ自分がそうしていたのかを。若い男性の掃除夫が競り台の上に引き出された。顔にも背中にも鞭の痕が残り、歯は欠けていた。だがわたしにはわかった。傷だらけの顔はわたしのもの、あるいは父のものだった。わたしは買い取って解放してやろうかと思い、奴隷に話しかけてみたが、へつらう調子で返事を返されて、嫌悪を感じて背を向け、そのまま家に帰った。

その夜、父に書斎へ呼びだされたとき——数夜のあいだ呼びだしは途絶えていたので——わたしは研究室への入り口を隠している姿見に映るわたしたちの姿を見つめた。父は昔よりも若く見えた。わたしは年をとっていた。わたしたちはほとんど同じ人間でもおかしくなかった。そして彼がわたしに向きなおったとき、わたしは、彼の肩越しに、自分の肉体が見えず、見えるのはただ彼の腕とわたしの腕だけであり、わたしたちは闘奴であってもおかしくなかった。

最初に殺そうと言いだしたのが誰だったのかはわからない。覚えているのはある夜、メアリードルとフィードリアを家まで送っていったあと、寝る用意をしていたとき、わたしたち三人がミスター・ミリオンと叔母を加え、デイヴィッドのベッドのまわりに座って話をしたことだ。

もちろん、おおっぴらにではなかった。たぶん自分の考えていることを自分自身でも意識はしていなかったろう。叔母は父が隠しているはずのお金のことを口に出した。そしてフィードリアは、そのとき、宮殿のように豪華なヨットのことを話した。デイヴィッドは漠然としたかたちで狩りの話をし、政治力を金で買うことを口にした。

そしてわたしは、何も言わず、彼に奪われた何時間もの何週間もの何ヶ月もの時間のことを考えていた。わたし自身が壊されていることを思った。今晩書斎に入っていって、次に目が覚めたときには老人になり、たぶん物乞いになっているかもしれないと考えた。

そのときわたしは彼を殺さなければならないと悟った。もし古い検査台の剝げかけたレザーの上に薬を盛られて寝ているときにそういう考えを洩らしてしまったら、彼はなんの良心の呵責もなくわたしを殺すだろうから。

家令に呼び出されるのを待つあいだに計画をたてた。父の死には捜査も、死亡診断書もないだろう。わたしが父に取って代わる。お客たちにとっては何も変わらないままである。フィードリアの友人たちは、わたしは父と喧嘩して家を出たと告げられるだろう。わたしはしばらく誰とも会わず、それから、メイクをつけて、薄暗い部屋で、ときおり特別の相手とだけ会うようにしよう。それは実現不可能な計画だったが、そのときには、わたしは実現できると思い、さらにたやすいことだとさえ思った。外科用メスはポケットに入っており、いつでも使える状態だった。死体は研究室で処分してしまえばよい。

父はわたしの顔色を読んだ。いつものようにわたしに話しかけたが、わかっていただろうと思う。部屋には花が活けてあったが、そんなことはこれまで一度もなく、あるいはとっくにすべてを悟っていて、特別な日のために、花を飾らせたのではないかとも考えた。レザーの検査台に寝るように命じる代わりに、椅子の方を指し示して、自分はデスクの方に腰を下ろした。「今夜は二人ではない」

わたしは父を見つめた。

「おまえはわたしに怒っている。これまで、怒りがおまえの中で大きくなってゆくのを見てきた。わかっているのか、おまえは――」

さらに言葉を続けようとしたところでドアにノックの音がして、父が「どうぞ!」と呼びかけると、ネリッサがドアを開け、遊び女とマーシュ博士を導き入れた。わたしはマーシュ博士の姿に驚いた。もっと驚いたのは父の書斎に女の子が入ってきたことだった。女はマーシュの隣に、彼がその日のお相手であることを示すように座った。

「こんばんは、博士」と父が言った。「ご満足かね?」

マーシュは笑い、太くて正方形の歯を見せた。今では服は流行の最先端に仕立てられていたが、髭と頬の白さのコントラストは以前と同じに目立った。「快楽においても知性においてもね」と彼は言った。「人の二倍の背丈もある裸の女性が、壁を抜けて歩いていくのを見たよ」

わたしは言った。「それはホログラムです」

マーシュはまた笑った。「わかっている。他にもいろいろなものを見せられた。それをひとつずつ数えあげてもいいが、そんなことをしても退屈させるだけだろう。ただ、きみの館は驚くべき存在だ、とだけ申しあげたい。もちろん聞き飽きた言葉だろうがね」

父が言った。「何度聞いても嬉しいものです」

「では、さきほど申し上げた議論の続きと参りますか？」

父は遊び女の方を見やった。女は立ち上がり、マーシュ博士にキスし、部屋を出て行った。重たい書斎のドアが、彼女の背中で柔らかな音を立てて閉じた。

＊
＊　＊

スイッチを入れるような、あるいは古いガラスが割れるような音を。

＊
＊　＊

それ以来、わたしはくりかえし、あの出ていった娘のことを考えている。ハイヒールの婦人靴とグロテスクに長い足、尾骨の数センチ下まで垂れさがっている背中の大きく開いたドレス。むきだしになった襟足。リボンと髪飾りで積みあげ解き編んだ髪。ドアを閉じたとき、それと知っていたわけはないが、あの娘は自分とわたしが知っていた世界を終わらせたのだ。

「あの娘は外で待っている」父はマーシュに言った。

「そしてもし、いなくなってしまっても、もちろん代わりの娘をよこしてくれるでしょうしな」人類学者の緑色の目はランプの炎を受けて光るように見えた。「さて、それで、どういう御用かな？」

「あなたは人種を研究している。同じような考えを持つ、同じような男性の集団は人種と呼ぶべきだろうか？」

「男性と、それに女性のね」マーシュは笑顔を浮かべつつ、言った。

「そしてここで」父は続けていた。「ここサント・クロアで、あなたは地球へ持ち帰る研究材料を収集している？」

「たしかに、わたしは材料を収集している。母世界へ戻るかどうかということについては未確定だ」

　わたしはまじまじと彼を見つめていたに違いない。マーシュは笑顔をこちらに向け、その顔はこれまでにないほど庇護者然としているように見えた。「驚いているね！」

「ぼくはずっと地球こそが科学的思考の中心地だと思ってました。科学者がフィールドワークのために離れるというのは理解できますが――」

「その地に止まりたいなどとは考えられない？

　わたしの立場を考えてみたまえ。母世界の歴史と叡智を崇めたてまつっているのは――わたしにとっては幸いなことだが――きみだけではない。地球で教育を受けたおかげで、わたしは、きみの大学ではほとんど言い値で雇ってもらえるうえに、二年ごとに有給休暇《サバティカル》まで取れる。それにここから地球までの旅はニュートン時間で二十年を要する。もちろん、わたしの主観では六ヶ月の旅だが、帰ったときにはわたしの研究は四十年も遅れていることになる。いや、勝手ながらきみの星にも知的な光明が与えられることになるかもしれんよ」

父が言った。「話が逸れているようだ」

マーシュはうなずき、付け加えた。「だがわたしは人類学者たるものどんな文化にも居を構えられる能力があると言いたかった――それがこの家族がこしらえあげているほど奇妙なものであったとしても。これを家族と呼ばせていただこう。きみ以外にも二人が一緒にいるわけだから。きみたち二人を一人と見なしてもよかろうね？」

マーシュは、反論を期待するかのようにわたしの方を見たが、わたしが何も言わないので続けた。

「つまりきみの息子デイヴィッド――兄弟ではなくそれが、きみの継続する人格との正しい関係だろう――と、きみが叔母と呼ぶ女性だ。彼女は実際にはきみの娘だ。きみ自身の初期の――『ヴァージョン』と呼ぼうか？――のね」

「あなたはぼくが父のクローンによる複製だと言おうとしていて、二人ともそのことでぼくがショックを受けると考えているようですね。いいえ。うすうすそれは察していました」

父が言った。「それを聞いてほっとしたよ。率直に言うが、おまえの年でそれを知ったとき、わたしは大いに悩んだ。わたしは父の書斎に――この部屋に――父と対決しにやって来た。そして父を殺すつもりだった」

マーシュ博士が訊ねた。「それで、やったのかね？」

「それはどうでもいい――大事なのはわたしはそのつもりだったということだ。わたしは、あなたがここにいれば、第五号にとっても受け入れやすくなるだろうと考えた」

「彼のことはそう呼んでいるのか」

「名前はわたしと同じなのだから、その方が便利だろう」

「きみの五番目のクローン児？」

「五番目の実験かって？　いや」盛り上がった高い肩をくすんだ緋色のドレッシング・ガウンに包んだ父は、野蛮な鳥のようにも見えた。わたしは博物学の本に出てきたカタアカノスリという鳥のことを思い出した。老齢で毛が灰色になったペットの猿が机に登った。「いや、むしろ五十番目と言うべきだろう。いわばね。最初は練習としておこなっていた。実際にやったことのない人間は、それが可能だと聞いただけで簡単なテクニックなんだろうと思いこむようだが、自然発生的変異を押さえこむのがどんなに大変なことかわかっていない。わたしの中の優性遺伝子はすべて優性遺伝しなければならないし、人間は実験庭の豆ではない――単純なメンデル法則に支配される遺伝子はわずかしかないのだ」

マーシュが訊ねた。「失敗作は破棄するのかね？」

わたしが答えた。「売るんです。子供のころ、なぜミスター・ミリオンが市場の奴隷を見るために立ち止まるのかと不思議に思っていました。最近、やっと理由がわかりました」外科用メスは今もポケットの中のケースに収まっていた。そのかたちが感じられた。

「ミスター・ミリオンは、たぶんわたしよりも感傷的なんだろう――それに、わたしは出歩くのは好きではない。ほらね、博士、あなたは我々は真に同一の人間だと仮説をたてたが、それは修正されなければならない。我々も我々なりのヴァリエーションを持つのだ」

マーシュ博士は答えようとしたが、わたしが割って入った。「なぜです？　なぜデイヴィッドとぼくなんです？　なぜずっと昔にジーニー叔母さんを生んだんです？　なぜそうやって続けるんです？」

「そうだ」と父は言った。「なぜか？　わたしたちは疑問に答えるために疑問を問う」

「何を言いたいのかわからない」

「わたしは自己認識を求めている。お望みなら我々は自己認識を求めている、と言ってもいい。おまえがここにいるのはわたしが過去にやり、今やっていることのせいであり、わたしがここにいるのはわたしの前に立つ存在がそうしたからだ――その彼はミスター・ミリオンの中に人格がシミュレートされている人間から生みだされた。そして我々が求めている疑問のひとつは、なぜ我々は探し求めているのか、ということだ。だがそれだけではない」父は前に身を乗り出し、小猿は白い鼻面をもたげ、明るい、驚いた目で父の顔をじっと見つめた。「我々はなぜ自分たちが失敗するのか、なぜ他の人々は上昇し変化してゆくのに、我々はここに居続けなければならないのかを解明したいのだ」

　わたしはフィードリアと話していたヨットのことを考え、言った。「ぼくはここから出てく」マーシュ博士が微笑んだ。

　父は言った。「わたしの言っている意味を理解していないな。わたしの言うのは物理的な意味ではなく、社会的かつ知的に、この場所という意味だ。わたしは旅をしてきたし、おまえもこれからあちこちに行くだろう、だが――」

「最後はここで終わることになる」とマーシュ博士が言った。

「このレベルで終わってしまう！」父が興奮するところを見たのは、たぶん、このときだけだと思う。壁を埋め尽くしたノートとテープに向かって手を振りまわし、ほとんど口もきけないほどだった。「何世代重ねたら？　我々はこのちっぽけな植民惑星においてすら、なんの名声も地位も得ていない。何かが変わらなければならないのだ、だが何が？」父はマーシュ博士を睨めつけた。

「きみは一人ではないよ」マーシュ博士は言い、微笑んだ。「自明のことのように聞こえるな。いや、きみが自分を複製していることを指しているわけではない。わたしが言いたいのは、この技術が利用可能になってから、地球では二十世紀最後の四半期までさかのぼり、数え切れないほどの連鎖で起こっていることだ、という意味だ。これを説明するために工学用語を借りてきて、緩和のプロセスと呼ぼう――あまりいい言葉ではないが、他に言葉がないんだ。工学的に緩和法というのが何を意味するか知っているかね？」

「いや」

「ある種の問題は直接的には解くことはできないが、近似を連続させて解くことができる。たとえば熱の転移の場合だと、不規則なかたちをした物体のすべての場所で表面温度をはかることはできないかもしれない。だが工学者は、あるいは彼が利用するコンピュータは、適当な温度を推定し、その仮定値がどこまで安定しているかを調べ、それからその結果に基づいて新しい仮定をたてる。近似のレベルが上がっていくにつれ、連続する近似はだんだん近くなってゆき、最後には本質的には変化がなくなる。だから、わたしはきみたち二人は実質的には同一人物だと言っている」

「あなたにやってほしいのは」父はもどかしげに言った。「第五号に、わたしがおこなっている実験、なかんずく彼がひどく厭っている麻酔療法検査は必要なことだというのを理解させることだ。もし我々がこれまでの自分以上の存在になりたいと思うなら、見つけださなければならない――」父はほとんど叫びかけていたが、突然言葉を切って声の調子を戻した。「そのために彼は生みだされたのだ、デイヴィッドが生みだされたのもそのためだ――わたしは外部交配から学びたかった」

「それが動機だろう、疑いの余地なく」とマーシュ博士は言った。「先の世代におけるヴェール博士の存在は。だがきみが若い自分を検査することに関して言えば、彼の方がきみを検査するのでも同じように役立つんじゃないかね」

「待ってください。あなたはぼくと彼とが同一だと言いつづけている。でも、そうじゃない。ぼくらはいくつかの点で似ているけれど、ぼくは父とは違う」

「違いのすべては年齢に由来するものだ。きみはいくつだ？　十八か？　そしてきみは」マーシュは父の方を見た。「まあ五十近くというところか。いいかね、人間同士のあいだに差異を作りだす力はふたつある。遺伝と環境、氏と育ちだ。そして性格は主として人生最初の三年間に形作られるので、決定的なのは家庭という環境だ。さて、どんな人間もなんらかの家庭環境に生まれつくし、それはときには死に至らしめるほど過酷な場合もある。そしてどんな人間も自分で環境を決定することはできない。この人類学的緩和というべき状況をのぞいては――その場合には自分で自分の環境が準備される」

「二人ともがこの館で育ったからって――」

「その館はきみが建て、きみが内装し、きみが選んだ人間が住んでいる。だが、待ちたまえ。今はきみたちのどちらも見たことがない人のことを話そう。自分自身とまったく異なる両親から与えられた環境で育った人間。つまりきみたちにおける最初の人物だ……」

わたしはもう聞いていなかった。わたしは父を殺しにきたのであり、そのためにはマーシュ博士を追いださなければならなかった。わたしは椅子の中で身を乗りだすマーシュを、細長く白い手がくりかえす切るような動作を、黒い髪に縁どられた中で動いている薄い唇を見つめた。ただ彼を見つめ、何も聞こえなかった。まるで自分の耳が聞こえなくなってしまったか、さもなくば彼は思考でしかコミュニケートできず、そんなことはありえないと知っている自分が最初からそのコミュニケーションを閉め出してしまっているかのように。わたしは言った。「あなたはサント・アンヌから来たんだ」

マーシュは驚いた顔でわたしの方を向き、無意味に流れていた言葉を途中で切った。「たしかに、向こうにいたよ。ここに来る前、サント・アンヌで何年か過ごしているからね」

「あなたはそこで生まれた。地球で二十年前に書かれた本を読んで人類学を学んだ。あなたは原住民《アボ》か、少なくともハーフだ。ぼくたちは人間だけど」

マーシュは父の方に目をやり、それから言った。「アボは消えてしまったんだよ。絶滅したのは一世紀以上前だ。それがサント・アンヌでの科学的意見だ」

「叔母に会いにきたときには、あなたの意見は違ったはずだ」

「わたしはヴェールの仮説を受け入れていたわけではない。自分の分野に関係する論文を発表した人全員に連絡を取っただけだ。いいかね、わたしはこんなことにかかずりあっている時間はないんだ」
「あなたはアポで、地球から来たんじゃない」
そしてすぐに、わたしは父と二人きりになった。

＊
＊＊

わたしは刑期の大部分を荒地山脈の労働キャンプで過ごした。小さなキャンプで、通常は囚人百五十人程度——冬場に死者が多く出たときには八十人を切ることさえあった。わたしたちは木を伐採し、炭焼きし、いい樺の木があったときにはスキー板を作った。高木限界より上では薬用だという塩気のある苔類を採集し、わたしたちを監視している機械を押しつぶす岩雪崩を起こす遠大な計画を練った——が、なぜかその時は最後まで来ず、岩は雪崩を起こさなかった。労働は厳しく、看守機械は、プログラムされるときにどこかの刑務所管理委員会が定めた厳格さと公平さの基準に従って我々を監視するので、看守によるえこひいきと暴力の問題は完全に過去のものとなり、残酷だったり優しかったりするのはただ聴問会で会ういい服を着た男たちだけだった。

ともかく、連中の方はそう思いこんでいた。わたしは看守たちにミスター・ミリオンのことを長い時間話し、すると一度は肉のかたまりが、あるときは砂のように茶色で荒く堅い砂糖菓子が、わたしが寝床にしていた部屋の隅に隠してあった。

犯罪者は犯罪から利益を得られない決まりだが、裁判所は——わたしはずっと後になって教えられたが――デイヴィッドが実際に父の子であることを示す証拠を見つけられず、叔母を相続人とした。

弁護士から手紙で教えられた。叔母は死に、その好意によりわたしは「ポート・ミミゾン市の大きな館と、それに付属する家具並びに動産」を相続した。さらに「サルタンバンク通り六百六十六番地の館は現在ロボット奉仕者により管理されている」ことを。わたしを監督するロボット奉仕者は手紙を許してくれなかったので、返事は書けなかった。

鳥の翼に乗って時は過ぎていった。秋には北面した崖のふもとにヒバリの死骸が、春には南面した崖のふもとに落ちていた。

わたしはミスター・ミリオンから手紙を受け取った。ほとんどの遊び女は父の死の捜査の最中に去った。残った者も叔母が死んだときに、機械である彼には必要な仕事がこなせないので、帰さなければならなかった。デイヴィッドは首都に行った。フィードリアはいい相手を得て結婚した。メアリードルは両親に売られた。手紙の日付はわたしの裁判から三年後になっていたが、手紙が手元に届くまでにどのくらいの時間がかかっているかはわからなかった。手紙は何度も開封されては封しなおされており、汚れて破れていた。

海鳥、おそらくはカツオドリが、嵐のあとキャンプに迷いこんできたが、疲れ切って飛べなくなっていた。わたしたちは殺して食べた。

一人の看守が発狂して囚人十五人を焼き殺し、他の看守たちと、白と青の炎の剣をふるって一晩中戦いつづけた。看守の補充はなかった。

わたしたち数名はさらに北にあるキャンプに移された。キャンプから見下ろす赤い岩の峡谷の深さと言えば、小石を蹴りおとすと転がる音がだんだんに大きくなってついには岩雪崩の轟音となり――そして数十秒のうちに、それが小さくなって消えてゆき、だが最後まで暗闇の中にまぎれている底を打つ音は聞こえてこないほどだった。

わたしは知り合いと一緒にいるつもりになった。スープ鉢を風から守ろうと座りこんでいるときには、フィードリアが近くのベンチに座って笑いかけ、友人の話をした。デイヴィッドは何時間もわたしたちの居住区のほこりっぽい空き地でスカッシュを楽しみ、わたしの寝床に近い壁に体をくっつけて寝た。のこぎりを持って山に入るとき、メアリードルがわたしの手に手を重ねた。

やがてはみな薄れてきたが、去年になっても、眠りにつく前には、朝になればミスター・ミリオンが市の図書館に連れていってくれる、と自分に言い聞かせなければ眠れなかった。父の家令が迎えに来ることを恐れながらでないと目覚められなかった。

＊
＊　＊

それからわたしは、他の三人とともに、別のキャンプへ行くように命じられた。わたしたちは食料持参で出かけたが、途中の風雨と飢えでほとんど死にかけた。そこから三つ目のキャンプまで徒歩移動し、そこではわたしたちのような囚人ではなく制服姿の自由な男たちが待っており、わたしたちを尋問し答えを書き留めたのち、最後に風呂に入って古い服を焼くように命じ、肉と麦の濃厚なシチューをふるまってくれた。

今でもはっきりと覚えているが、わたしはそのとき、はじめて、これがどういう意味なのかを自分に受け入れさせた。パン切れをスープ椀に浸し、引き上げると香りのいいシチューと、肉片と大麦の粒がくっついてあがってきた。そのときわたしは奴隷市場の揚げパンとコーヒーを過去ではなく未来に待っているものとして思い、両手が震えだしてスープ椀を持っていられなくなり、キャンプのフェンスに走っていって大声で叫びだす衝動に駆られた。

その二日後わたしたちは、今や六人になって、ラバの引く車に乗せられて曲がりくねった道をずっと下ってゆき、やがて後にした地でも終わりつつあった冬は過ぎ去り、白樺と樅の木も消え、道の両側に生える高い栗と樫の木の枝の下には春の花が咲いていた。

ポート・ミミゾンの通りは人であふれていた。わたしは一瞬で迷っていただろうが、幸いにもミスター・ミリオンが輿を雇って迎えてくれた。だがわたしは駕籠かきを止めさせ（ミスター・ミリオンから借りた金で）屋台で新聞を一部買い、ようやく正確な日付を知ることができた。

わたしの刑期は通常の二年から五十年の不定期刑であり、もちろん監禁がはじまった年と月はわかっていたが、キャンプでは、現在が何年であるかというのは、みなが数えていたが誰も正確には知らないものだった。誰かが熱を出して十日間寝ており、作業に復帰できるくらい回復すると、二年が経ったとか経っていないとか言う。それから自分が熱を出す。そのとき買った新聞の見出しも、記事の内容も何ひとつ覚えていない。ただいちばん上に印刷された日付だけを、家に帰るまでずっと見つめつづけていた。

九年経っていた。

父を殺したとき、わたしは十八歳だった。わたしは二十七歳になっていた。四十歳になったような気がした。

＊
＊　＊

館の剝がれかけた灰色の壁は同じだった。三つの狼の首を持つ鋼鉄の犬の像はいまも前庭に立っていたが、噴水は止まっており、シダと苔の花壇には雑草がはびこっていた。ミスター・ミリオンは駕籠かきに代金を支払い、鍵を取り出して、父の時代にはチェーンロックはされていたが差し錠がかけられたことはなかったドアを開いた――彼が鍵を開けたとき、通りでプラリーヌ（炒ったアーモンドにカラメルをまぶした菓子）を呼び売りしていた驚くほど背が高く痩せた女性が走り寄ってきた。ネリッサだった。わたしは今や召使いと、望むなら同衾相手も得たのだが、彼女に払う金はなかった。

＊
＊　＊

そしてどうやら、わたしがなぜ、もはや日々の決まり事となっているこの記録を書いているのかを説明するときが来たようだ。そしてわたしはなぜ説明しなければならないかも説明しなければなるまい。よろしい。わたしは自分自身を自らに明かすために書いてきたのであり、今書いているのは、いずれ、まちがいなく、わたしは自分が今書いていることを読んで驚くだろうからである。

おそらくそうするときには、わたしは自分自身の秘密を解き明かしているだろう。あるいはもはやその答えを知りたいと思わなくなっているかもしれない。

釈放されてから三年が過ぎた。この館は、ネリッサとわたしが再び足を踏み入れたときには混乱の極みにあったが、ミスター・ミリオンの語るところでは、それは叔母が死ぬまで父の隠し財産を探していたためである。叔母は結局財産を見つけられなかったのだが、いずれ無理な相談だったろう。わたしは叔母よりもよく父の性格を知っている。父は女の子たちがもたらした金はほとんどすべて実験とその装置のために使ってしまったはずだ。わたし自身、最初のうちはひどく金に困っていたが、名高きこの館には買い手を求めている女性と買おうとしている男性とが吸い寄せられてきた。はじめたときに自分自身に言い聞かせたように、こちらはほとんど仲介の労をとるだけでよく、今ではいい奉公人もそろっている。フィードリアもここに住み、働いている。すばらしい結婚は結局失敗に終わった。昨夜、わたしが診療室にいると、フィードリアが書斎のドアをノックする音が聞こえた。ドアを開くと、彼女が子供を連れて立っていた。いずれわたしたちが役立つ日が来るだろう。

『ある物語』ジョン・V・マーシュ作

"A Story", by John V. Marsch

すべてを所有するに至るためには、
無一物であるように望まなくてはならない。
すべてとなるに至るためには、
何ごとにおいても無きものとされるように望まなくてはならない。
すべてを知るに至るためには、
何ごとも知ることのないように望まなくてはならない。

なぜなら、すべてにおいて何かを持ちたいと望むならば
神のうちに
宝をきよく保つことにはならないからである。

――十字架の聖ヨハネ

一年が長い〈石転びの国〉に〈揺れる杉の枝〉という名の娘が住んでいたが、彼女にも女に来ることがやってきた。やがて体が重たく鈍くなり、胸は硬く乳首から乳がこぼれはじめた。太腿が濡れると、母は人が生まれる場所、ふたつの大きな岩の露頭が出会うところに連れていった。そこには狭く柔かい砂地があり、わずかな茂みの陰に落ちた石が転がっている。そしてそこで、すべての見えざるものが母たちに優しい場所で、娘は二人の男の子を産んだ。

最初の子はちょうど夜明けに顔を出し、そしてその子が子宮を離れたときに風が強まり、山々をわたる曙光の目から冷たい風が吹きおりてきたので、母は子供を〈東風《イーストウインド》〉のジョン（それは「男」を意味する言葉で、すべての男の子は「ジョン」と名付けられる）と呼んだ。

二人目の子は普通のようには生まれなかった――すなわち、低いところから高いところへ登るように頭を前にではなく――低いところへ降りてくるときのように足から先に生まれてきた。赤ん坊の祖母は、二人目が生まれるとは知らず、兄を抱いていたので、誰も引き出さぬうちに赤ん坊の足が先に地面についていた。そのために母親はその子を〈砂歩き《サンドウォーカー》〉のジョンと呼んだ。

＊
＊　＊

娘は、息子たちが生まれればすぐにでも立ち上がれたのだが、母は許してくれなかった。「そんなことをしたら死んでしまうよ。さあ、乾かぬように、すぐに赤ん坊たちに吸わせてやりなさい」

揺れる杉の枝は両腕に一人ずつ抱いて両胸を吸わせ、もう一度冷たい砂に横たわった。絹糸のように細い黒髪が、頭の後ろに黒い後光となって広がった。痛みで頬に涙が伝った。母は両手で砂をすくいはじめ、やがて死んだ日の太陽の力をいまだとどめている深さまでたどりつくと、すくいとって娘の足にかけた。

「ありがとう、お母さん」と揺れる杉の枝は言った。娘はふたつの小さな顔、いまだ自分の血に濡れたまま、自分のものを飲んでいる顔を眺めていた。

「そのように、わたしが生まれたとき、わたしの母もやった。そのように、おまえも自分の娘のためにやるだろう」

「この子は男の子よ」

「いずれ娘も生まれるだろう。初子は死ぬ——か残らぬ」

「川で洗ってやらないと」と揺れる杉の枝は言い、起きあがり、少ししてから立ち上がった。美しい娘だったが、空にしたばかりのお腹はだらしなく垂れさがっていた。娘はよろめいたが、母が手で抱きとめ、もう横にはならなかった。

川に着いたときには太陽は高く上がっており、そこで揺れる杉の枝の母は流れに呑まれ、東風はその手から奪われた。

＊
＊　＊

砂歩きは十三歳になるころにはすでに大人と同じ背の高さだった。彼の世界、船が背を向ける世界の年は長い年だった。そして骨は伸び、手は——大きく強かった。体には脂肪がついておらず（だが滑る石の国には体に脂肪をつけた者などいなかった）、彼は狩人だったが、同時に不思議な夢を見た。十三歳の年が終わりに近づいたころ、母と老〈血まみれ指〉と〈早駆け〉は砂歩きを呪い師のところへやるべきだと考え、そこで砂歩きは風をさえぎるものもない高地を一人歩いたが、そこは崖が黒い雲のようにそびえ立ち、すべての生き物は風と太陽と塵と砂と岩の前には無に等しい場所だった。砂歩きは昼のあいだ、一人で、ずっと南に向かって歩き、夜には岩ネズミを捕らえ、首をひねって寝床の前に並べておいた。朝になると、なくなっていることもあった。

五日目の昼ごろ、呪い師が住む轟雷の谷の入り口にたどりついた。たぐいまれな幸運を得て砂歩きは贈り物用にキジモドキを捕らえることができたので、毛の生えた足を握って、毛のない首と頭を引きずりながら歩いていった。そして砂歩きは、その日自分が男であることを知り、日が落ちるまでに轟雷の口に着くだろうと（すでに早駆けから教わった目印は通りすぎていた）、誇り高く、だが不安を抱えつつ歩いた。

　轟雷は見るより先に聞こえた。土地はほとんど真っ平らで、岩と茂みがポツポツと散らばり、足の下にはどこまでも岩しか埋まっていないように思われた。かすかな雷鳴、空気のつぶやく声が聞こえた。歩くにつれ、おぼろに霧があがってきた。これはまだ轟雷の口ではありえなかった。というのは霞の向こうにも地面が続いているのが見えたからである。それに音もあまり大きくなかった。

　砂歩きはさらに三歩進んだ。音は耳をつんざいた。大地が揺れた。足下には狭い割れ目が開き、はるか下に遠く白い水が見えた。砂歩きはしぶきに濡れ、体の砂埃が洗い落とされた。それまでは暖かかったが、体が冷たくなった。石はなめらかで濡れており揺れていた。砂歩きはそっと、暗闇とはるか遠い白い水の上に足をぶらさげて座り、そしてそれから、低いところへ降りるときのように足から先に、轟雷の中へ降りていった。水が泡だっているところ、空が指ほどの細さの紫の裂け目となって昼の星がちりばめられるところまで降りて探すまでもなく、呪い師の洞窟が見つかった。

＊
＊　＊

　口はしぶきで濡れており、急流は騒がしく音をたてた――洞窟は登り坂になっており、天井から岩のかけらが落ちてくる中を上がっていった。闇の中を砂歩きは登り、両手足をつきキジモドキを歯にしっかりくわえて獣のように這ってゆき、ついに指が呪い師の足先に触れ、手が萎えた足を握った。それから砂歩きはキジモドキをそこに置き、蜘蛛の巣のような髪と羽根とこれまでの贈り物の名残である小さく乾いた骨に触れて、そして洞窟の口まで引き下がった。

夜が来て、砂歩きは約束された場所に横たわり、長い時間ののち、轟く川音にもかかわらず眠りについた。だが呪い師の幽霊は夢を訪れなかった。ベッドは数センチの浅瀬に浮かぶイグサのいかだだった。輪を描いてまわりを取り巻いているのは、蛇のように張る根の輪からまっすぐ伸びる、途方もない大樹だった。樹皮はスズカケノキのように白く、幹は高く伸びて広がった葉の黒い塊の中に消えていた。だが夢の中ではそちらを見てはいなかった。自分を取り巻いている輪はとても大きなもので、木々はただ水平線となり、それがなければ地面に着いていたはずの空から途方もなく大きなくぼみをえぐりとっていた。

自分ではははっきりとはわからないかたちで、変化していた。手足は長くなり、だが柔らかくなっていた。しかし動かすことはできなかった。空を見つめると、そこに落ちていくようだった。いかだが揺れた。ほとんどわからないほどかすかに、心臓の鼓動にあわせて。

この日は十四度目の誕生日であり、それゆえ、星座は生まれたその日と正確に同じ場所を占めていた。朝が来れば太陽は〈熱〉座に上がる。だが姉妹世界の大きな青い円盤は今は細くなって木々の上にかかり、二つの明るい星、〈影の子〉の目、見えているふたつきりの星をもかすませた。惑星はどれも同じではなかった。〈雪女〉が今〈五本の花〉に立っていることを忘れて〈遠見の種〉にいるところを想像してみた。自分の生まれた夜にはそこにいたのだ。そして〈足早〉は〈乳の谷〉に、〈死者〉は〈失われた望み〉に……〈滝〉は空で静かに轟いた。

頭の近くで足が水を鳴らした。東風は起きあがったが、長い修練のたまもので、小さないかだはほとんど揺れなかった。

「おまえは何を学んだ？」それは〈最後の声〉、星歩きの中でもっとも偉大な者、彼の教師だった。

「望んだほどではありません」東風は残念そうに言った。「眠ってしまったみたいです。打たれなければなりません」

「少なくともおまえは正直だ」最後の声は言った。

「あなたはこれまで何度も、先に進もうとする者はあらゆる過ちを自分のものにしなければならないと教えてくれました」

「罰を決めるのは罪をおかした者ではない、とも教えたはずだ」

「では罰とは？」と東風は訊ねた。つとめて声に不安をあらわすまいとした。

「猶予だ、わが最高の弟子よ。おまえは眠った」

「ほんの一瞬です。不思議な夢を見ましたが、以前にも見た夢です」

「よし」落ち着き払った堂々たる態度で、最後の声は教え子の上に身をのりだした。最後の声はとても背が高く、昇ってきた姉妹世界の青い光に浮かびあがる血の気のない顔からは、儀式の求めるままに、髭が毎日のように抜きとられている。頭の両側には〈人間の山〉の火で焼き印がほどこされ、女よりも濃い髪は、頭頂部にだけ固まって生えていた。

「また自分が丘人になった夢を見て、川の源にまで旅をし、そこで聖なる洞窟からお告げを得ようとしました。お告げを受けられるのではと願って急流のそばに横たわりました」

最後の声は何も言わず、東風は続けた。「先生は星のあいだを歩いてほしかったんでしょう。でも、お聞きのとおり、これは魂のない夢です」

「かもしれぬ。だが、星は明日の風を告げてくれたか？　ほら貝を獲れようか？」

「先生のご命令とあらば」

＊
＊　＊

目覚めたとき、砂歩きの体は冷えてこわばっていた。こうした夢を見るのははじめてではなかったが、いずれもすぐに消えるものだった。この夢に何かお告げが含まれていたとしても自分にはわからなかったし、招きたかった幽霊が最後の声ではないのも確かだった。砂歩きはもう一度眠くなるまで谷にいようかとも考えたが、朝の晴れた空と高地の暖かい太陽のことを考えているうちに気が変わった。昼前にようよう崖を登り切り、猛烈に腹を空かせて、暖かく乾いた地面に体を放りあげた。

一時間もすると立ち上がって狩りに出かける元気が出てきた。砂歩きはいい狩人だった。若くて強く、長い牙を持つ雌山猫――岩場に身を平たくして丸一日、丸二日待ちつづけ、そのあいだ仔たちが母を恋しがって弱って鳴くさまを思い、溜め息をつき、寝て、そしてまた鳴き、ようやく獲物を殺す――よりも辛抱強い。砂歩きより一年か二年、先に生まれた者もいた。だがおそらくは、砂歩きより力弱い者が。ほとんど日が落ちかかるまで走り、隠れ、狩りつづけたが、手は空で空きっ腹を抱えて戻ってきて、残り物と今では下の兄弟のものとなっている母の乳房を分け与えてもらうことを望んでねぐらに帰って来る者が。そうした者たちは死んだ。彼らは真実を学ぶ。狩人がねぐらを見つけるのは、その腹が満たされてさえいればたやすいことだという真実を。だが飢えた口の前ではねぐらはうつろい変わり、ついには岩場の中に失われ、空腹が三日続くとそれは永遠になる。

そこで砂歩きはまる二日のあいだ、丘人にしかできない狩りをやり、すべてのものを見て、すべてのものを拾い、ヨネズミの巣を嗅ぎだしては子ネズミをエビのように呑みこみ、貯めこんだ種を甘い茎のように啜った。匍匐し、肌はほこりまみれの冷たい岩場の色になり、伸び放題の髪は頭の輪郭から突きだす。音もなく、高地にこっそり忍びより頬に触れて（目隠しとなる）まで見えない霧のように。

二日目が完全に暮れる一時間前、砂歩きはカチカチジカの足跡を見つけた。血を吸う茶色いけものの体を舐めておこぼれをあずかる角を持たない小型の有蹄動物で、ひづめの音が水場に近い隠れ場所から聞こえてくる。砂歩きは姉妹世界が昇り統治するあいだ足跡を追い、青い大陸の恵みをはるか西に遠い煙を吐く山の陰になかばまで隠したときもまだ追いかけていた。そのとき前方から、〈影の子〉たちがすべての口が満たされるだけの食料を得たときに歌う饗宴の歌が聞こえ、砂歩きは獲物を失ったと知った。

かつて大いなる長き夢見の時代には、神が人間の王であり、人間は夜に影の子のあいだを歩くのを恐れず、影の子は、恐れることなく、昼に人との交わりを求めていた。だがはるか昔、長き夢見は川にその年月をあずけ、冷たい沼沢地で待ち受ける死へと流れていった。だが偉大な狩人ならば、と砂歩きは考えた（そしてそれから、生まれつき自分のものではない目で自分を見る賜物が与えられていたので、笑って訂正した。とても飢えている偉大な狩人ならば)、昔の習いを試してみてもいいだろう。影の子たちは太陽が眠るあいだは右手と左手で屠るかもしれない。だが、神が望まないのに自分を殺そうとするなら、昼だろうと夜だろうと、馬鹿を見るだけのことだ。

音もなく、だが誇り高く堂々と砂歩きは歩んでゆき、やがて姉妹世界の青い光に照らし出され、こぼれた血のまわりに集まるコウモリのように、影の子たちがカチカチジカのまわりに円を作っているのが見えた。まだ近づかないうちに顔が、フクロウの首のように、関節に邪魔されず砂歩きの方に回った。「食べ物の多い朝に」砂歩きは丁寧に挨拶した。

五歩歩くあいだなんの音もせず、それから人間ではない口が答えた。「食べ物な、たしかに」

女たちはねぐらで子供に、影が自分の背丈より長く伸びても遊びやめない子供を脅かそうと、影の子たちの牙には毒があると教えた。砂歩きはそんなことは信じなかったが、相手が口を開いたときにその話を思い出した。「食べ物」がカチカチジカのことではないというのはわかっていたが、それでも言った。「それは良かった。ぼくはあんたたちの歌を聞いた――たくさんの腹と、全部満たされたという歌だ。ぼくが獲物を追いこんだのだから、分け前をもらいたい――じゃなかったらきみらの中でいちばん大きな奴を殺して食うことにする。骨はやるから残りで分けて食べればいい。どっちにしたって、ぼくには同じことだ」

「人はおまえたちとは違う。人は同族の肉を食べない」

「あんたたちのことか？　飢えているときだけかな。でもいつも飢えてるだろ」

いくつかの声が低く言い、「違う」という言葉をしぼり出した。

「ある者が――早駆けといって、背が高くて太陽を恐れたりはしない人だ――影の子を一人殺し、夜の贈り物として首をさらしておいた。朝、目をさますと、生首は髑髏になっていた」

「キツネだ」それまで話していなかった声が言った。「あるいはそこにいたおまえたちの子供をまちがって殺したのかもしれん、その方がありそうだ。ネズミを、おまえはここに来るまでに我らに残していたが、今度はそのお返しを鹿肉で受けようという。たいしたネズミだな。おまえが寝ているあいだに、縊《くび》り殺しておくべきだった」

「そんなことをやっていたら、そっちだって何人も死んでたさ」

「おまえなんか今だって殺せる。俺一人でも。メエメエ泣きつくガキどもはぶち殺して――静かにさせといて楽しくお食事だよ」暗い影がひとつ立ち上がった。

「ぼくは赤ん坊じゃない――十四の夏を過ぎた。それに腹ぺこで来たわけじゃない。今日も食べたし、これからも食べるとも」

立ち上がった影の子は一歩前に出た。数人が止めようとするかのように近づいたが、何もしなかった。「かかって来い！」と砂歩きは叫んだ。「ぼくをねぐらから呼び出して、岩場で殺せると思ったか？　赤ん坊殺しめ！」砂歩きは膝と両手を伸ばし、腕に力がみなぎるのを感じた。近づく前には、もし襲われそうになったら、戦わずに逃げようと考えていた――影の子たちの短い足では自分にはとうてい追いつけまい。だが今は、たとえこいつらが本当に毒牙をもっていたとしても、目の前にいる小柄な生き物に負けるわけはないと確信していた。

最初に話しかけた声が急いで、だがほとんど囁くような小声で、告げた。「その男を傷つけてはならない。それは聖なる者だ」

「戦おうとして来たんじゃない」と砂歩きは言った。「追いこんだカチカチジカの、正当な分け前をもらいたいだけだ。食べ物はたっぷりあるって歌ってたじゃないか」

立ち上がって砂歩きに対峙した影の子が言った。「俺の小指一本でな、土着のけだものなんて、骨をへし折って皮から突き出させてやる」

砂歩きは突きつけられた指から身を引き、蔑《さげす》むように告げた。「おまえたちの血を分けた仲間なら、座らせろ——向ってくるならぶち殺してやる」

「聖なる者よ」と声は答えた。その音はねぐらを探せど、けして見つけられない夜風のように聞こえた。

左手でしなびた鉤爪《かぎつめ》を払いのける。右手で細く柔和な喉をつかんで絞め殺す。砂歩きは腰をかがめて構え、足をひきずる相手に確実に届くところまで、ほんのわずか前に出た。そしてそのとき、おそらくは視野の隅に、〈人間の山〉からたちのぼる深紫色の幅広い煙が風に流されたために、姉妹世界の明かりがこぼれ落ち、沈む寸前の刹那、雷光のように鮮やかに、影の子の顔を照らしだした。顔は弱々しく暗く、たるんだ肉に大きな目が浮かび、頰はこけ、粘りつく液体を垂らす鼻と口は幼児ほどの大きさだった。

だが、そうしたことを思いだしたのは後になってからで、青い光が閃いた瞬間には気づかなかった。そのかわりに砂歩きが見たのはすべての男たちに浮かぶ顔、そして彼らが肉で満たされているときに我がものにしたつもりの力、そしてみながほんの一吹きで打ち倒される愚か者であることだった。砂歩きは若く、こんなものを見たことはなかった。鉤爪の指が喉に触れたとき、砂歩きは身をもぎ離して、自分ではなぜなのかわからないままに息が詰まって喘ぎ、カチカチジカを囲む暗い影の中へとしりぞいた。

「見ろ」最初に話しかけた声が言った。「泣いている。よしよし、さあ、ここだ、一緒に座れ」

砂歩きは小さな、暗い手に引かれ、カチカチジカのそばにしゃがみこんだ。砂歩きの喉に手を伸ばしてきた影の子に向かって誰かが言った。「傷つけてはならない。これはお客だ」

「ああ」

「もちろん、戯れるのはかまわん。立場をわきまえさせるのは。だが、今は食べさせてやりなさい」

カチカチジカの肉を手に押しこまれ、砂歩きはいつものように他人に奪われないうちに急いで呑みこんだ。砂歩きを脅かした影の子が肩に手を置いた。「脅かして悪かった」

「気にしてない」

姉妹世界が沈み、輝きを曇らされなくなった星座が秋の空に燃えたった。〈燃える髪の女〉、髭を生やした〈五本足〉、〈アメジストの薔薇〉は沼沢地に住む沼人たちが〈千本の釣り糸と魚〉と呼ぶものである。カチカチジカは砂歩きの口をうるおし、腹をさらにうるおし、砂歩きは突然に満足を感じた。自分を取り囲む矮人たちは友だった。自分に食べ物を与えてくれた。このように座ること、〈燃える髪の女〉が逆立ちして夜空にかかるとき、友と食べ物と共に座るのはいいことだ。

最初に話しかけてきた声（そのときには、どの口から出た言葉なのかわからなかった）が言った。

「これでおまえは我々の友だ。原住民から影の友を選ぶ習わしは長く廃れていた」

砂歩きはそれがどういう意味かわからなかったが、うなずいておくのが礼儀であり、無難だろうと思われた。そこでうなずいた。

「おまえは我らが歌うと言う。おまえが来たとき、我らは〈たくさんの口がみな満たされた歌〉を歌っていたと言った。今、おまえの中にも歌がある。幸せの歌だが、対旋律はない」

「あなたは誰だ？」と砂歩きは訊ねた。「誰が喋っているのかわからない」

「ここだ」二人の影の子がにじり寄って場所を空け、それまでただの暗闇かと思っていた星影が立ちあがり、しなびた顔と明るい目があらわれた。

「よき出会いに」と砂歩きは言い、自分の名前を告げた。

「わたしは老賢者と呼ばれている」と影の子の中でもっとも老いた者が言った。「まこと、よい出会いだ」星明かりが老賢者の背中を透かしてかすかに見えていた。ならば老賢者は幽霊なのだ。だが砂歩きはそのことを深く気に病んだりはしなかった――幽霊は（ほとんどのときは夢世界にいるものだが、望めばそうしないこともできた）この世のできごとなのであり、親切な幽霊は大いに力になってくれるものだ。

「わたしを死者の影だと思っているな」と老賢者が言った。「だがそれは正しくない」

「我らはみな、自分の前に伸びている影でしかない」砂歩きは如才なく告げた。

「いや、わたしはそうではない。おまえが影の友であるから、わたしは自分がなんであるかを教えよう。この者たちがみな――わたしと同じように真におまえの友である――鹿のまわりに集まっているのが見えるだろう」

「ああ」（砂歩きはまた一人あらわれるのではないかと考え、数を数えていた。七人だった）

「おまえは彼らが歌うと言う。〈たくさんの口がみな満たされているの歌〉があり、みなを遠ざける〈空の道を曲げる歌〉があり、〈狩りの歌〉がある。〈古《いにしえ》の悲しみの歌〉は〈闘うトカゲ〉が夏の空に高く跳ね、わたしたちのふるさとがその尾に小さな黄色い宝石として輝くときに歌う。他にもある。ときに歌が夢を妨げるとおまえたちは言う」

砂歩きはうなずいた。口いっぱいに頬張っていた。

「さて、おまえがわたしに話すとき、あるいはおまえたちの種族が自分たちのねぐらに歌いかけるとき、その歌は空気の振動だ。おまえが喋るとき、あるいはわたし以外の者がおまえに話しかけるときも、それは空気の振動だ」

「雷の声は、あれは震えている。それで今、あなたと話すときは喉がわずかに震えている」

「そうだ、おまえの喉自身が震えて空気を震わす。人が藪を揺らすとき、まずはつかんでいる腕を揺さぶるように。だがわたしたちが歌うときには揺れているのは空気ではない。わたしたちはその外を振動させる。わたしはすべての影の子が歌う歌であり、みながひとつになって考えるときの思考なのだ。手をこのように前に差しだしてみるがいい、少し離して。それで、自分の手が消えてしまったところを考えてみるがいい。それがわたしたちが振動させているものだ」

砂歩きが答えた。「それは無だ」

「おまえたちが無と呼ぶものはすべてのものを分けているものだ。それがなくなったら、全世界はひとつにくっつきあって炎の死を迎え、そこから新しい世界が生まれる。だが、今はわたしの言うことを聞くがよい。おまえは影の友と名付けられたのだから、今宵が明けるまでに必要なときには我らの助けを求める方法を学ばなければならない。それはたやすくできる。こうすればよい。我らの歌を聞いたとき――よく聞けば必ずや聞こえるだろう。寝るか座るかしてじっと動かずに、思いを我らの方に曲げれば、はるか遠くに我らが聞こえる――おまえは、心の中で、同じ歌を歌わねばならん。我らとともに歌え、さすれば我らはおまえの思いの中に歌のこだまを聞き、おまえが我らを求めていると知る。試してみるがいい」

砂歩きのまわりで、影の子たちが〈昼寝の歌〉を歌いはじめた。それは日の出のことを歌っており、そして最初の光のことを歌っていた。長い、長い影と丘の上で踊る塵旋風のことを。「ともに歌え」と老賢者がうながした。

砂歩きは歌った。最初はねぐらの男たちがするように歌に自分なりのものを付け加えようとしていた。だが影の子たちは砂歩きをつつき、眉をひそめた。それからはただ〈昼寝の歌〉を聞こえたとおりに歌うだけにし、すぐに全員がカチカチジカの骨のまわりを、塵旋風のように踊り狂った。

影の子たちは、それまで想像していたのとは異なり、老人ばかりではなかった。内二人は実際しわだらけで体が固かった。一人は女のようだったが、他と同じく髪は薄かった。二人は老いてもおらず若くもなかった。そして二人はほんの子供でしかなかった。砂歩きは彼らの顔を見つめ、それらが同時に若くありながら老いていることに驚いた――そして他の者たちの顔は老いていながらそれでも若々しく見えた。カチカチジカのまわりに座っていたときよりはるかによく見え、そのとき砂歩きは見た――二つの発見が同時に起こったので、驚きが驚きをおしのけ――夜空の東端が紫に染まりはじめており、そしてそこには七人しかいなかった。老賢者はいなくなっていた。砂歩きは朝日の方角を見た――なかばは本能的に、なかばは老賢者がその方向に行ったような気がしたからだ。振り向いたときには影の子たちは四方に散らばり、岩の影へと矢のように走っていた。かすかに二人だけ姿が残り、すぐにそれも消えた。一瞬後を追おうかと考えたが、望むまいと思った。砂歩きは大声で「神とともにあれ！」と呼びかけ、大きく腕を振った。

新しい太陽の最初の光に追われて黒と金色の姿が手前に跳ねてきた。砂歩きはカチカチジカの方を見た。まだ肉片がいくらか残っており、骨はふたつに割れさえすれば骨髄を吸える。なかば冗談めかして「食べ物の多き良き朝に」と言葉をかけ、それから蟻がたかる前に残り物を食べた。

一時間後、爪で歯をせせりながら、砂歩きは前夜の夢のことを思いだしていた。老賢者ならば夢を判じてくれたかもしれない、と砂歩きは思った。訊ねておけばよかった。もし今、昼の光の下で眠れば、おそらくいい夢は見られないだろう。だが今は疲れており体が冷たくなっていた。暖かい日だまりに体を伸ばした――そして自分の前を歩いている女性の背中に見覚えがあるのに気づいた。自分の方が足が早かったからじきに追い越して母だとわかるだろう。だが声をかけようとするとそれができなくなっていた。それから、いつも足下はしっかりしているのに、石につまずいた。身を守ろうとして両手を前に突き、衝撃が全身を走り、気がつくと彼は起きあがり、一人、陽だまりの熱で汗をかいていた。

立ったまま、震えながら、汗ばんだ手足と背中にこびりついた砂粒を払い落とした。愚かなことだった。昼間に寝るのは無意味だった――魂が即座に体から抜けてさまよいだし、たとえ眠っているあいだに呪い師が来てくれたとしても、誰も迎えられなくなってしまう。呪い師が怒ってしまい、二度と来てくれないかもしれない。なんとしても洞窟に戻ってもう一度やり直さなければならない。あるいは失敗を認めて立ち去るか――それだけは耐え難い。ならば、もう一度口へ戻るとしよう。

だが何も持たずには行けない。最初に持ってきたキジモドキは贈り物には不足だった。それが呪い師の気分を害してしまったのかもしれない。だが、と砂歩きは心に満足感を抱いて考えた。あるいは呪い師が大いなる啓示を示そうとしており、それにはキジモドキでは足りないのかもしれない。カチカチジカなら、もう一頭捕らえられたとしたら、充分だろう。北から来る途中では、獲物の痕跡はほとんど見られなかった。東へ向かえばあまり進まぬうちに川を渡ることになるし、西に、燃える山の方角には、水もない石ころだらけの荒野が広がっている。砂歩きは南へ向かった。

進むにつれ徐々に高度があがっていった。植物はもとより乏しかったが、木々はますます減ってきた。灰色の岩が赤い岩に変わった。昼頃、疲れを知らない足のおかげで尾根のいただきにたどりつくと、これまで生涯で二度しか見たことがないものが見えた。狭い、水をたたえた谷間。高地の砂漠のオアシスで、本物の芝草、野花、それに木さえ生えるほどの土壌があった。

ここはたいへん重要な場所だったが、水を飲むことは許されるし、望めば何時間かとどまることもできるだろう。そして砂歩きの知るかぎりでは、一人で行くほうが木の怒りを買いにくい――自分にとっては有利な点だ。習わしにしたがって、早過ぎもせず遅過ぎもせず、はっきりと敬意を表現するために挨拶しようとしたとき、茂みの中に、幼児を抱いた少女が座りこんでいるのに気づいた。

礼儀には反していたが、砂歩きの目は木から離れた。少女の顔はハート型をしており、弱々しく、いまだ女になってはいなかった。長い髪（これは砂歩きにとっては見慣れないものだった）は清潔だった――木の根元にある泉で洗っており、指でもつれた髪をほぐして、広がった髪は黒い網となって茶色の肩にかかっている。少女は足を組んでじっと座っており、赤ん坊は、髪に花をさして、少女の膝の上で眠っていた。

砂歩きは木におごそかに挨拶し、水を飲む許可を求め、長居はしないと約束した。葉の囁きが答えを返し、その言葉は理解できなかったものの、怒っているようには聞こえなかった。砂歩きは微笑んで理解したことを示し、それから泉に行って水を飲んだ。

砂歩きは砂漠のけものが飲むように、長くたっぷりと飲んだ。そして充分に満たされ、風で乱された水面から顔をあげると、自分の顔に並んで少女の顔が水面で踊っていた。少女は大きな目に恐怖をたたえて見つめていた。だが、すぐそばにいる。「朝の出会いに」と砂歩きは言った。

「朝の出会いに」

「ぼくは砂歩きだ」洞窟までの旅のこと、カチカチジカとキジモドキと老賢者のことを考えた。

「砂歩きは遠く旅する者、偉大な狩人、影の友だ」

「わたしは〈待ち受ける七人の娘〉」と少女は言った。「そしてこの子は」と少女は抱いている赤ん坊に向かって優しく微笑みかけた。「〈ピンクの蝶々のメアリー〉。この子のちっちゃな手を見て名前をつけたの。目をさましたら、あたしに手を振るのよ」

砂歩きは、自分自身の短い人生のあいだにも、たくさんの子供が生まれ、そのほとんどが死んでゆくのを見ていたので、ただ笑ってうなずいた。

少女は木の根元にある泉を見つめ、木を見上げ、花と草を見やり、だが砂歩きの顔からだけは目をそむけていた。少女の小さく白い歯がユキネズミのように這いだして唇に触れ、それからまた逃げた。風が草を揺らし、木が何かわからないことを言った――だが待ち受ける七人の娘には、おそらく、伝わっていたのだろう。少女はおずおずと訊ねた。「あなたは、今夜ここをねぐらにするの?」

砂歩きは女の意味するところを理解し、できるだけ優しく答えた。「きみに分けてあげられる食べ物はないんだ。ごめんよ。ぼくは狩りをするが、獲物は轟雷の谷にいる呪い師への贈り物にしなければならない。きみの寝るところでは、誰も寝ていないの?」

「どこにも何もない。〈ピンクの蝶々〉は生まれたばかりで、わたしは遠くまで歩けなかったし……あたしたちは谷の上、曲がった岩の先で寝ていた」少女は肩をごく小さく動かして示した。

「それは知らなかった」砂歩きは言い、少女の肩に手を置いた。「だけどどう感じているかはわかる、一人きりで座って、誰かが来てくれるのを待っているけど誰も来ない。さぞかし怖かったろう」

「あなたは男よ。あなたには年を取るまでわからない」

「怒らせるつもりはなかった」

「怒ってないわ。それに、あたしは一人じゃない――ずっとピンクの蝶々と一緒だし、お乳はちゃんと出るもの。今は、あたしたちはここで寝てる」

「毎晩？」

少女はうなずいた。なかば昂然と。

「木の場所で続けて寝るのは良くない」

「ピンクの蝶々は彼の子なの。生まれるずっと前に見た夢で、そう言われたの。だから、あたしたちがここにいるのを喜んでる」

砂歩きは慎重に言った。「ぼくたちはみな、木によって女の腹から生まれてくる。でも木が一晩以上、そばにいてほしがることは滅多にない」

「ここでは良くしてくれるの！　あたしは……」少女の声は、風が下草を揺する音に負けそうなほど低くなった。「あなたを見たとき、食べ物を持ってきてくれるように彼が送ってくれたのかと思った」

砂歩きは小さな泉を見やった。「ここには魚はいる？」

少女はおずおずと、まるでいたずらを告白しようとするかのように、言った。「つかまえられなくなった。ここ……このあいだ……」

「何日？」

「ここ三日間。あたしたちはそうやって生きてたの。あたしは泉の魚を食べて、ピンクの蝶々にお乳をやった。まだお乳は出るの」少女は赤ん坊を見下ろし、それからふたたび砂歩きを、信じてくれと懇願するように見上げた。「この子は飲むだけ。お乳はたっぷり出る」

砂歩きは空を見上げた。「冷えてきそうだ。よく晴れてる」

「あなたは今夜、ここをねぐらにするの？」

「食べ物を見つけても、それは全部贈り物にしなきゃならない」砂歩きは呪い師のこと、自分の夢のことを話した。

「でも、戻ってくるでしょ？」

砂歩きはうなずき、少女はいちばんいい狩り場を教えてくれた——少女の部族の男たちが獲物を、見つけられたときには、捕えてくる場所を。

木と泉と青々と草の生えた一画から岩だらけの長い坂を登りきるのにほぼ一時間かかった。曲がった岩——激しい浸食によって生まれた天を指すよじれた指のかたちをした岩——には少女の部族が使っていたねぐらがあった。眠っている者を風から守ってくれる岩、風雨に消されるのを免れた足跡、肉がこそげ落とされた小動物の骨。だが砂歩きはねぐらになど関心も用もなかった。

砂歩きは姉妹世界が昇るまで狩り、だが何も見つけられず、その場で眠ってしまいたかった。だが少女に戻ると約束したし、風にはすでに冷たい精霊が忍びこんでいた。思っていたとおり、少女は赤ん坊を腕に抱き、木の絡まった根の中に寝ていた。

疲れ切って、砂歩きは少女の隣に身を投げだした。荒い息と体のぬくもりのせいで少女は目を覚ました。少女は驚き、それから砂歩きを見て微笑み、突然砂歩きは帰ってきて良かったと思った。

「何かつかまえた？」と少女は訊ねた。

砂歩きは首を振った。

「あたしはつかまえた。見て。これ、贈り物になるんじゃないかと思って」少女は小さな魚を見せた。すでに冷えて固くなっている。

砂歩きは受けとったが、首を振った。キジモドキがふさわしくないというのなら、これが受け入れられるはずはない。「持って行っても着く前に魚が腐ってしまう」砂歩きは歯で腹に穴を開け、それから指で穴を広げて内蔵をすべて掻きだして大きな骨を抜き、二枚に分けた。一枚を少女にあげた。

「美味しい」と言いながら飲み込んだ。「どこに行くの?」

砂歩きは立ち上がっており、なおも魚を噛みながら、姉妹世界の青い光の中で疲れて冷え切った筋肉を伸ばしていた。「狩りに」と答えた。「さっきまで、ぼくは大きなものを、贈り物にふさわしいものを探してた。今は何か小物、ぼくらが今晩食べられるようなものをつかまえるつもりだ。たぶん、イワネズミかなんかを」

そして砂歩きは姿を消し、少女は赤ん坊を抱いて寝ころがり、木の葉越しに〈滝〉の明るい帯と姉妹世界の大きな海と点在する嵐の雲が見えた。それから少女は目を閉じ、そして木から姉妹世界をもぎとった。青い外皮を唇にあてると甘みが口に広がった。それからまた少女は目覚めたが、甘い果汁がまだ口に残っていた。誰かが自分の上にかがみこんでおり、少女は一瞬恐怖を覚えた。「さあ」それは彼、砂歩きだった。「起きるんだ。食べ物を持ってきた」砂歩きはもう一度指で少女の唇に触れた。手はねばつき、鼻をつく果実と花、土の香りがした。

少女は起きあがり、ピンクの蝶々を胸に抱きしめ、突きだした胸がピンクの蝶々の腹と足を温め

（それはもともとそのためのものである、乳をやる以外に）、震える小さな体に腕をまわした。

砂歩きは少女を引っ張った。「こっちだ」

「遠いの？」

「いや、そんなに遠くない」（本当は遠く、砂歩きはピンクの蝶々を運んでやりたかったが、怪我をさせるかもしれない、と待ち受ける七人の乙女が心配するだろう）

北東に向かい、ほとんど川のはじまりのような流れの脇を歩いていった。少女が疲れて足下がおぼつかなくなるころ、ようやくたどりついた。それは砂歩きがかかとで蹴りあけた小さな暗い穴だった。「ここだ。ここで止まって休み、耳を近づけたら喋ってるのが聞こえたんだ」砂歩きは一見固そうな地面を強い指でほじくり、土塊を掘りだした。その土塊は、姉妹世界の青い光を浴びて、他と同じく真っ黒に見えたが、液体を滴らせていた。低い囁き声がした。砂歩きは土塊を二つに割り、半分を自分の口に、残り半分を少女の口に押しこんだ。突然、自分が飢えていたことを知り、少女は夢中になって蜂蜜を吸い出し、呑みこんでいた。

「手伝って。刺さないから大丈夫。寒すぎるから。払いのけてしまえばいい」

砂歩きはさらに掘りすすみ、少女も一緒になって掘った。ピンクの蝶々を安全な場所にやって小さな口に蜂蜜をまぶし、指にも塗って指を舐められるようにしてやった。蜂蜜だけでなく、太った白い幼虫も食べ、掘っては食べるうちに腕と顔、全身がべたべたになり蜂臭く土まみれになった。

砂歩きは美味しそうな部分を選んで少女の口に押しこみ、少女は、自分が見つけたいい部分を砂歩きに与え、麻痺した蜂を払い落とし、掘ってはまた食べしまいに二人ともすっかり満腹してお互いの腕の中に幸せに倒れこんだ。少女はぴったりと体を寄せ、メロンのように丸く固いお腹が自分の肋骨の下でふくらみ、砂歩きの腹に押しつけられているのを感じていた。唇が触れた顔は汚くて甘かった。

砂歩きはゆっくりと少女の肩を動かした。「だめ」と少女は言った。「上に乗らないで。裂けちゃう。苦しくなる。こうやって」少年の木が太くなり、少女は両手で包みこんだ。終わったあと、二人はピンクの蝶々が寒くならないように汗まみれの体のあいだに寝かせ、夜が明けるまでそのまま眠った。三人、足と吐息の絡み合いとなって。

轟雷の吠え声が砂歩きの耳に届いた。起きあがり、呪い師の洞穴に入っていったが、今回は、前と同じように暗かったにもかかわらず、すべてが見えた。砂歩きは、どこでかはわからなかったが、目も光もなくとも見る力を身につけていた。洞穴は自分の両側に、さらに先へと伸びていた――剝がれ落ちた石板が積み重なっている。

砂歩きは前へ上へと進んでいった。中の方が乾燥していた。地面は砂利まじりの粘土になっていた。岩のつららが頭上で結露する岩から垂れさがり、床からも足下で盛り上がっており、まるで獣の口に踏み入ったかのようだった。さらに乾き、石の歯がなくなって、不格好な粘土の舌とますます狭くなっていく丸天井の喉だけになった。それから捧げ物の骨に取り囲まれた呪い師の寝床があらわれ、呪い師その人が寝床に起きあがって視線を合わせてきた。

「申し訳ありません」と砂歩きは言った。「あなたはお腹をすかしているのに、ぼくは何も持ってきませんでした」そして手を差しだすと、片手には蜜の滴りおちる蜂の巣が、もう一方の手には蜂蜜で固められた太った幼虫の塊があった。呪い師は微笑みながら贈り物を受け取り、身をかがめて散らばった骨の中から動物の骸骨を選び出し、砂歩きに手渡した。

砂歩きは受け取った。骨は古く乾いていたが、呪い師の手から血がこぼれ落ち、見る間にその血が骨に命を甦らせた。骨は新しくなり湿り気をもち、それから暗色の血管が走り、最後に皮膚と毛皮にくるまれた。それはカワウソの頭だった。目が、濡れてまばたきし、砂歩きの顔を覗きこんだ。

その目の中に川が、カワウソの生まれ故郷が見えた。蜂の巣穴の脇をちょろちょろと流れてゆく川。世界の真の表面を探して高い丘のあいだへと飛びこむ水が見えた。早瀬となって轟雷の谷を通り抜け、逆巻く激流が速やかな流れとなって、やがて半マイルの幅広い川がほとんど停滞して沼沢地をうねっていくまでが見えた。カンムリサギとシロサギのぎこちない飛行が、息をつごうと必死な黄色いカエルの姿が見えた。そしてよどんだ緑色の水を通して、まるで自分自身が水面から二十フィート下、川底の石と砂利と山で生まれた砂のあいだを泳いでいるかのように、カワウソの姿が見えた。ほとんど真っ黒に近い茶色の毛皮で、蛇のように水中をくねって、さらに近づくと、腹が見え、短く力強い足でかいている——底の砂地からは指一本分しか離れておらず、足で歩いているように見える。

「え？」と砂歩きは言った。「え？」ピンクの蝶々が体の脇でのたくっていた。半睡状態で砂歩きは赤ん坊を母の乳房に乗せてやり、それから空いた乳房を自分の手で覆った。肌寒く、夢のことを考えたが、だがとうてい夢が終わったようには思えなかった。

幅広い川の岸辺に立ち、足を泥に突っ込んでいた。夜明けはまだ遠かったが、星は薄れはじめていた。イグサが夜明けの風にさざめき、波は世界の端まで駆けてゆく。ふくらはぎまで川に浸し、足のまわりにゆるやかな渦を作り、〈早駆け〉と老〈血まみれ指〉、〈食べられる葉〉、それに少女〈甘い口〉と〈揺れる杉の枝〉が立っていた。

背後から二人の男が歩み出た。沼地の人々は若い男を女たちの中から追い出し、山の火が男らしさを証明し、太腿と肩が傷だらけになるまで戻るのを許さないという。男たちにはそうした傷があり、髪はふさに結ってあり、手首には草の輪を巻き首には蠟引きの花を飾っていた。額に傷のある男が詠い、そして歌が終わった。男の視線が自分に向けられていると気づいた早駆けが後じさるのが見えた――そしてそのはずみに、川の突然深くなっているところに踏みこむのが。早駆けはもがきながら沈んでいった。傷のある男たちが押さえつけた。暴れて水は激しくかき回されたが、傷のある男は、自分たちも腰まで水に浸かりながら、早駆けの上に乗りだして水中に押しこんだ。水面下の動きが減ってきて、砂歩き――待ち受ける七人の乙女の隣で寝ている砂歩き――は、自分が夢見ていることを知っており、夢の中で、もし自分が早駆けだったら引き上げられるまで死んだふりをしているのにと考えていた。やがて水面下での動きもおさまった。早駆けが蹴り上げた沈泥が沈み、また川は澄んできた。その中に生命のない手足が見え、長い髪が海草のようにたなびいていた。夢の中の砂歩きは大股で歩み寄った。足を高く上げ、水に入れるときもほとんどしぶきは立たない。水面下の無表情な白い顔を見下ろし、そして見ていると、目が開き、口が開き、そこには苦悶があったがやがて消えてゆき力が抜け、目はもう何も見ていなかった。

砂歩きは息ができなかった。身を起こして震えながら、喘ぎ、胸に重しが乗っているようだった。

立ち上がったが、顔を水面から突き出さないと何も見えないような気がしていた。待ち受ける七人の乙女が身を動かし、ピンクの蝶々が目を覚まして泣きはじめた。

二人をそこに残し、砂歩きは小山の上まで歩いていった。夢の中のように朝日が昇りつつあり、東の空はバラと紫色になって顔に照り映えた。待ち受ける七人の乙女が川で水をのみ、ピンクの蝶々にお乳をやっているとき、砂歩きは夢のことを説明した。「早駆けはぼくと同じに考えた。死んだふりをしていたんだ。でも沼人たちはそれを見破って……」砂歩きは肩をすくめた。

「早駆けには力が残っていなかった」少女は感情を込めずに言った。「じゃあ、どっちにしても死んだでしょう」

「うん」

「今日は狩りに行くの？　まだ贈り物がいるでしょ。それに、昨日は木の下で寝なかったんだから、今夜はあそこで寝てもいいのよ」

「たぶん、呪い師はこれ以上、贈り物を求めてはいないだろう」砂歩きはそっと言った。「ぼくは助けてもらえなかったんだと思ってた。でも、今では洞穴の中で見た、浮かんで星を見る夢は呪い師が見せてくれたんだとわかったし、昼のあいだに見たお母さんや他の人と一緒に歩く夢も呪い師が見せてくれたんだし、昨日の晩の夢もそうだ。まちがいない。ぼくの民は沼人につかまったんだ」待ち受ける七人の乙女は腰を下ろし、ピンクの蝶々を膝に抱いて砂歩きの方には顔を向けなかった。「沼地はここからは遠い」と少女は言った。

「ああ。でもどうやったら早くたどりつけるかも夢から教わった」砂歩きはやがて大河になる小川の川辺まで歩き、川を見下ろした。水は透きとおり、腰まであった。底は砂と砂利だった。砂歩きは川に身を投じた。

ここでも川の流れは十分に早く、砂歩きは流れていった。しばらく、砂歩きは水面から顔をもたげていた。待ち受ける七人の乙女はすでにはるか遠く、新しい太陽の下で輝く小さな姿に過ぎなかった。少女は手をふり、ピンクの蝶々に見せてやろうと赤ん坊を高く差しあげ、そして叫んだ。

「神とともにあれ」

また流れに呑まれ、砂歩きは体をひねって腹を下にし、カワウソのことを思い、自分にも頭のてっぺんに近いところに鼻孔が開いており、長い手足のかわりに短く力強い水泳用の足があったらいいのに、と思った。手をかいて前に飛び出し、手をかいて前に飛び出し、ときおり手をとめて滝の轟音に耳をすませた。

＊
＊　＊

いくつも滝があらわれ、そのたびに川から出て徒歩で回りこんだ。流れがゆるやかになると泳ぎ、泳ぐたびごとにうまくなっていった。轟雷の口のなかばまで、呪い師の洞窟に捧げようと大きな魚を抱きかかえていた。深いよどみで急流にまかれて底に向かい、その勢いが衰えると、緑色の光の中に浮かび、髪の毛は顔のまわりで雲となり――それからまっすぐに後ろに流れて、ふたたび水流とともに水面に到達し空気の水晶球の中にあらわれた。

その日遅く、はっきり確かめることはできなかったが、もっとも慣れ親しんだ土地、自分の仲間たちが住んでいた岩だらけの丘を通り過ぎたように思われた。この半日で轟雷の口に向かって五日間南へ進んできたよりも長い距離を進んだことになる。夜になり、いくらか川が静かな場所を選んで砂の岸辺に這いあがろうとしたが、ほとんど体も持ちあげられないほどに疲れ切っていた。丈の高い草のあいだに身を隠し、砂地で眠り、星すら見なかった。

翌朝、狭い岸辺を三十分ばかり歩いてから、飢えた腹を抱えてまた川に戻った。何もかも、ずっと楽になった。魚の数も増え、砂歩きは大物を一匹、それにツツキガモも捕らえた。水面下を、目を見開いて手足をほとんど動かさないで流れてゆき、運の悪い鳥の足をつかんだのだ。

川もまた、徐々に静かになってきた。それまでほど早くは進めなくなったが、流れに身をまかせてもあまり疲れなくなった。川は木が茂る丘のあいだを流れていった。それから、さらに川幅が広がって低地に滑りこむあたりでは、根を水中に張った大木が枝のアーチを両岸から伸ばし、五十フィート上の川の中央で出会おうとしている。最後に川は葦の原がどこまでも広がり、灌木と茂みが点在する低地で流れを止めたようだった。そして冷たくよどんだ水は、どうしてなのか砂歩きにはわからなかったが、かすかに汗の味を身にまとっていた。

また夜が来た。今度は親切にしてくれる岸辺はなかった。水の沁みだす泥を用心深く半マイル歩いて木にたどりついた。ミズドリが頭上で輪をかき、お互い同士呼びかけあい、ときに泣いた――まるで太陽の死が鳥たちにとっても恐怖と死を、恐怖の夜を意味するかのように。

木までたどりつき、話しかけてみたが、木は返事を返してくれなかった。自分の国に生えているオアシスの孤独な木に潜んでいる力はここにはないようだった。これは自分ではなく見えない者に向かって語りかけており、女性に赤ん坊を孕ませたりしない木である。許可を乞うたあと（なんと言っても、自分が間違っている可能性もある）、砂歩きは眠ろうと高枝に登った。何匹か虫が寄ってきたが、寒いせいで動きが鈍かった。空に流れる雲の筋を通して姉妹世界の血の通わぬ光が気まぐれに射し込んだ。砂歩きは眠り、そして目覚めた。そして最初に臭いを嗅ぎ、それから聞き、それからたまさかの光の中で、ハカアラシグマが駆け過ぎるのを見た――大きく、手足がずんぐりと太く、悪臭が鼻についた。

また眠りに落ちそうになったとき。**哀しみ、哀しみ、哀しみ**。

悲しくなんかない。だが、待ち受ける七人の乙女とピンクの蝶々と石転びの国で小さな泉と花の咲く芝を優しく治めている生きて考える木のことを思うと、どこともなく痛みを覚えた。

哀しみ、哀しみ、哀しみと夜風が詠い、脈打った。

哀しみじゃない、と砂歩きは一人ごちた。憎しみだ。沼人たちは早駆けを殺した。自分が小さかったころ、自分の余った取り分から食べ物をわけてくれた彼を。血まみれ指も食べられる葉も甘い口と自分の母も殺すだろう。

哀しみ、哀しみを歌え。

哀しみじゃない、と砂歩きは思った。風だ、木だ。砂歩きは起きあがり、聞こえたのがまちがいなく風の溜め息だと、あるいはひょっとしたらもっといい場所に生える木のつぶやきだと確かめようとして耳を澄ました。それがなんであれ――あるいは、本当に、この葦に囲まれた孤独な木について思い違いをしていたのかもしれないが——怒りの音ではなかった。それは……なかった。

失われた風は溜め息をついたが、言葉は話さなかった。自分を取り巻く木の葉はほとんど動かなかった。はるか頭上、はるか遠くで雷鳴が轟いた。**哀しみ、**とたくさんの声が歌った。**哀しみ、哀しみ、哀しみ。孤独、二度と明けない夜が落ちてくる。**

風ではない。木でもない。影の子たち。どこかで。低い声で砂歩きは言った。「朝の出会いに。ぼくは孤独でも哀しくもないけれど、きみたちと一緒に歌おう」**哀しみ、哀しみ、哀しみ。**砂歩きは老賢者の言葉を思い出した。「おまえは影の友と呼ばれることになるのだから、この夜が明けるまでに、必要なときには我らの助けを求めて呼ぶすべを覚えなければならない」砂歩きは少年の楽観主義をもって、自力で仲間たちを助け出すつもりだったが、もし影の子たちが助けてくれるというのなら、力を借りるのにためらいはなかった。「**孤独**」とともに歌い、それから唇を閉じて心を雲に向けて、どこまでも広がっている水と葦に向けて開き、**そして二度と明けない夜が落ちてくる。哀しみ、哀しみ、哀しみ、**とまた（どこかで）影の子たちが歌ったが、今では心の歌は感情の表現というよりももっと儀式に近いもの、自分自身が慣れ親しんできたものに近くなってきた。**我らの哀しみを助けよ。**

問いかけようとしたが、それはできなかった。自分の考えが歌の考えではなくなるやいなや、他の者と一緒に揺れ懇願するのを止めるやいなや、接触は断たれ砂歩きは一人になった。

助けよ、助けよと影の子たちは歌った。**力を貸してくれ。**

砂歩きは木から降り、ハカアラシグマのことを考えて身震いした。彼方、夜の中で鳥が不吉にふくみ笑った。歌がどこから聞こえてくるかがわかりにくかっただけでなく、体を動かすと歌の印象が自分自身の心の動きの中に潜っていってしまう。動きを止め、最初は立ったまま、それから木の幹にもたれ、しまいに目を閉じて首をもたれた。**哀しみ、哀しみ、哀しみ**。方向は——たぶん——北西、川の流れからは斜めだった。〈冷気の目〉から方位を読み取ろうと空を見上げた——が、何段にも重なった鋸歯のような雲のせいで星はせいぜいが一瞬程度しか見えなかった。

砂歩きは歩きはじめ、水しぶきをたて、それから、自分自身がたてた水音が気になって立ち止まった。自分のまわりで、沼地全体が聞き耳をたてているような気がした。また試して、数百歩も行くうちにうるさすぎない歩き方を体得した。膝を高くあげ、水上で足をすばやく水平に動かし、足全体を潜水夫のようにそらせて突っこむ。サギみたいだ、と砂歩きは思った。長い足をして羽毛をたてたカエルサシが川縁をそろそろ歩く様を思い出した。まったくもって自分は砂歩きそのものだ。

だが、いま足の下にあるのは泥だった。何度か泥に足を呑まれそうになった。イワネズミに似た小動物が走って逃げ、水たまりに飛びこむ音がした。茂った葦の奥から、暗い穴の奥から、何かが笛を鳴らした。

哀しみ、哀しみ、哀しみ、影の子たちの歌がさらに近くなった。まだ地面は柔らかかったが、もう水は浮いていなかった。砂歩きは影から影へと、姉妹世界の光が雲から漏れ落ちるたびに固まりながら進んだ。声——影の子の、弱々しくはあるが耳に聞こえてくる本物の声——が（離れたところで、だが明瞭に）言った。「奴らはあれを待ちかまえている」

「あれは捕まらないだろう」二番目の、それほど明瞭でない声が答えた。「あれは我らの友だ。あれは……我らは……皆殺しにする」

砂歩きは葦のあいだにかがみこんだ。五分、十分のあいだ、ぴくりとも動かなかった。頭上では雲が東に飛び、別の雲がその後を埋めた。風が葦をそよがし、囁いた。長い時間ののち、影の子ではない声が言った。「行ってしまった。気のせいだったかもしれない。中の連中の声を聞いたんだろう」

二つ目の声がうなった。前方、百歩ほど先で何かが動いた。見たというよりも音が聞こえた。もう五分待ってから、砂歩きは左の方に回りはじめた。

一時間後、大きく四人の男がほぼ正方形に陣取り、どうやら中央に影の子たちがいるらしいとわかった。狩られる立場になるのははじめてではない――子供のころは二度、飢えた男たちに狩られたことがある――今ならこの場から消えて新しいねぐらを探すか、以前のねぐらに戻ることもできる。だが、そのかわりに砂歩きは前に這いだした。怯えながら同時に興奮して。

「すぐに明るくなる」と一人が言い、もう一人が答えた。「また次のが来るかもしれない。静かに」

砂歩きはほぼ四角形の中央まで来ていた。

ゆっくりと前に這いだした。手が空をつかんだ。地面は前方では平らでなくなっていた。手探りしてみた。前は下がっていた。真下にではなく、きつく、とても柔らかい坂になっている。暗闇を覗きこむと、甲高い影の声が囁いた。「おまえが見える。もう少し前へ、できるなら、手を伸ばして」

両手を受け止めたのはちっぽけな、骨張った指であり、引き寄せると小さな、暗い姿が脇に立っていた。もう一度引くと、もう一人立っていた。三人、だがすでに最初の一人は葦のあいだに消えていた。四人、だが隣にいるのは新しく来た者だけだった。五人、五人目と砂歩きだけが立っていた。地面に体を押しつけるようにして、砂歩きは向きを変えて来た方向に這い戻りはじめた。まわりで押し殺した物音が聞こえ、一人の狩人が、ほとんど直接耳に囁きかける（かのように）「見てこい」と言った。それから百本の葦がはじけ、鞭打つような音で混乱した。右手の方で男が立ち上がり、走りはじめた。走りすぎざま、砂歩きの隣にいた影の子が、沼人の足首めがけて飛び込み、男は音をたてて倒れた。

男が倒れるのとほとんど同時に砂歩きは飛びかかり、親指が石のように固く無慈悲に首に食いこんだ。稲妻が閃き、苦痛に歪む顔と、二本の小さな手が沼人の目をえぐり出すのが見えた。

そして砂歩きは立ち上がった。真っ暗闇の中、沼人たちは叫び、弱々しい鬨の声が聞こえた。男の姿が目の前に浮かびあがり、砂歩きは巧みな蹴りを入れ、それから両手で相手の頭を押し下げて膝で迎えた。一歩下がると、影の子が男の肩に飛び乗った。肉のない足が喉に絡みつき、指が髪の中に食いこんだ。「来い」砂歩きは急いで言った。「早く離れよう」

「なぜだ？」影の子は落ち着いて幸せそうだった。「我らの勝ちだぞ」影の子がまたがっている男は、苦痛に体を折っていたが、立ち上がって影の子を振りはらおうとした。影の子の足が締まり、砂歩きの見ている前で、沼人は膝を折った。突然静かになった——実のところ、自分たちが見つかる前よりもさらに、虫や鳥たちが黙ってしまった分静かに。風はもはや葦を揺らしてはいなかった。

影の子の声が言った。「終わった。たいしたものだろう？」

砂歩きは、戦いが終わったことに確信を持てないまま、答えた。「きみたちが勇敢なのは認めよう。でも二人の湿地人を打ち倒したのはぼくだ」

最前、膝をついていた沼人はおぼつかなげに立ち上がり、肩にまたがった影の子に命じられるままによろめき歩きだした。「我らのことではない」砂歩きに話しかけた声が言った。「あいつらのことだ。これだけいれば、たっぷり腹がふくれる。さあ、みなが我らを閉じこめていた穴のそばに集まっている。そっちに行け、じきに見える」

「きみは来ないのか？」砂歩きは声の主を探したが、見つけられなかった。

答えはなかった。砂歩きは振り向き、方向感覚を頼りに穴へ戻った。四人の男がいた。三人は肩に乗り手を乗せており、四人目はうめきながらふらふら揺れ、血まみれの手で血を流す眼窩をこすっていた。沼草が踏みならされたところに、影の子がもう二人しゃがみこんでいた。

砂歩きの後ろから声がした。「めくらの奴は今夜食ってしまう。残りは丘まで乗っていって、友と分けあうとしよう」目を潰された男がうめいた。

「きみが見えたらいいのに」と砂歩きは言った。「三晩前、話したのと同じ老賢者？」

「いや」六番目の影の子がどこからともなくあらわれた。かすかな光の中で（砂歩きの目でもおぼろげな影と輪郭以上のものは見えなかった。馬にされた男たちも、ただそこにいることがわかるだけだった）影の子は完全に実体であるように、だがいちばん年長であるように見えた。

星の光が雲の切れ間から射しこんで、霜に反射するように頭に照り映えた。「おまえが影の友だとわかったのは歌のおかげだ。おまえはとても若い。おまえが我らの仲間になったのは三日前なのか？」

「ぼくはきみたちの友だ」砂歩きは慎重に言った。「だけど、自分がきみたちと同じだとは思わない」

「心においてだ。大事なのは心だけだ」

「星々」目を潰された男の声は、傷口が、鉛色の唇と流れ落ちる血の舌によって語っているのかもしれなかった。「星歩きの〈最後の声〉がいれば、おまえに説明するだろうがな。体を離れて星々のあいだに遊び、〈闘うトカゲ〉の背にまたがる。神が見たものを見て、神が知ることと神がしなければならないことを知る」

「ぼくの国にもそういうことを言う奴はいる」と砂歩きは言った。「そういう輩は崖に追いやられる——それから崖の先へ」

「星々は神に語る」目を潰された囚人は頑固に言いはった。「川は星々に語る。夜の流れを見下ろす者は、さざなみの中に、動く星が来ているのを見る。おまえら無知な丘人どもの命を星に捧げるんだ。そしてもし星が川を立ち去ったなら、川の水を星歩きの血で黒く濁す」

老賢者は去ったように思われた——静かに待っている影の子たちの中にはその姿はなかった——が、声が言った。「お喋りは充分だ。我らは飢えている」

「もう少し待ってくれ。母と友達のことを聞かなくちゃならない。こいつらに囚われている」目を潰された男が言った。「先に人間もどきを行かせろ」

砂歩きは言った。「行ってくれ」そこで男にまたがっていない二人の影の子は足を動かして草地を踏みつける音をたてたが、実際にはその場から動かなかった。「行ったよ。で、囚われた者はどこにいる？」

「おれの目を潰したのはおまえか？」

「いや、影の子だ。ぼくの手はおまえの喉にかかっていた」

「歌に呼ばれたんだな」

「そう」

「ああやって、誰も住んでいないところ、丘の近くに閉じこめておく。そうすると歌がさらに仲間を呼んでくる——二十人も集めたことだってある。あいつらは自分さえ逃げられれば、友達が食われようとどうしようと気にしないんだ。だけどときには、今みたいに、集めていたやつに逃げられてしまうことがある——それが自分の身に起こるとは思ってもいなかったが。だけど、歌が子供も呼べるとは知らなかった」

「ぼくは男だ。女も知っているし、大いなる夢を見る。おまえたちは早駆けを溺れさせて、神の清浄を死で汚した。他の者はどうなった？」

「助けられるものなら、助けてみるがいい、〈我が喉にかかった指〉よ！」

「ぼくの名前は砂歩きだ。そうだ、助けてみせるとも」

「ここよりはるか北にいる」目を潰された男が恐ろしい声で告げた。「〈目〉をよく見られる場所の近く。〈もうひとつの目〉という名前の穴だ。だが、俺の目はなくなってしまったし、もうひとつの目もなくなった。教えてくれ、今、星はどうなっている？　死ぬときの星を知らなければならない」

砂歩きは空を見上げたが、走りすぎる雲がすべてを隠していた。そして砂歩きが顔をあげるのに合わせて、目を潰された男は飛び出した。即座に影の子たちが腐肉にたかる蟻のように飛びつき、砂歩きは男の顔を蹴りとばした。他の囚人たちが逃げた。

「一緒にこの肉を食べるか？」目を潰された男が押さえこまれると、老賢者が訊ねた。「おまえは影の友であり、我らの仲間だから、この肉を食べても面目は失わぬ」老賢者は、目を潰された男との格闘には参加していなかったようだったが、またあらわれていた——少なくとも薄い影が老賢者であるように見えた。

「いや。ぼくは昨日たっぷり食べた。だけど、逃げた奴を追わなくていいのか？」

「後で。こいつに縛られていては、残りを取り戻すことはできまいし、こいつにも逃げられてしまう——たとえめくらでも——一人でほっておけば。足を折ってしまってもいいが、近くにはハカアラシグマがいる。おまえが来る前、熊の臭いをかいだ」

砂歩きはうなずいた。「ぼくもだ」

「こいつを殺すところを見るか？」

「逃げた奴を追いかけようと思う」砂歩きは心の中で、北に向かい、下流に逃げたとくりかえした。〈もうひとつの目〉という名のくぼみに向かって。

「それはいい考えだ」

砂歩きは背を向けた。十歩も進まぬうちに雨が降りはじめた。雨音越しに、目を潰された男の死の喘鳴が聞こえた。

＊
＊　＊

朝が来た。晴れて寒かった。太陽が地平線から手のひらの幅の分だけ離れるころには最後の雲も消え、わずかに黒みが流れる青空にはかすかな星が残るだけだった。沼沢地を吹く風は葦をたわめて音をたて、ときおり鳥が、砂歩きが川の荒々しい流れに乗ってきたようにつむじ風を乗りこなし、目の前で天を端から端まで渡っていった。

逃げた三人の跡を追うのは難しくなかった。沼人たちは漁師であり、戦士であり、小さな獲物を捕らえる――だが狩人ではない。山に住む者が知っているような狩りは知らなかった。まだ姿は見えなかったが、そう遠くないと教えてくれる手がかりはいくらでもあった。通りがかったときにも身を起こそうとしている踏みつけられた雑草、泥に残され、まだ水がたまっている足跡。そして他の人間の跡もあった。獲物が走っている路はもはや獣道ではなく、そこには無がひろがる高地の足下では感じられなかった存在、残酷で超然とした存在がおり、深い思考をめぐらせ、雲の下にいるすべてのものを侮蔑していた。

同時に、背後の影の子の存在にも気づいていた。夜明け前には〈たくさんの口がみな満たされた歌〉が聞こえ、それから〈昼寝の歌〉が聞こえてきた。今は静かだったが、静けさそのものが存在していた。

逃げた三人は疲れていた——泥に残る足跡は乱れ、おぼつかなくなっていた。だが影の子たちのいないときに逃亡者を捕らえても何も得られないし、実際、そいつらには影の子たちを湿地深くへ誘いこみ、力を貸してもらうための餌としての意味しかなかった。砂歩き自身も疲れており、乾燥して灌木が育っている場所を見つけて眠った。

＊
＊　＊

「どこにいる？」と最後の声が問い、すべてを見ている東風が教えた。「おお！」と最後の声は言った。

＊
＊　＊

男たちは夜明け前に砂歩きを捕らえた、大きな輪を作って。背後から忍び寄り、いっせいに襲いかかった。醜い目をした傷のある大柄な男たち。砂歩きは輪の一方から反対側まで、端から端まで走ったが抜け道はなく、沼人たちは決してあいだを開けず、しまいには肩と肩を組んで迫り、砂歩きは暗ければと願ったが（とうとう）暗闇の中で捕らわれた。砂歩きは激しく闘い、痛めつけられた。

五日のあいだ砂歩きは捕らわれ、それから一晩中前を歩かされ、そして最初の光が差すときに

〈もうひとつの目〉と呼ばれる穴に放りこまれた。そこにはすでに四人いた。母親の〈揺れる杉の枝〉。〈食べられる葉〉。老〈血まみれ指〉。それに少女〈甘い口〉。

「わが子よ！」と揺れる杉の枝は言い、そして泣いた。母はひどく痩せていた。

半日のあいだ、砂歩きは〈もうひとつの目〉の側壁を登ろうと試みた。砂歩きは食べられる葉と甘い口に後ろから自分を押させてみた。さらに血まみれ指に頼んで砂の坂に寝てもらい、その肩に食べられる葉がよじ登って、最後に自分、砂歩きが二人の上に登れば逃げられないかとも考えた。だが〈もうひとつの目〉と呼ばれる穴の壁はきわめて細かく柔らかい砂で、地面は足と手の下で消えてしまい、いくらひっかいても落ちてゆく一方だった。血まみれ指が砂に落ちこんで砂歩きは倒れ、結局は元のままだった。

昼から一時間ほど過ぎたころ、もう一人の砂歩きが穴の縁にあらわれ、長いあいだ下を見下ろしていた。砂歩きは、穴の中から、自分自身を見上げていた。それから男たち、傷のある大柄な沼地の男たちが、キヅタの長い蔓《つる》を持ってきて、一端を握ってもう片方を下に垂らした。「そいつだ」と高いところに立っている砂歩きが言い、本物の砂歩きを指さした。

砂歩きは首をふった。**いやだ。**

「おまえは生け贄にはしない——今のところは。登ってこい」

「自由にしてくれるのか？」

相手は笑った。

「それなら、ぼくに話があるというなら、兄弟よ、おまえが降りてこい」

東風は蔓を握っている男たちの方を向き、なかば冗談めかして肩をすくめ、両手で蔓をつかんで滑り降りた。「おまえをよく見たい」と砂歩きに言った。「おまえはおれの顔を持っている」

「おまえはぼくの兄弟だ」と砂歩きは言った。「ぼくはおまえの夢を見たし、母からもおまえのことは聞いた。ぼくら二人が生まれ、洗うときに母はぼくを、母の母がおまえを抱いていた。沼人たちがおまえに力をふるうために母の母に無理矢理名前を教えさせ、それから殺したんだ」

「そんなことはみんな知っている」と東風は言った。「おれの教師、最後の声が教えてくれた」

砂歩きは母を会話に引きこめば優位に立てるのではないかと考えた。「お母さん、名前はなんだっけ？　溺れさせられた、お母さんの母さんは？　ぼくは忘れてしまった」だが揺れる杉の枝はすすり泣くだけで返事をしなかった。

「おまえは殺される」と東風は言った。「そしておまえは我々の言葉を川に伝え、川は星に伝え、星は神に伝える。最後の声は、おまえの死のときにはおれにも危険があるかもしれないと警告してくれた。おれたちは、たぶん、一人の人間なんだろう」

砂歩きは首を振り、唾を吐いた。

「おまえにとっては名誉なことだ。おまえは他の連中と同じ丘人でしかない――だが星の中では俺よりも大いなる者となる。川に神が記した言葉を読めるこのおれよりも」

「おまえはそんなにはぼくに似ていないな。それに髭も生えていない」砂歩きは剛毛が生えはじめた唇を撫でた。思いがけず、（食べられる葉と血まみれ指とともに）黙って見ていた甘い口がクスクス笑いはじめた。砂歩きが怒った顔でにらむと、甘い口は東風を指さし、なおもこらえきれずに笑いつづけた。

「まだ赤ん坊のころ」と東風は言った。「それを女の髪できつく結んで、やがて腐って落ちた。痛みはなかったし、死ぬのは星歩きとなるわずかな者だけだ。ただ、最後の声がおれたちはひとつだと警告してくれたことを言いたかっただけだ。おまえはおれより先に死に、川と星の元へ行く。おれはそれを恐れてはいない。おれの夢の中で、おれはおまえとともに力ある場所に浮かんでいるだろう。おまえの夢の中では、おまえはまだ生きている者として歩いているかもしれない」

穴のふちから東風に呼びかける声があった。「空を学ぶ者、また増えたぞ。上がってきたいか?」

砂歩きが見上げると、影の子たちの小さな姿が、三方向から沼人たちに追いつめられていた。

「平気だ」と東風は言った。「こいつらを恐れぬのに――少なくともこいつらは人間だ――そいつらを恐れろと?」

「かもしれぬ」と砂歩きが言った。

影の子たちが柔らかな坂を転がり落ちてきた。太陽の明るい光の下では、血の気がなくて足が曲がり、夜に見るよりもはるかに小さく見えた。本物の子供がこんな風になったらじきに死んでしまう、と砂歩きは思った。

「我らはじきに死ぬ」と影の子が言った(喋ったのが誰なのかは、砂歩きにはよくわからなかった)。

「そしてこいつらに食われる。おまえも」

東風が言った。「川に与えられた生け贄を食べる儀式は、腹を満たす祝いとは違うのだ。ちっぽけな人間もどきよ、おまえたちはただの腹の足しだ」

東風に声をかけた沼人、あきらかに重きを置かれている者が、縁から身を乗り出して東風に声をかけ「五人だ、空の学び手よ」男は手をもんだ。「影の子の肉は何よりもうまい」

「六人」と東風が正した。

「この穴は手で掘ったものではない」一人の影の子が言った。他の者は穴をつつきまわり、細かな砂を指にすくってみていた。

「そいつらはおまえを追ってきた」と東風は砂歩きに告げた。「新しい家のことはおまえから説明してやってくれるか」

「できるものならしよう。でも、この世界がなぜこうなっているのかなんて誰にもわからない。ただ神の意志にしたがっているという以上のことは」

「ならば学べ、そこに立っていられるあいだに。ここ――百歩ばかり東――で川は永遠に広くなっている。茎から花が咲くように、ただし川に咲いたその花、海と呼ばれる花はどこまでも広がっているんだ」

「そんなことは信じない」

「まだわからんのか？　なぜ川が神と星々よりも聖なるものとされるのか？　なぜ人生のはじまりに川で洗われるのか、そしてなぜ星が落ちたときには水を星歩きその人の血で濁らさねばならないのか。川は時だ。時は海の聖なる場所で終わり、それは過去であり、どこまでも伸びている。東の岸、土地が低くなり、水がときには甘く、ときには塩辛くなるところが〈目〉だ。星歩きが旅立つ大いなる円環がある。西の岸に、川は海を喜ばせようと、やがて海のものとなる贈り物を貯めておくために〈もうひとつの目〉を作った。最後の声はそうしたことを深く考えた。永遠に浜を打ちつづける海の手は、我々が立っているあいだにも落ちては入れ替わる砂を引いてゆき——それを浜へと打ち返す。それゆえ〈もうひとつの目〉は決して空になることなく、決して満ちることもない」

砂歩きは答えた。「ぼくらが子供を川で洗うのは、それが神の清浄を意味するからだ。木々の根たる地、まだこびりついている父祖たちを洗い落とさなければならない。残りは、ぼくらが同じ人間だとかっていうのと同じたわごとだ」

「最後の声は女の腹を開いたことがあるが……」東風は言いかけたが、そこで砂歩きの顔に浮かんでいる嫌悪感に気づいて、背を向け、蔓を握り、持ち上げようと待っていた男たちに合図した。穴の縁に立つと軽く手を振り、呼びかけた。「さようなら、母よ。さようなら、兄弟よ」そして消えた。

老血まみれ指は怒鳴りつけるように言った。「あいつから何か手に入れられたかもしれないのに——もう戻ってこないだろう」

砂歩きは肩をすくめて言った。「上にあげて水を飲ませてはもらえないのかな？　喉が渇いたけど、ここには泉がない」

そこには日差しを遮る場所もなかったが、影の子たちは穴の側面、最初に影になるところにへばりつき、小さな、黒い玉になって丸まった。血まみれ指は言った。「日暮れごろに味はないが汁気だけはたっぷりある草の茎を投げてくる。飲めるのはそれくらいだ。食べ物も」影の子たちを親指で指した。「だが、ウジ虫どもをぶち殺せば食事とうまい飲み物になる。こっちは三人、あいつらは五人。分は悪くないし、昼のあいだはあいつらの動きは鈍い」

「そっちが二人、こっちが六人だ。それに食べられる葉は、ぼくと戦おうとはしないだろう」

一瞬、血まみれ指は怒ったように見え、砂歩きは、その大きな拳のことを思いだし、身をかわして蹴りをいれようと身構えた。すると血まみれ指は隙間のあいた歯をみせて笑った――「わしとおまえだけってことか？　小僧よ？　まわりが見守って囃したてる中で二人だけ痣だらけになるのか。おまえが勝てば、おまえの友達どもが食う。そしてわしが勝てば――夜になったらあいつらが襲ってくる。やらんよ。もう何日かしたらおまえも腹が減るだろう――まだ生きてるとしてな。そうなったら、もう一度話すとしよう」

砂歩きは首を振ったが、笑った。砂歩きは一晩中追い立てられ、午前中いっぱい滑る壁と格闘しつづけ、疲れきっていたので、血まみれ指が背を向けると、影の子たちの近くの地面に場所を作り、寝ころんだ。しばらくすると甘い口が近づいてきて隣に寝た。

＊
＊　＊

日暮れ時に、血まみれ指が言ったように、植物の茎が投げ与えられた。影の子たちは走りまわり、甘い口と砂歩きに一本ずつ取ってきてくれた。甘い口は茎を受け取ったが、影の子の光る目に怯えた。穴の反対側まで逃げ、揺れる杉の枝の隣に座りこんだ。

老賢者が砂歩きの隣に座りに来たが、水を吸う茎は持っていなかった。砂歩きは言った。「さて、では何をする？」

「話を」と老賢者は言った。

「なぜ？」

「なぜなら行動する時ではないからだ。何も為し得ないときには、多くを語ること、為されたことや為せるかもしれないことを論じあうというのはいつでも役に立つからだ。歴史上、偉大な政治運動はすべて獄中から生まれた」

「歴史とは、政治運動とはなんのことだ？」

「おまえの額は高く、おまえの目は広く離れている。残念ながらおまえたちの種族の常として、おまえの脳は胸にあり――」（老賢者は砂歩きの堅く平らな腹を叩いた。というよりはその動作をしたが、指には実体がなかった）「したがってそうしたかたちで精神能力が発揮されることはない」

砂歩きは用心深く言った。「飢えているときには、誰でも脳は腹にある」

「それは精神だ。精神ならば頭上一万四千フィートに、それ以上高くに浮かぶこともできる」

「湿地人たちの星歩きは言っていた。心は――たぶん魂って意味だろうけど――地面を離れ、宇宙でとんぼを切り、姉妹世界を蹴って離れ、そして、差し招く宇宙の滑り台に引き寄せられ、舞い上がり、吹き流され、夜が明けるまで星々のあいだをきりもみし、すべてを読み取ってすべてを見張る。捕らわれているあいだ、ぼくはそう教わった」

老賢者は唾を吐くような音をたて、砂歩きに訊ねた。「星船というのは何か知っているか？」

砂歩きは首を振った。

「丸太が川に浮かぶところを見たことはないか？　もっと丘の高いところ、水が岩のあいだを、丸太とともに流れている場所で」

「ぼくはそうやって川に乗った。そうやって、沼地まで早くやってきたんだ」

「もっといいものがある」老賢者は顔をあげて夜空を睨んだ。「そこだ」と指さして言った。「そこ。あれをなんと呼ぶ？」

砂歩きは影の指が指し示す方向をたどろうとした。「どっち？」〈燃える髪の女〉が老賢者の手をとおして晴れやかな、何も見ていない目で見ていた。

「そこだ。天のはじからはじまで広がっている」

「ああ、あれ。あれは〈滝〉だ」

「そうだ。では人間が乗り込めるほど大きな中空の丸太を思い浮かべるといい。それが星船だ」

「ああ」

「さて、人間は――わが種族は――長い夢見の日々の前、実際にそれで旅をし、星々のあいだを回った。我らはそうやってここに来た」

「ずっとここにいたんだと思ってた」

老賢者は首を振った。「最近に来たのか、ずっと、ずっと昔に来たのかのいずれかだ。どちらなのかはわからないが」

「〈歌〉は教えてくれないの？」

「我らがここに来たときにはまだ歌はなかった――それも我らがここに残り、我らが星船を失った理由のひとつだ」

「いずれにしても、それでは帰れない」砂歩きは川を上流にさかのぼることを考えていた。

「わかっている。我らは変わりすぎた。砂歩きよ、我らはおまえたちに似ていると思うか？」

「あまり。あなたたちは小さすぎるし、あまり健康そうじゃないし、耳は丸すぎるし髪もあまり生えてない」

「そのとおりだ」と老賢者は言い、押し黙った。続く沈黙のあいだ、砂歩きにはこれまで聞いたことがない音、高くなり低くなる音が聞こえた。それは四分の一マイル先で海が濡れた手で浜辺をならしている音だったが、砂歩きはそのことは知らなかった。

「馬鹿にするつもりじゃなかったんだ」とうとう砂歩きは言った。「事実を指摘しただけだ」

「思考が」と老賢者は言った。「事物のかたちを決める。我らは自分たちの姿を、おまえが説明したようには考えていない。だから我らは実際にはそんな姿ではない。とはいえ、他の者からどう思われているか知らされるのは陰鬱なものだ」

「すまない」

「いずれにせよ、我らはかつておまえたちと同じような見かけだった」

「ああ」幼いころ、揺れる杉の枝はよく「ラバネコはどうやって尻尾を手に入れたか」（舌と交換で手に入れたカケトカゲから盗んだ）とか「なぜニセワシは飛ばないのか」（醜い足を他の動物たちに見られたくないから草の中に隠して、何かを殺すときにしか使わない）とかといった話をしてくれた。砂歩きは老賢者の話も同じようなものなのだろうと思い、そしてその話はこれまで聞いたことがなかったので、喜んで耳を傾けた。

「言ったように、我らは最近来たのか、ずっと、ずっと昔に来たのかのいずれかだ。ときに、夜明けに顔を見合わせながら、〈昼寝の歌〉をうたう前に故郷の名前を思い出そうとする。あるいは星のあいだを飛び渡っていく兄弟たち――歌わぬ兄弟たち――の心の歌が聞こえることもある。そうしたとき、我らは兄弟たちの考えをねじ曲げ、来た道を戻らせるが、心の中の考えは我らの歌にも入りこむ。我らの故郷はアトランティスとかムーとかいうところかもしれない――あるいはゴンドワナランド、アフリカ、ポアテズム、〈友たちの国〉かもしれない。わたしは、五人ゆえ、その名前をすべて覚えている」

「うん」砂歩きはいろんな名前を聞くのが楽しかったが、老賢者が五人と言ったのを聞いて、他の影の子たちのことを思いだした。みな起きて話を聞いているようだったが、穴のあちこちに散らばって座っていた。二人は、崩れる壁を登ろうとしていたようだったが、今は途中でやめたところのまま止まっていた――一人は四分の一くらい、もう一人はほとんど半分近くまで来ていた。人間の中で目覚めているのは自分一人だった。姉妹世界の青い光が、縁の向こうで移ろっていた。

「ここへ来たとき、我らは今のおまえたちのような姿だった――」と老賢者が話しはじめた。

「だけど水浴びをするために外見を脱いだ」と砂歩きが引き取って続けた。ときに髪に飾る羽根や花のことを考えていたのだ。「そしてぼくらはそれを盗んで、以来ずっとその格好をしている」揺れる杉の枝から似たような話を聞いたことがあった。

「いや、我らが外観を失わなくとも、おまえたちはその姿を得ることができた。おまえたちは変身種族だ――我らの故郷で人狼と呼ばれる生き物のような。我らが来たとき、おまえたちの中にはあらゆる獣の姿をしている者もあり、雲や――あるいは溶岩や水をまねた風変わりな姿をしている者もいた。だが我らはおまえたちの中を力と栄光と威厳をたたえて歩き、千匹の蛇が息を吐くような音をたてておまえたちの海に着水し、こぶしに燃える光と炎を握って岸辺に着くと、征服者のように歩を進めた」

「ああ！」砂歩きは物語を楽しんでいた。

「光と炎とを」老賢者はくりかえし、前後に体を揺すった。目は半分閉じ、何かを食べているかのように、顎を激しく動かしていた。

「それからどうなったの？」

「それで終わりだ。おまえたちは我らにあまりに魅了され、我らのようになってしまい、それ以来ずっとそのままでいる。つまり、かつての我らのように」

「それで終わりのわけがない。あなたはどうしてぼくらが同じになったかは話してくれたけど、どうして違ったのかは話してない。ぼくはあなたたちの誰よりも背が高いし、足はまっすぐだ」

「我らはおまえよりも高く、強い」と老賢者は言った。「そして恐ろしい栄光に包まれている。たしかに我らはもはや光と炎の道具を持っていないかもしれないが、我らの視線は敵を打ち倒し、我らは敵に死を歌う。そう、そして木は我らの手に果物を落とし、地は石をひっくり返すだけで空飛ぶ母たちの子を差しだす」

「ああ」砂歩きはまた言った。砂歩きはあんたの骨は曲がっており弱くあんたの顔は青白い。男と光から逃げてばかりいると言ってやりたかったが、言わなかった。自分でも影の友と名乗ったのだし――それに、ここで言い争ってもはじまらない。そこで言った。「だけど、やっぱりぼくらは同じじゃない、ぼくの仲間はそんな力は持っていないんだし。それにぼくらの歌は夜風に乗って眠りを妨げたりはしない」

老賢者はうなずき、言った。「見せてやろう」それから頭を垂れて両手の中に咳をし、その手を砂歩きに向けて差しだした。

砂歩きは手の中を覗きこもうとしたが、ちょうど姉妹世界の輝きが増して、老賢者の手は蜘蛛の巣のように透けていた。何かがあった――黒い塊が――だが腰をかがめて顔を近づけてもそれ以上は見えず、そして老賢者が持っているものに触れようと手を伸ばすと、指は手にもその手が持っているものにも触れずに通り抜け、砂歩きは突然愚かしくひとりぼっちになったように、眠ったまま宙に向かってブツブツ呟いている子供になったように感じた。

「来なさい」と老賢者は言い、手招きした。二人目の影の子が歩いてきて、その横にしゃがみ込んだ。しっかりと実体があった。「本当に話していたのはきみの方なのか？」と砂歩きは訊ねたが、二人目は返事もせず目を合わせようとすらしなかった。二人目の影の子は老賢者がやったように手に咳こみ、その手を差しだした。

「わたしに話すとき、おまえは我ら全員に話している」と老賢者が言った。「ここにいる五人が中心だが、影の子たち全員でもある。ごく弱くはあるが、みなの歌がはるか遠くから届いてわたしを形づくっている。だが、それよりもこの子がおまえに見せているものを見るがいい」
だが砂歩きはしばらく影の子の方を見つめていた。年は若いかもしれなかったが、影の落ちた顔は閉ざされて何も語っていなかった。目はほとんど閉じていたが、目蓋ごしにその視線が感じられた。親しみがあり、恥じらい、恐れている。

「味わえ」と老賢者が誘った。砂歩きは嚙みもどされたものを指でつつき、臭いを嗅いだ――おぞましい臭いがした。

「このために、我らはすべてを諦めた。なぜなら、これはこの世界では雑草でしかないが、何よりも大いなるものだからだ。葉は幅広で、いぼがあり、灰色だ。花は黄色で、種はピンク色の棘がある卵だ」

「それなら見たことがある。幼かったころ、食べられる葉から教えられた。毒があるって」

「おまえたちはそう信じているし、確かに食べればそうなる――その死はどんな生よりも甘美なものかもしれぬが。だが一度、姉妹世界が満ちた顔を向けてから次までのあいだ、新鮮な葉を摘み、小さくたたんで頰に入れて運んでみればいい。そうすればその男には女もいらず、肉もいらない。男は聖なる者となり、神がその中を歩くだろう」

「そういう者に会ったことがある」砂歩きはそっと言った。「憐れに思わなかったら殺していたところだ」

大声で言うつもりもなかったし、老賢者はきっと怒るだろうと思ったのだが、ただうなずいただけだった。「我らもそうしたものは憐れむ。そして羨みもする。その者は神だ。相手もおまえを憐れんでいるのを忘れぬがよい」

「ぼくの方が殺されたかもしれない」

「なぜなら相手はおまえがなんであるかを見て、見ることでおまえの恥を感じ取ったからだ。だがただ一度だけ、姉妹世界がもう一度同じ顔であらわれる前に、新しい葉を摘んで、運んでいたものを吐き戻し、美味しくなくなるまで噛んでもよい。それよりも頻繁に新鮮な葉を噛むと死んでしまう」

「でも、きみたちのように使えば無害だと？」

「我らはみなごく幼いころから葉で暖まっているが、見てのとおりに健康だ。我らは見事に闘っただろうが？　我らは大いなる年まで生きる」

「どのくらい？」砂歩きは好奇心をおこした。

「そんなことに意味があるか？　経験という意味で大いなるものだ――我らはたくさんのことを感じる。ついに死ぬとき、我らは神よりも偉大なるものとして、けものよりも卑小なるものとして死ぬ。だが我らが大いなる存在ではないときには、口に運ぶものが我らを慰める。飢えて魚が無いときには肉であり、乾いて水がないときには乳がそうだ。若者は女を求め見いだして大いなるものとなり世界に死ぬ。そのあとでは二度とその高みにはたどりつけないが、だが女は慰めとなるし、自分が味わった高みを思い出すよすがともなり、そしてともにあればすべてであったときにしばし立ち戻ることもできる。我らもまた同じだ。妻だったものが手のひらにはき出すと白く、慰めも与えてくれなくなるまでは。そのとき我らは姉妹世界の顔を見上げて大いなるものだったときを思い、そしてふたたび相が戻れば我らは新しい妻を見つけ、若くなり、神となる」

砂歩きは言った。「だけど、あなたたちはもうぼくらに似ていない」

「我らはかつてそうであり、それをこれと取り替えた。はるか昔、我らの故郷で、愚か者が火を起こす前、我らはこうだった――太陽と、夜と、お互い同士以外名付けるものを何も持たぬまま、歩きまわった。我らはまたそのようになった。なぜなら我らは神であり、手によって作られるものには煩わされぬからだ。そして我らがあるように、おまえたちもある――おまえたちはただ我らが歩くのを見て、我らが為すように為しているのだから」

自分たちが陽の光の下では蔑んでいる影の子たちを真似ている、と考えるのはおかしなことだった。だが砂歩きはこう言っただけだった。「もう遅いから休まなくちゃならない。親切にありがとう」

「味わわないのか?」

「今はやめておく」

沈黙している影の子は、隣にいるおぼろな影よりなお現実感なく見えたが、嚙んだ繊維を口の中に戻していずこかへ去っていった。砂歩きは体を伸ばし、甘い口が戻ってきて隣に寝てくれないだろうかと願った。老賢者は、去ることなく、消えた。そして悪い夢を見た。自分のすべてが消えてしまい、砂歩きは目がないのに見て、肌がないのに感じ、宙に吊され、光輝の中にある裸の意識の蛆虫になっていた。誰かが悲鳴をあげた。

また悲鳴があがり、砂歩きは空をつかんで目覚め、腕を振りまわしたが両足は固まって動かず口には泥が詰まっていた。揺れる杉の枝が悲鳴をあげており、食べられる葉と血まみれ指が砂歩きの腕をつかんでもげよとばかりに引っ張っていた。影の子たちがまわりに輪を作って見つめており、甘い口が泣いていた。

「底の砂が沈むのだ」ようやく砂歩きが自由になると、血まみれ指が告げた。「ときどき、泥に飲み込まれてしまうことがある」

揺れる杉の枝が言った。「おまえがまだ小さかったけど自分では大きくなったと思っていたころ、おまえはわたしの隣で寝るのを嫌がったので、わたしはよく夜中に起きては様子を見にいったものだった。今夜、わたしは目を覚ましてそのことを思いだしたんだよ」

「ありがとう」まだ咳きこみ、口から泥を吐いていた。

影の中から声が聞こえた。「我らは気づかなかった。これからは、眠らない目がおまえを見守るだろう」

「みんな、ありがとう。ぼくにはたくさんの友がいる」

もうしばらく話したのち、一人ずつ、人間たちは三々五々寝床に戻って横たわった。砂歩きは穴の底を歩きまわり、砂が這い落ちる音に耳を傾けていた。聞こえたのは海の音だけだった。ようやく眠りが訪れようとした。「こんなはずはない」と最後の声が言っていた。「もう一度見ろ!」「ぼくには……雲が――」夜空の下に油面のような川面が伸びていた。黒く、反射し、どこまでも広がり、星をひとつも映さず、見えるのはただ水とわずかに浮かぶ水草だけだった。「よく見ろ!」長い手、柔らかいが骨張った手が、肩をつかんだ。

誰かに揺り起こされたが、まだ明るくなってはいなかった。一瞬、またしても砂に落ちこんだのかと思った。血まみれ指と甘い口が隣におり、その後ろにはさらに見慣れぬ人影があった。起きあがって見ると、相手は肩に傷があり髪を結った沼人たちだった。甘い口が「行かなくちゃ」と言った。大きな、愚かしい目はあらゆるところに向けられたが、何も見ていなかった。

よじ登る助けに蔓が垂らしてあり、沼人に命じられて、苦労しながら登った。砂歩きと血まみれ指を先頭に、それから食べられる葉、そして二人の女と影の子たち。「誰だ？」と砂歩きは血まみれ指に訊ねたが、相手は肩をすくめただけだった。

川では最後の声が浅瀬に、曙光を背に立っていた。頭には白い花の冠を乗せ、髪を焼き抜いた傷跡を隠していた。さらにもうひとつの花輪、薄明かりの中では黒く見える赤い花の輪を肩にかけていた。東風がかたわらに立って見つめ、そして岸辺には数百人待っていた——黄色と赤の早暁の色にうっすらと染められた物言わぬ人影、その姿は徐々に鮮明にあらわれ、一人一人が、そこに男が、そこに子供が、仮面のように動かない顔をした群像から別れて立っていた。砂歩きはそれを無視し、最後の声を見つめた。夢時間の外で、この星歩きを見るのは初めてだった。

沼人たちに追われ、砂歩きたちは膝の深さまで川に踏みいった。最後の声は両腕を掲げ、薄れゆく星に向かって詠唱をはじめた。それは冒瀆的な歌であり、砂歩きはわずかに聞いただけで耳を閉ざした。神に向かって川に飛びこみ、深く潜り、逃がしてくれるようにと祈った。だが、そうなれば他の者は後に残されるし、岸には沼人がたくさんいたし、彼らはみな泳ぎが得意だという。砂歩きは呪い師に助けを求めたが、呪い師はそこにいなかった。それから最後の声の歌が終わった。予想していたよりもずっと早く。

沈黙が降り、最後の声は両腕を宙に突き刺した。音が、悦びにも聞こえるうめき声が、見物人のあいだから洩れた。男たちが前に押し寄せ、老血まみれ指と食べられる葉をとらえ、深みへ押しだした。砂歩きは二人を助けようと飛びだしたが、即座に後ろから殴り倒された。砂歩きはもがき、暴れ、水中に押さえつけられるものと思ったが、それ以上は何もされなかった。足を体の下に持ってきて、咳きこみながら、長い髪を目から払いのけながら、立ち上がった。連中はなおも食べられる葉と血まみれ指のまわりに群がっていたが、水はしずかで、さざなみは朝日に金色に染まっていた。

「今日は二人」誰かが砂歩きの後ろで言った。「みんな喜んでいる」振り向くと東風が、膝を高くあげ、カンムリサギのような歩き方で自分を押しのけて前へ進んでいった。「穴に戻れ」と沼人に命じられ、砂歩きは揺れる杉の枝と甘い口とともにしぶきを飛ばしながら岸に向かい、そのあとを影の子たちが追った。ちょうど水から上がったとき、骨が折れる乾いた音がして、振り向くと二人の影の子が殺されており、首を力なく垂らして沼人たちに運ばれていった。砂歩きはそれまで他の死では見せなかった怒りをあらわに、立ち止まった。沼人から突き飛ばされた。

「なんで殺した？」と砂歩きは言った。「儀式にもならないのに」

二人に押さえこまれ、手を後ろにねじりあげられた。一人が言った。「あいつらは人間じゃない。いつ食ってもかまわん」もう一人が付け加えた。「今夜は御馳走だ」

「離してやれ」東風に肘を取られた。「抗うんじゃない、兄弟。腕を折られるだけだ」

「わかった」砂歩きの肩ははずれる寸前だった。腕を前後に振った。

東風は話しつづけていた。「普通なら一人しか生け贄にしない――だからみんな騒いでるんだ。人間二人と他の者をもう二人あれば、みんなが腹いっぱいに食える。だからみんな幸せだ」

「なら、星も優しかろう」と砂歩きは言った。

「星が優しければ」東風の声は平坦で、自分の声がこだまで返ってきたように聞こえた。「川に伝言を伝える者を送りこみはしない」

砂歩きが気づかぬうちに、二人は穴まで戻っていた。落とされるよりは自分から降りようと、決然と歩を進めた。誰かが、小さな影がさらに小さな影を抱きかかえ、そこに立っていた。砂歩きは驚いて立ち止まり、後ろから突き飛ばされて、ぶざまに転がり落ちた。

新しく来たのは待ち受ける七人の乙女だった。

＊
＊　＊

その夜、老賢者と残った影の子たちは死んだ友のために〈涙の歌〉を歌った。砂歩きは仰向けに寝て星を読もうとし、老血まみれ指と食べられる葉が運んでいった伝言で何かが変わったかと思ったが、読み方はわからず、いつもと同じ星座にしか見えなかった。待ち受ける七人の乙女は一日かけて全員に砂歩きを追って川をくだってきて捕らわれるまでの話を語り、彼女を見たときにはじめ感じていた哀れみは、話を聞くうち、その愚かしさへの弱い怒りのようなものに変わった。待ち受ける七人の乙女は恐怖よりも幸福感を感じているようで、自分を捨てていった仲間たちに替わるものを穴の中に見つけた様子だった。二人が溺死させられるところを見ていないのだ、と砂歩きは自分に言い聞かせた。

誰に星が読めるだろう？　夜空は晴れており、大きく欠けた姉妹世界はまだ昇っていなかった。星は栄光に輝いていた。あるいは老血まみれ指なら読めたのかもしれないが、訊ねてみたことはなかった。だからこの穴には〈もうひとつの目〉という名前がついているのだ、と砂歩きは思いだした。川の向こう岸のどこかで、東風と最後の声も星を読もうとしているのだろう。砂歩きは転がって煩悶した。次の機会があれば川に飛びこんで逃げよう。自由になれれば、他の者たちも助けられるかもしれない。もしも次回のあと、まだ助ける者が残っていればだが。砂歩きは揺れる杉の枝が水中に押しこまれるところを思い浮かべ（さざなみの下に苦痛に歪む顔が浮かぶ）それから思いをかき消した。待ち受ける七人の乙女か甘い口がそばに来て一緒に眠り、気をそらしてくれないかとも思ったが、二人は隣同士に寝て手を伸ばして触れあい、眠っていた。〈涙の歌〉は高まり低まり、やがて小さくなって消えた。砂歩きは起きあがった。「老賢者よ！　あなたは星が読めるのか？」

老賢者は砂の上を歩いて隣に来た。前よりもいっそう薄くなったように、だがまるで幻影を引き延ばしでもしたかのように、背が高く見えた。「ああ。だがいつもいつも、おまえたちの種族が読み取ることが見えるわけではない」

「あのあいだを歩ける？」

「自分の選んだことなら、なんであれできる」

「それなら、なんと言っている？　また死ぬの？」

「明日？　答えはイエスでありノーだ」

「どういう意味？　誰のこと？」

「毎日、誰かは死ぬ」と老賢者は答えた。それから付け加えた。「忘れてはならぬ、わたしはおまえたちの言葉を借りれば影の子だ。もし星がわたしに話すなら、それは我らについてのことだろう。だが、そんな予見は愚かしい――真実は人が信じるところにある」

「死ぬのは揺れる杉の枝なの？」

老賢者は首をふった。「彼女ではない。明日ではない」

砂歩きは安堵の溜め息をつき、力を抜いた。「残りのことは訊かない。知りたくない」

「それは賢明だ」

「じゃあ、なんで星のあいだを歩く？」

「実際、なぜだ？　我らは死者のために〈涙の歌〉を歌っていた。おまえは自分の死者の考えでいっぱいだったから、おまえが歌に加わらなかったことを怒ってはいない――だがそんな考えよりは〈涙の歌〉の方がよい」

「歌では死人は帰ってこない」

「我らはそう望むのか？」

「何を望むって？」砂歩きは驚きとともに、自分が怒っていること、そしてそのことで自分自身に対して怒っていることに気づいた。老賢者がすぐに答えないと、付け加えて言った。「なんの話をしてるんだ？」星座は二人を無視し、氷のように冷たい軽蔑を瞬かせた。

「わたしが意味するのは」老賢者はゆっくりと言った。「もし我らの歌が孵し手と狩人を呼び戻せるなら、我らは歌うだろうか？　死から戻ってきたら、また相手を殺さないだろうか？」老賢者が以前より若くなったように見えるのに砂歩きは気づいた。幽霊というのは不思議なものだ。

　そしてすぐヘソを曲げる、と思いだした。「すみません、不作法でした」砂歩きはできるだけ丁寧に言った。「孵し手と狩人というのは友達の名前？　ぼくが影の友なら、その二人もぼくの友達だ。それに血まみれ指、そして食べられる葉。あの二人にも何かしてあげなきゃならなかった——輪になって遅くまで二人についての話をするとか——でも、今はとても無理だ。気分が悪い」

「わかるとも。おまえ自身、おまえが血まみれ指と呼んでいた男とよく似たところがある」

「たぶん血まみれ指の母の母と、ぼくの母の母とが姉妹かなんかなんだ」

「おまえはわたしの仲間たち、残りの影の子の方を見ている。なぜだ？」

「ぼくはこれまで影の子に名前があるなんて思ってなかった。ただの影の子としてしか考えてなかった」

「わかっている」老賢者はまた空を見上げた。そこを歩くこともできる、と老賢者が言った言葉を思いだした。永劫とも思える時間のあと（砂歩きはまた寝そべり、うつぶせになって腕に頭を休め、かすかに腕から漂う塩の刺激臭を嗅いだ）言った。「名前はそれぞれ狐火、白鳥、口笛吹きだ」

「人と同じだ」

「人が空からあらわれるまで、我らは名前を持っていなかった」老賢者は夢見るように言った。

「我らはみなひょろ長く、木の根のあいだにある穴で暮らしていた」

「ぼくらがそっちじゃなかったの」

「混乱した」と老賢者は認めた。「おまえたちはあまりに多く、我らはあまりに少ない」

「ぼくらの歌も聞こえる？」

「わたしはおまえたちの歌で出来ている。かつて人は自分の手を――手を持ったときには――食物を得るためだけに使っていた。その中に星から星へと渡る者があらわれた。そのとき先にいた者は後から来た者の歌を聞き、そのまま送り返した――前よりも強く、強く、強くなって。それから後から来た者は自分のたちの歌をさらに強くすべての骨で感じた――ただし、たぶん、最初の者の歌も混ざっていた。以前は誰が最初で、誰が後から来たのかわかっていたのだが。今はもうよくわからない」

「ぼくにはもうあなたが何を言っているのかよくわからない」

「こだまも返らぬ空虚な深淵より発する火花のように」老賢者は続けた。「輝けるかたちはかまびすしく海中に隠れ……」だが砂歩きはもう聞いてはいなかった。甘い口と待ち受ける七人の乙女のあいだに横たわり、両方に手を伸ばした。

*
* *

翌朝、夜明け前に、また蔓が投げ落とされた。今回は沼人が〈もうひとつの目〉に降りてきて、丘人たちを追い上げる必要はなかった。誰かが縁から命令を下すと、丘人たちは、しぶしぶながらゆっくりと、上がってきた。上では東風が待っており、砂歩きは、残る三人の影の子とともに登ってから、訊ねた。「昨日の星はどうだった?」

「悪い。とても悪い。最後の声は悩んでいる」

砂歩きは言った。「ぼくにも悪く見えた――〈燃える髪の女〉の髪に〈足早〉がかかっている。たぶん食べられる葉と血まみれ指は、おまえたちの伝言を伝えなかったんだ。食べられる葉はいつだって頼まれたことをちゃんとやるけれど、血まみれ指はたぶんおまえたちはもっと酷い目に遭うべきだって言いふらしてるだろう。ぼくも、あっちに送られたらそうしてやるつもりだ」

東風は「愚か者め!」と怒鳴り、砂歩きを殴り倒そうとした。できないと、二人の沼人が代わってやった。

霧がけぶり、霧で暗くなっていた。砂歩きは(目を覚ましたとき)暗闇と冷たい霧がいちばん濃いのは川の上だと知っていたので、逃げるにはうってつけだろうと考えた。だがあきらかに沼人たちも同じように考えていた。沼人は両側に一人ずつ立ち、腕をつかんでいた。この日、川までは前よりも遠く感じた。砂歩きはつまずき、遅れないようにせかされた。前方に、影の子たちの小さな暗い背中と、沼人たちの幅広く白い背中とがあらわれては消えた。

「昨日はたらふく食った」一方の沼人が言った。「おまえは招かれなかったがな。今夜はおまえも並ぶことになる」

砂歩きは苦々しげに言った。「だが、おまえたちの星は悪いだろう」

恐怖と憤怒が目に走り、男は砂歩きの腕をねじり上げた。前方、霧の中で、人間のものとは言いがたい悲鳴が聞こえ、それから沈黙が落ちた。

「星は悪いかもしれん」もう一人の沼人が言った。「だが、おれたちの腹は満たされる」力ない影の子の体をかついだ男が二人、来た道を戻ってきた。砂歩きは川の臭いを嗅いだ——そして、霧の不気味な静けさを通して、そのさざなみが岸にたてる音を聞いた。

最後の声は前と同じように立っており、細長い姿に白い湯気が巻きついていた。沼人たちは、今度は首飾りと足飾りと手飾りと明るい緑の草冠を身につけ、岸辺でゆっくりと踊っていた。女、子供、男みんなが蛇のようにくねり、踊りながら詠唱している。東風は護送してきた沼人の片割れを帰し、砂歩きの耳に囁いた。「これが沼人の最後の集いになるかもしれん。星はひどく悪い」砂歩きは軽蔑したように返した。「そんなに怖いのか?」そして東風は去り、沼人たちに突きとばされて、砂歩きと最後に残った影の子、母、二人の少女は一塊になり身を寄せ合って震えていた。ピンクの蝶々が泣くので、待ち受ける七人の乙女は赤ん坊を前後に揺らし、意味のないことを言ってあやし、神に何かを訊ねていた。砂歩きが手を回すと、少女は肩に顔をうずめた。

最後に残った影の子が砂歩きの隣に立っていた。視線を下げると、影の子は震えていた。老賢者が隣に立っていたが、霧の中でひどく薄く、砂歩きにしか見えそうもないと思われた。思いがけず、最後の影の子は砂歩きの腕に触れ、言った。「我らはともに死ぬだろう。我らはおまえを愛していた」

「もっときつく嚙めばいいんだ。夢を見てられるように」と砂歩きは答え、それから、こんなときに友人を傷つけるようなことを言ったのを悔いて、もう少し優しく付け加えた。「きみは誰なんだ――ぼくに噛んでいるものを見せてくれた子じゃないのか？」

「狼」

最後の声が詠唱をはじめた。砂歩きは言った。「昨日、老賢者はきみたちの名前は狐火、笛吹き、それに忘れちゃったけどなんかもうひとつだと言ってたけれど――どれもそんな名前じゃなかった」

「我らには七人の名前があり」と影の子が言った。「五人の名前がある。三人の名前はおまえが昨日聞いたものだ。今の名前は一人の名前だ。彼の名前、老賢者の名前だけは決して変わらない」

「ただし」と老賢者は囁いた。「わたしが――かつてときどきそうであったように――集合規範と呼ばれるときは別だが」老賢者は今や霧の中の空虚のようなもの、人型の穴に過ぎなかった。

砂歩きは監視者たちを見やり、隙を見つけた、と思った――最後の声に耳を傾けているあいだに監視の目が緩むのを。全体を霧が覆い、川は広く隠されていた。もし神がそう望むなら、深みにたどりつけるかも……。

神よ、愛する神よ、良き主よ……

砂歩きは飛び出し、足が水しぶきをたて、そして滑って、しなやかな体を二人の沼人のあいだに滑りこませようとした。沼人は髪をつかみ、こぶしと膝を顔に打ちつけ、それから囚人の中に連れ戻した。待ち受ける七人の乙女、甘い口、それに母が助けようと手を伸ばしたが、砂歩きは毒づいて振り払い、苦い川の水で顔を洗った。

「なぜあんなことをした？」最後の影の子が訊ねた。

「ぼくは生きたいんだ。もうすぐみんな溺れさせられてしまうんだってわからないのか？」

「おまえの歌が聞こえる」と影の子が言った。「自分も生きたい。自分は、たぶん、おまえとは違う血の生きものだが、だけど生きたい」

「だが我らは死なねばならん」老賢者の声が囁いた。

「ぼくらは死ぬだろう」砂歩きは乱暴に言った。「あんたは違う。あんたの骨が拾われることはない」

「この子が死ぬときには、わたしも死ぬ」老賢者は最後の影の子を指して言った。「わたしの半分はおまえが作り、もう半分はこの子が作っているが、この子がこだまを返してくれなければ、おまえの心だけではわたしは形作れない」

　最後の影の子が、ゆっくり、言葉を発した。「自分も生きたい。方法はあるかもしれない」

「え？」砂歩きは影の子を見つめた。

「人は星を渡る。空を曲げて距離を縮めて。我らがここに来てから――」

「彼らがここに来てから」老賢者はそっと正した。「今わたしは半分だけ人で、我らがずっとここで来ない思いを聞きつづけていたのも知っている。人になろうという思いもなくただ聞いていたことを。あるいはみながひとつの種で、なかば覚えており衰えゆく者と、なかば忘れて栄えている者がいるのかもしれぬ」

「赤ん坊を連れた娘の歌が心に届く」と最後の影の子が言った。「それに最後の声と呼ばれる者が詠っているのが。我らが二つのものだろうとひとつなのだろうと、自分にはどうでもいい。我らは星船が近づかぬよう歌った。過去何だったかも現在何なのかも関係なく、我らの望むがままに生きたかった。そして彼らは空を曲げたが、我らは彼らの思いをねじ曲げた。もし彼らを呼び入れる歌を歌って、彼らがやって来たら？　沼人たちは彼らを捕らえ、多くから選べるようになるだろう。ひょっとしたら、我らは選ばれないかもしれない」

「一人でそんなことができるのか？」と砂歩きは訊ねた。

「我らはあまりに少ないので、我らのあいだでは一人であっても無視できない。他の者たちは星船たちに見たいと願っているものを見せないように歌っている。一拍で、我が歌は星船の視界を開き、曲がった空は多くの場所でごく近くに来るだろう。たちどころに」

「それは悪だ」と老賢者が言った。「長いあいだ、我らはただ楽園を自由に歩いてきた。みながここで死ぬ方がよい」

最後の影の子は頑固に言い張った。「自分が死ぬより悪いことは何もない」そして世界を包んでいた何かが消え去った。それは一瞬で去り、川と霧と震え踊る沼人と詠う最後の声と自分たちとは何も変わらなかったが、それはそのどれよりも大いなるものであり、砂歩きが一度も見たことがなかったのはそれがつねにそこにあったからだったが、今ではそれがなんだったのか思いだせなかった。今や空は開け、鳥たちと太陽とのあいだには何もなかった。最後の声のまわりで渦を作る霧は〈燃える髪の女〉にまで届いたように見えた。砂歩きが最後の影の子を見ると、影の子は泣いており、その目には何も映っていなかった。自分の目も同じようになっているのを感じ、揺れる杉の枝の方を向いて訊ねた。「お母さん、今、ぼくの目は何色？」

「緑よ」揺れる杉の枝は答えた。「この光の中では灰色に見えるけれど、でも緑色。それが目の色だから」その後ろで待ち受ける七人の乙女と甘い口も呟いた。「緑」さらに待ち受ける七人の乙女は付け加えた。「ピンクの蝶々の目も緑色」

そのとき、霧の中で、古くなった血のような赤に燃え、火花があらわれた——北の空高く、灰色の下で海がウナギのようにくねるところで。砂歩きは誰よりも先に気づいた。それはますます大きくなり、さらに怒り、笛と唸りが水上を轟きわたった。岸では踊っている女が悲鳴をあげて、息を吐くような音をたてて降りてくる赤い炎のしみを指さした。炎は稲妻が木を殺すときに聞こえる音をたてていた。さらに続けて二つの赤い星が落ちてきて、すべての者の悲鳴が轟きわたり、そしてついに星が落ち、沼人たちは逃げた。甘い口と待ち受ける七人の乙女は砂歩きに抱きついて、胸に顔を埋めた。見張っていた沼人たちも、草の手飾りと冠を投げ捨てて走った。

ただ最後の声一人だけが立っていた。詠唱は止まっていたが、逃げてはいなかった。砂歩きには、その目に、疲れ切ってついに諦めてオイカケドラの顎に喉を差しだすけものの絶望が浮かんでいるように思われた。「行こう」と砂歩きは言い、少女たちを押しのけて母の腕を取った。だが老賢者が耳に囁いた。「駄目だ」

後ろで川の水をはね散らかす足音がした。東風だった。最後の声は彼を見て、言った。「おまえは逃げた」

東風は答えた。「ほんのわずかです。すぐに思いだしました」東風は恥じ入っているようだった。

最後の声は言った。「もう話すことはない」そしてみなに背を向け、海の方を向いた。

　砂歩きは言った。「ぼくらはもう行く。邪魔するなよ」

「待ってくれ」東風は揺れる杉の枝を見た。「待つように言ってくれ」

　母は砂歩きに言った。「この子もわたしの息子です。待ちなさい」

　砂歩きは肩をすくめ、苦々しげに訊ねた。「兄弟、何が望みなんだ？」

「男の問題だ。女には関係ない」東風は最後に残った影の子を見やった。「そのような連中にも。岸へ、上流に向かうように言え。誓う、沼人が邪魔することはない」

　女たちはしたがったが、最後に残った影の子はただ「岸で待とう」と言い、東風は抗わずうなずいた。

「さあ、兄弟よ、何が歩くというんだ？」

「星が自分の場所にとどまるあいだは」東風はゆっくりと答えた。「星歩きは人を裁く。だが星が落ちたときには川をその血で曇らさねばならず、それで川は忘れてくれるかもしれぬ。弟子が、その場にいる者みなの手を借りて、やるのだ」

　砂歩きは疑問の表情を浮かべた。

「俺は打てる」と東風は言った。「打つつもりだ。だが俺は最後の声を愛しているから、ちゃんと強く打てないかもしれない。おまえも手伝ってくれ。来い」

　二人はそろって川を泳ぎわたった。反対側の岸には砂歩きが見た夢の中で、東風を囲む大きな輪となっていたのと同じ白い幹の木が生えていた。東風は苦い水の中を伸びている木の根から、指よりも細い根を選びだし、噛みきり、水の滴るまま砂歩きに手渡した。根は腕ほどの長さで、先の方は小さな貝がついてずっしりと重く、泥の臭いがした。砂歩きがしげしげと見ているあいだに、東風は自分の分を切り取り、二人はそれぞれの根で最後の声を打ちのめした。鋭く尖った小さな貝が背中の白い肉を切り裂いても、浮かぶ身体から血が出なくなるまで。「最後の声は丘人だった」と東風が言った。「星歩きは高い土地で生まれなければならん」

砂歩きは血まみれの鞭を川に投げ捨てた。「まだ何かあるのか？」

「これで終わりだ」東風の目はうるんでいた。「体は食べられず、海へ流れるのを許される。完全な生け贄として」

「今度はおまえが沼を統《す》べるのか？」

「最後の声のように、頭を焼かねばならん。そのあとは――そうだ」

「それで、なぜおまえを生かしておくと思う？　おまえは自分の母親を溺れさせたかもしれない。おまえは男じゃないし、おまえなぞすぐにでも殺せる」東風に返事の間も与えず、砂歩きは相手をつかまえ、髪をつかんで頭を後ろに引っ張った。

「こいつが死ねば」老賢者の声が砂歩きの耳に囁いた。「おまえの一部も一緒に死ぬことになる」

「死なせればいい。そんな部分は死んでしまった方がいい」

「こいつは、おまえをそんな風に殺すか？」

「ぼくら全員を溺れさせるつもりだった」

「それは信じることのためだ。おまえは今、憎しみのために殺そうとしている。こいつは、おまえをそんな風に殺すか？」

「こいつはぼくに似ている」と砂歩きは言い、東風の体をさらに、水が額を濡らし目に打ち寄せるまで反らせた。

「知る方法がある」と老賢者は言い、砂歩きは最後の影の子が川に入って近づいてきているのに気づいた。砂歩きの視線に気づくと、影の子はくりかえした。「方法はある」

「いいだろう。どうする？」

「離してやれ」と影の子は言い、さらに東風に向かって言った。「おまえは我らを食べる。だが我らが魔法の民だというのは知っているな」

あえぎながら、東風は答えた。「知っている」

「我らの力で、自分は星を落とした。だがもっと大きな魔法をかけよう。これからおまえを砂歩きにし、砂歩きをおまえにする」影の子はそう言うやいなや、蛇が攻撃するときのように素早く、前に飛び出して東風の腕に歯を突き立てた。砂歩きが見ている前で、双子の顔はしまりがなくなり、その目は見えないものを見ていた。

「自分の口の中を泳いでいるものが、今は血管の中を泳いでいる」影の子は、東風の血を唇からぬぐいながら言った。「そして今話をし、自分を信じたから、こいつの心の中ではこいつはおまえだ」

砂歩きは、最後の声を鞭打って疲れた腕を揉んだ。「だけど、こいつが何をするか、どうやればわかるんだ？」

「すぐに話しはじめる」

「こんなのは子供だましだ。死ぬがいい」砂歩きは東風の足を蹴飛ばし、東風が川に倒れると、体から力が抜けるまで押さえつけていた。起きあがると、最後の影の子に言った。「今話した」

「ああ」

「でももう自分が砂歩きなのか、その夢に出てくる東風なのかわからない」

「わたしにもわからない」と影の子は言った。「だが岸で何かが起こっている。見に行かないか？」

霧は焼き払われていた。影の子が指さしている方を見ると、川が呻き声をあげる海と出会うあたりで、緑色のものが水面に浮かんでいた。手足を葉でくるんだ三人の男が近くの砂岸に立ち、流れてきた最後の声の体を指さして、砂歩きには理解できない言葉で何かを話していた。砂歩きが近づくと、三人は手を伸ばし、手のひらを開いてみせて笑った。だが砂歩きは手のひらを見せるのが武器を持たないことを意味するとは（あるいはかつて意味していたとは）知らなかった。その種族は武器を知らなかったからである。その夜、砂歩きは自分が死んだ夢を見たが、長き夢見の日々は終わった。

V・R・T

V. R. T.

けれども、わたしがおまえの心配をしているなんて、思わぬがいい。
おまえはわたしを暖めたから、今はまた、
夜の声を聞きに行こう。

――カレル・チャペック

茶色の箱、送達箱、使い古したダーク・ブラウンのレザー、角は真鍮で補強してある。箱が新品だったときには真鍮は茶色がかった緑色に塗ってあった。だが今では塗料はほとんど剝げており、窓から落ちる消えゆく陽光は新しくできた明るい傷のまわりに鈍い緑色の錆を見せるのみだった。奴隷は箱を丁寧に、ほとんど音を立てず、下級士官のランプの傍らに置いた。

「開けろ」と士官は命じた。鍵はとうの昔に壊れていた。箱は襤褸を撚って作った紐できつくゆわえられていた。

奴隷――いかり肩の、顎の尖った、黒髪を伸び放題にした男――は士官の方を見て、士官は短く刈った頭でうなずき、顎は一インチの十六分の一ほど動いた。奴隷は士官の短剣を椅子の背にかけたベルトから抜き、紐を切って、うやうやしく短剣にキスしてから元に戻した。奴隷が去ると、両手を膝丈の制服の太腿で拭き、それから蓋を開けて中身をテーブルにあけた。

ノート、何巻もの録音テープのリール。報告書、書類、手紙。カバーのはずれかけた、安い黄色の紙を綴じた英作文練習帳があるのを見て、拾いあげた。金釘流の頭文字が記されていた。**V・R・T**。イニシャルは美しく装飾され、とても大きく書かれていたが、どこか形がいびつで、まるで看板の文字を見た野蛮人が真似て書いたもののようだった。

鳥を今日見た。今日は二羽の鳥を見た。一羽はガイコツモズで、もう一羽の鳥はモズが……

士官はノートをテーブルに放りなげた。さまよった視線が、ごたまぜの中に、公務員に好まれる正確な、左に傾いた書き文字を見つけた。

貴下　わたしが送ります書類は……
……わたしの意見です。
……地球から……

士官はわずかに眉を持ち上げ、手紙を置き、また練習帳を取りあげた。表紙のいちばん下に、にじんだ、読みにくい字があった。**メダリオン・サプライズ、フレンチマンズ・ランディング、サント・アンヌ**。裏表紙をめくるとさらに、

名前

2年14組　18番
学校
アームストロング校
住所
フレンチマンズ・ランディング

録音テープのリールを取りあげ、ラベルを見たが、付いていなかった。糊が乾いて粘着力を失ってしまったラベルは他の書類と混ざり合っていた。丁寧に書かれたタイトル、日付、署名の文字はそのままだったが。

第二回尋問。
第五回尋問。
第十七回尋問——第三巻。

士官は指のあいだでラベルをさまよわせ、それからテープをでたらめに選んで再生機にかけた。

A　もう回ってるのか？
Q　ああ。名前をどうぞ。
A　わたしは何度も名前を教えた。全部記録されている。
Q　きみはくりかえし名前を教えた。

Ａ　そうだ。

Ｑ　きみは誰だ？

Ａ　わたしは百四十三号監房の囚人だ。

Ｑ　ああ、きみは哲学者だったのか。てっきり人類学者かと思っていたよ。ふたつを兼ねるには若すぎるようだが。

Ａ

Ｑ　わたしはこの件を精査するよう命じられている。それだけなら、別にきみを独房から呼び出さなくても良かったんだよ――そのことはわかってるのかね？　こっちは、きみのためを思って発疹チフスやらなんやらに感染するリスクを犯しているわけだよ。また地下に戻りたいのか？　さっきは煙草を押し頂いてたようだが。他にも欲しいものがあるんじゃないのか？

Ａ　（熱心に）毛布をもう一枚。紙をもっと！　もっと紙を、それに書くものだ。テーブルを。

士官は一人笑いを浮かべ、テープを止めた。Ａの声にこめられた熱意がおかしく、そしてＡに対する返答を想像してまた笑った。士官はテープをわずかに巻き戻し、それから再生ボタンをもう一度押した。

Ｑ　また地下に戻りたいのか？　さっきは煙草を押し頂いてたようだが。他にも欲しいものがあるんじゃないのか？

A　（熱心に）毛布をもう一枚。紙をもっと！　もっと紙を、それに書くものだ。テーブルを。

Q　きみには紙をあげた。それはもうたっぷりね。それをどうしたね？　ひたすら殴り書きだ。わかってるのかね、君の事件の報告書を上にあげようとしたら、全部清書しなおさなければならんのだよ。それだけでも何週間もかかるだろう。

A　コピーすればいい。

Q　ああ、コピーは好きらしいね。

士官はヴォリューム・スイッチに触れ、声をつぶやき程度にまで低くし、テーブルにぶちまけられたゴミをつついた。見慣れない、飛び抜けて頑丈なノートが目にとまった。士官はノートを拾いあげた。

大きさは十四インチかける十二インチ、厚さ一インチばかりで、灰褐色の丈夫なカンバス地で綴じられ、時と日焼けで端が黄色くなっていた。ページは重たくて固く、薄青の線で罫が引かれ、最初のページは文章の途中からはじまっていた。さらに注意深く観察し、士官は最初の三枚がカミソリの刃か鋭く尖ったナイフのようなもので切り取られているのに気づいた。士官は短剣を取り出し、その刃で四枚目を傷つけてみた。短剣は鋭かったが――奴隷がよく研いでいた――最初のものほど鮮やかな切り口にはならなかった。士官は読んだ。

……陽の光の下でも人を騙せるほどで、想像力がかきたてられるので、ときどき見ている物が自分の心の中にしか存在しないのではないかと思うこともある。そんなおぼつかない感覚を癒すのには、長すぎる昼と引き延ばされた夜は助けになってくれない。わたしは――ロンスヴォーにおいてすらそうだったが――夜明けのずっと前に目を覚ましてしまう。

いずれにせよ、当地は涼しい。そう寒暖計の目盛りは告げている。だが涼しくは感じられない――全体としての印象は熱帯のそれだ。太陽は、あの信じがたいピンク色の太陽はきびしく照りつけるが、ただ光だけでまったく熱を発さず、スペクトルの青側の光もほとんど出さないので、空はほとんど真っ黒であり、その黒さは――少なくともわたしにとっては――熱帯的なものに思われる。アフリカ人の顔、あるいは正午のジャングルに落ちる黒緑の影。そして植物、獣、昆虫、このはなはだしく安普請な街までもが、すべてその感覚を助長する。あるいは、氷河期のあいだヨーロッパや北米の極寒の凍りついた谷間に棲む猿のことを思いだした。わたしはヤセザル、ヒマラヤ山脈の凍辺境に生息していた毛むくじゃらのゾウやサイのことを。同じような意味で、ここにはどこでも明るい色の鳥がおり、乾いた土地では幅広の葉を持ち、赤や黄色の花をつけた植物が（マルチニークかトゥマコだとでも言わんばかりに）生い茂り、沼沢地を単調に染める塩水性の葦に対抗している。

人類もそれに手を貸す。わが街（ご存じのとおり、こうした生まれたてで崩壊寸前の巨大都市においては、わずか数日住めばもう旧住民だし、かばんの中身をひびの入ったドレッサーに移すときには、すでに初期植民者となっている）の建築は、主として低地に点在するイトスギに似た木の丸太で四方をかこみ、屋根になまこ板を張っている――あと必要なものは遠くから聞こえてくる原住民の太鼓だけだろう（それが聞けたらちょっとは仕事も楽になるんだが！　実際、さらに南進した最初期の探検家たちは、アンヌ人たちが木のうろを叩いて合図を送りあっていたと伝えている。彼らはばちに類する物を使わず、タムタム太鼓のように平手で木の幹を叩いていたとされるが、他の未開種族と同じく、叩く音で言葉を模倣して通信していたのだろう――「トーキングドラム」である)。

士官は固いページを親指でぺらぺらとめくった。さらに似たような内容が書かれたページが続いていたが、士官はノートを脇にやり、元々、今は姿の見えないブリキのクリップで留められていたらしい（士官は表紙のいちばん上を見た――ポート・ミミゾンでまとめられたものだった）紙束を手にとった。プロの書記の手になるきちんとした書き文字だった。ページには番号が振られていたが、士官はわざわざ一ページ目を探す手間はかけなかった。

ようやくまた紙が手に入ったので、予告していたように、囚人同士の叩音の解読が可能だと証明する。いかにして？　そう訊ねるだろう。よろしい、お教えしよう。その必要があるからではなく、わたしの知性を認めさせるためだ。必ずやきみはわたしを尊敬するようになるし、そうなることはきみもわかっているし、わたしにはそうなることが必要なのだ。

叩音によく耳を傾けているうちに、ひとつながりのコード群を識別できるようになり、それぞれが文字をあらわしているのも理解した。ここで認めるが、暗号が惑わせるためでなく解かれるためのものであり、そして多くの場合教育を受けていない者によって利用される、という知識には大いに助けられた。計測によってそれぞれのコード群の使用頻度を決定できる。そこまではたやすいし、誰にでもできることである。だが文字頻度はどうだろうか？　その情報を頭の中に抱えているのは暗号制作者だけなのだが、そこで、あえて言わせてもらえば、きみには、たとえ壁が朽ちて砂となって崩れ落ちるまで独房に座りつづけていたとしても、わたしは実際そうなりそうだが、決して思いつかぬような解決法にたどりついた。自分自身の会話を分析してみたのだ。わたしは以前から言われたのを聞いたことをきわめてよく記憶しているし、自分自身が言ったことはさらによく記憶している――たとえば、わたしは今でも四歳のときに母と交わした会話を思いだせるし、不思議なことにそのときにはまったく意味不明だった母の言葉、母が使った単純な単語を知らなかったか、母が表現した考えや母の感情が子供の理解をはるかに超えたものだったかしたためにわからなかった言葉の意味を、今理解できるのである。

だが頻度の話だった。わたしは自分自身に話しかけた――今やっているように――マットレスに腰をおろして。ただし無意識に特定の文字を好む傾向があるとまずいので、わたしは何ひとつ前もって書かないようにした。それからアルファベット二十六文字を書きおろし、心の中で、自分が言ったことをすべて再度くりかえし、単語の綴りにしたがって一字ずつ文字を数えていった。

これで独房の中を貫通している下水管に耳を寄せれば、理解できる。

もちろん、最初は難しかった。わたしはまず叩音を書き記し、それから解読に取りくまねばならなかったが、出てきたメッセージは意味不明だったりもした。**きみが聞いたのは連中の……**

そこにすら至らないこともしばしばだった。そしてわたしは語られている中身が数字ばかりなのに疑問を抱いた。**二百十二から山へ……**そのときわたしは彼らが、我々が、囚人仲間を通常房番号で呼んでいるのだと気づいた。それで相手の場所がわかるし、そしていずれにしても、囚人にとってそれより重要なことはないのだ。

そこで紙は終わっていた。士官は次のページをめくろうとせず、立ち上がって椅子を後ろに押しやった。それから開いた戸口から表に出た。爽やかなそよ風が吹き、サント・アンヌは頭上に高く、世界に冷えびえとした緑色の光を浸みわたらせている。二マイルかさらに先の港に船のマストが見えた。先任指揮官が建物のまわりに植えさせた夜咲く花が、むっとするほど甘い香りをただよわせていた。五十フィートほど離れ、ユーカリノキの下に、奴隷が木に背を向けて座っていた。求められていないときには見えない存在だという嘘を信じられるくらいには隠れており、士官が呼んだり手を叩いたりしたときにはそれが聞こえるくらいには近いところだった。奴隷に視線を送ると、すぐに乾いた緑の芝生を駆けてきて、頭を下げた。「カッシーラを」と士官は告げた。

奴隷は頭を軽く下げた。「少佐殿と……ご主人様《メートル》、街の娘でしたら――」

士官は機械的に、自分よりも年上の奴隷を殴った。平手が奴隷の右頬を打った。同じく機械的に、奴隷は膝をついてすすり泣きはじめた。士官は足に力を加えて奴隷を枯れかけた芝生に這いつくばらせ、それから仕事部屋となっている狭い部屋に戻っていった。士官が去ると奴隷は立ちあがり、すり切れた服から泥を払い、またユーカリノキの下の持ち場についた。少佐がカッシーラを手放したのはさらに二時間以上が過ぎてからだった。

原住種族は実在した。誇大化した新惑星神話と考えるには、物語は広範囲に広がりすぎており、状況証拠が揃いすぎ、よく記録されすぎている。人工遺物が存在しないという問題はあるが、なんらかのかたちで説明できるだろう。

土着種族に対し、人類と技術文化は、歴史上の他の先住集団以上に破壊的影響をおよぼしたに違いない。実数は少なかったかもしれないがかなり広範囲に生息していた種族がわずか一世紀ほどでただの記憶以下のものになってしまう――戦争によって最初のフランス系植民者たちが残した書類が破壊された以外、大きな災厄と呼べるものはなかったにもかかわらず。

したがって、わたしの課題は、ほとんどなんの物理的痕跡も残さず（少なくとも誰にも知られてはいない）きわめて華やかな伝説のみがある、非常に原始的な部族について、学べるかぎりすべてを学ぶということである。もしもこれが「妖精」と呼ばれた旧石器時代人の生き残りであるコーカソイド人種の矮人たち（やがて示されたように十八世紀の最後までスカンディナヴィアとエールでは生き延びていた）とほぼ相似する存在でないというなら、大いに失望だ。

ならば、アンヌ人たちはいつごろまで生息していたのだろうか？　わたしは答えてくれる人にはすべて質問し、話してもらえる話はすべて聞いたが（また聞きでも、またまた聞きでも、必ず何か得られるものがあるかもしれないと考えるし、また後から有用な情報に導いてくれるかもしれない人の気分を害すのは得策ではない）、とりわけ時期を特定できる一次情報には注意していた。すべてテープに録音しているが、もっとも興味深い証言は当然として、きわめて典型的と思われるものもここに記録しておけば役立つかもしれない。テープが破損したり紛失したりすることもあるからだ。混乱を避けるため、日付はすべて現地時間とした。

三月十三日　ホテルの支配人、ジャドソン氏に案内され、氏より直接紹介されたおかげで、メアリー・ブラント夫人から話を聞くことができた。フレンチマンズ・ランディングから約二十マイル離れた農場に孫娘夫婦とともに住んでいる八十歳ほどの女性である。引き合わされる前、孫娘の夫から、ときどき老婆の記憶は曖昧になると警告され、その証拠として、老婆はときに自分が地球で生まれたと、ときには植民船の中で生まれたと主張するのだと説明された。わたしはまずその点を訊ねてみた。老婆の答えは、残念ながら我々の文化において年長者の話がいかにちゃんと聞かれていないかを証明するものだった。

ブラント夫人　「どこで生まれたかですって。船の上です。そう。わたしは船の上で生まれた最初の子で、旧世界で生まれた最後の子――どうです、お若い方？　もちろん、赤ん坊をつれた女性は乗船できないはずだったけど、蓋を開けてみたら一人じゃなかったのよ。わたしのママは、どうしても行きたくて、身体のことは誰にも言わないことにしたんです。要するに、ママはおなかが大きくて、わたしは小さな赤ん坊だったってわけ。ええ、もちろん乗船者は全員身体検査を受けていたけど、それは何ヶ月も何ヶ月も前のことで、だって打ち上げが延期になったから。女性は全員宇宙服とかっていうオーバーオールの服を着ていて、男みたいにね。ママはわたしが生まれそうだとわかって、自分のをゆるめにしてもらうように頼み、あとはなるようになれ。だから誰にも気づかれなかった。打ち上げ台で産気づいたときはひどく苦しんだとか。でも船に乗ってたお医者さんもその仲間だったんで、誰にも何も言わないでいてくれた。わたしが生まれ、お医者さんはわたしとママを他のみんなと一緒に眠らせてくれて、目をさましたときには二十一年たっていたというわけ。わたしたちが乗った船は九百八十六号で、それは最初のものではなかったけれど、かなり初期の船です。なんでも最初のころは名前がついていたそうで、その方が素敵だったでしょうね。

ええ、わたしたちが着いたときにはまだかなりフランス人が残ってましたけど、ほんの小さな子供以外はみな手足が欠けていたりひどい傷を負ったりしている者ばかりでしたよ。向こうは負けた、こっちは勝った、ってどっちもわかっていたから、わたしたちは土地やら家畜やら欲しいものはなんでもぶん取った。そうママは後から教えてくれたもんです。わたしはまだほんの赤ん坊で、何もわかっていなかった。わたしが大きくなったころには戦争のときは赤ん坊だったフランス人の女の子たちも大きくなっていたけど、その可愛いことと言ったら！　フランス娘はいちばんハンサムな男の子を、それに金持ちの男をぜんぶさらっていったわ。いちばんの晴れ着を着てダンスに出かけると、そこにフランス娘が入ってきて、ボロを身にまとってるだけなのに、髪にリボンと花をさしてるだけで男の子の顔はいっせいにそっちを向くんだから。

アンヌ人？　アンヌ人って？

ああ、あれ。わたしたちはアボとか野蛮人とか呼んでました。あれは本当の人間じゃないんですよ、動物が人間のかたちをしてただけで。

もちろん見ましたとも。だって子供のころにはあの子たちと遊んでたんですよ、だから、小さいのと。ママにはそういうことはするなと言われていたけれど、一人で遊ぶときには放牧地の奥まで行くようにして、そうしたらあの子たちが来て一緒に遊んでくれたもんです。ママからは取って食われるからよしなさいって言われたけど」（笑）「どうやったらそんなことができたもんだか。でも、盗みとなるとね！　食べられるものならなんでも。いつも腹を空かしていたから。あの子たちはよく燻製小屋に忍びこんできて、ある晩、パパは三匹殺したことがある。燻製小屋と納屋のあいだで、銃で狙い撃って。一匹はわたしがときどき遊んでた相手でね、おいおい泣いたものよ。まあ、子供ってそういうものでしょう。

いえ、どこに埋めたのか、それを言うなら埋めたかどうかもわかりません。たぶん、裏へ捨てて動物の餌にしたんじゃないかしら」

同級士官が入ってきた。士官はノートを脇に置き、そのときちょうど一陣の風がページをめくった。

「気持ちいいね」と同級士官が言った。「どうしてこう昼間の、吹いてほしいときには吹いてくれないんだろうかね」

士官は肩をすくめた。「遅くまで起きてるんだな」

「おたくほどじゃないよ――ぼくはもう寝るつもりだ」

「見ろよ、これ」士官の唇は小さく、苦い笑みに歪んだ。身振りでテーブルに広げられた紙と録音テープを示した。

同級士官は指で書類をかきまわした。「政治犯か？」

「刑事犯」

「絞首台を掃除させて、さっさと寝ちまえ」

「まず最初にこの一件がどういうことなのか調べなきゃならん。司令官はああいう人だからな」

「明日ののんびりやりゃあいいじゃないか」

「今夜はまだ寝ない。どうせ明日は休みだ」

「まったく、いつも宵っ張りだな」

同級士官はあくびをしながら去った。士官はグラスにほぼ室温のワインを注ぎ、風で開かれたページから読みつづけた。

「どうだかね。十五年前かもしれんし、もっと前かもしれん。こっちの一年は長いんだよ——知っとるかね？」
私「ええ。そのことは存じ上げてます」
D氏「ともかく、フランス人どもは連中のことでいろいろ出鱈目な話を作りあげてた。俺はほとんど信じなかったがね。
どんな話かって？　ああ、たわごとだよ。あいつらは迷信ぶかい連中なんだ、フランス人ってのは」（インタビュー終わり）

初期フランス人植民者の最後の生き残りだったロベール・キュロは四十年ほど前に死亡したと教

えられた。わたしは彼について情報を集め、その孫（同じくロベール・キュロ）が初期のサント・アンヌについて祖父が語っていた話を伝えていることを知った。彼（若きロベール・キュロ）は五十五歳（地球年）ほどに見えた。キュロが経営する衣料品店はフレンチマンズ・ランディングの最高級店である。

キュロ氏「ああ、じいさんはよく話してたよ。マーシュ先生がおっしゃるアンヌ人のことをね。お気に入りの話がたくさん、いろんな話をくりだしてきたもんだ。

そのとおりだ。じいさんはたくさんの種族がいるんだと思ってた。他の連中は全部同じだと思ってるかもしれないが、そいつらは自分よりものを知らないだけだ、とね。めくらにとっちゃ猫は全部黒猫だ、ってじいさんはよく言ってたよ。先生はフランス語は？　そりゃ残念」

私「ムッシュー・キュロ、お祖父さんが最後に生きているアンヌ人を見たのはいつごろだったのかおわかりになりますか？」

C氏「死ぬ何年か前だな。あれはな……うん、死ぬ三年前だったと思う。じいさんは次の年からベッドに寝たきりになって、二年後に死んだんだ」

私「では、四十三年前ということになりますか？」

C氏「あんたどうせじいさんの言うことは信じないんだろ？　まったく残酷だあな！　嘘つきフランス人なんざ信用できないってわけだ」

私「その逆で、わたしはたいへん興味を抱いてるんです」

C氏「じいさんは友達の葬式に出席して、ひどく落ち込んだ。だから気分転換に散歩に出かけたんだ。もうちょっと若かったころはずいぶん遠くまで歩いたりもしてたんでね。それから何年か前、大病をわずらって止めてたんだが。それが悩みごとのせいでまた散歩に出かけた。俺はおやじ、じいさんの息子だが、とチェッカーをやってて、そこへじいさんが帰ってきた。

原住民《アンディジェーヌ》がどんな姿だったかって？　はっ！」(笑)「それを聞かれなきゃいいが、って思ってたとこだよ。おやじもやっぱりじいさんを笑って、それでじいさんは怒った。仕返しに下手くそな英語で毒づいて、おやじを怒らせようとした。おやじは丸一日座ったきりのくせに何も見てない、って言ったんだよ。おやじは戦争で両足を無くした。まん中の足を無くさなくて、おれにとっちゃ好運だったたってことだな。

それで、今あんたが訊いたことをじいさんに訊ねた――どんな姿だったんだ、って。おれはじいさんの言ったとおりに教えるが、あんたは信じないだろうな」

私「お祖父さんがあなたを、あるいはお父さんをからかっていただけだと思うんですか？」

C氏「じいさんほど真っ正直な人間はいなかった。絶対に、嘘なんか言わない人だったんだ。だけどじいさんの言ってることは――本当のことだけど、あまりに奇怪な話に聞こえるかもしれん。その生き物はどんな姿であらわれるんだって訊ねたら、じいさんは人間みたいに見えることもあるし、フェンスの柱みたいなときもあるって言った」

私「フェンスの柱？」

C氏「じゃなかったら枯れ木とか――なんかそんなものだ。ちょっと待ってくれ、思いだす。こんなだったかもしれないな、『人間みたいなときもあるし、枯れ木みたいなときもある』いや、どういう意味だったのか、おれにはよくわからない」

キュロ氏はさらに、フレンチマンズ・ランディング周辺のフランス系住民コミュニティ内で、協力してくれそうな人を何人か紹介してくれた。さらに医師であるハグスミス博士の名も出した。博士は、キュロ氏の知るところでは、アンヌ人に関する伝承を収集しているという。わたしは同夜、ハグスミス博士と面会の約束をとりつけた。ハグスミス氏は英語で話し、みずから市井の民俗学者と名乗った。

ハグスミス博士　「先生、あなたとわたしは、いわば正反対の方針で取り組んでいるわけですよ。先生のなさっていることに文句をつけるつもりはないんですよ——ただ自分とは違う、というだけで。あなたは真実を見いだしたいと思っているが、残念ながらほんのわずかしか見つからないでしょう。わたしは嘘を見つけたいと思っていて、これはたくさん見つかる。わかります？」

私　「あなたの収集した民話の中には、アンヌ人に関するものも多く含まれているんですか？」

H博士　「いくらでもありますとも。二十年前、ここに来たときにはわたしは若い外科医でした。そのころは、今時分はここは大都市になっているだろうと思ってたもんです。なんでそう思ったかなんて訊かないでくださいよ。ともかくそう思いこんでたんです。何もかも計画してました。博物館、公園、スタジアム。それに必要なものはすべてそろってると思ってましたし、実際ありました

よ――お金と人以外はね。今でも必要なものは全部そろってます。（笑）

わたしは診察のかたわら、伝承の聞き書きをはじめました。要するにですね、アボに関する伝説は患者の精神に影響を与えるし、精神は病状に影響を与える、とわかったからなんです」

私「でも、ご自身では先住民《アボリジニー》を目撃されたことはない？」

H博士（笑）「いいえ、ありません。ですが、はばかりながらわたしはその件については現在最高の権威だと言えますよ。なんでも訊ねていただければ、何章何ページに出ているかお答えしましょう」

私「けっこうですね。では、アンヌ人はまだ生存してるんでしょうか？」

H博士「かつていたのと同じくらいには」（笑）

私「では、どこにいますか？」

H博士「どの土地に、ということですな？　彼方の向こうに棲んでいた者たちは放浪生活を続けているでしょう。農場近辺で生活していた者はたいていは辺境の地に住居を構えているが、ときおり牛小屋に、あるいは軒の下に住む者もいるでしょう」

私「見ることはできないのですか？」

H博士「ああ、実物を見るのは不吉だそうですよ。ただ、たいがいは誰かが視線を向けると家庭用品の姿を取るんです――干し草の束とか、なんかそんなものに」

私「みなさん本当に、そんなことが可能だと信じてるんですか？」

H博士「あなたはどうなんです？　もしできないんだったら、アボはどこへ消えたっていうんです？」（笑）

私　「あなたはほとんどのアボは『彼方の向こう』に棲んでいると言いましたね」

H博士　「荒野、不毛の荒れ地です。こっちの言葉ですね」

私　「それで、彼らはどんな風に見えるんです？」

H博士　「人間のように。ただし石みたいな色をして、もじゃもじゃの髪をふり乱している――かー本も生えていないか。先生やわたしと同じくらい背が高く、力も強い者もいる。一方で子供より小さい者もいる。子供がどのくらい小さいかなんて聞かないでくださいな」

私　「今、仮にアンヌ人が実在したとして、もしわたしが探しにいくとしたら、どこに行けばいいと思います？」

H博士　「波止場ですな」（笑）「あるいは聖地でしょう。おっと、一本取りましたか！　聖地のことはご存じなかったんですな？　いくつかあるんですよ、それにきちんと組織された、非常にわかりにくい宗教もあります。最初に当地に来たころには大祭司の話もよく聞かされたもんです――あるいは大酋長だかなんだか、まあ名前はなんでもいいんですが。ちょうど鉄道が通ったばかりで、もちろんここらの動物たちは鉄道自体はじめてだったから、はねられて死ぬものが続出した。その男は夜になると線路をふらふら歩きまわり、死んだ動物を甦らせてまわった。それで鉄路歩き《シンダーウオーカー》とか、まあそんな名前で呼ばれるようになったというんです。いや、灰かぶり姫《シンデレラ》じゃないです、先生の考えてることはわかりますよ――鉄路歩きです。あるとき、牛追いの女が列車にひかれて腕を切られることがあって――たぶん酔っぱらってたんでしょう、それで線路で寝てた――牛追いはあわてて診療所に女をかつぎこんだ。それでまあ、通常の手続きで、冷凍腕を臓器バンクから取りだして女に移植したというわけです。ところが鉄路歩きは女がなくした腕を見つけて、そこから新しい女を生やしてしまったので、牛追いは二人の妻を持つようになったというんです。もちろん二番目の妻、鉄路歩きが作った妻というのは片腕以外は全部アボだったので、女はアボの部分で盗みをくりかえし、それを人間の部分が返してまわったという話です。でも、しまいにドミニコ会の牧師が、妻が多すぎると哀れな牛追いを叱りつけたんで、牛追いは鉄路歩きが作った方を追いだすことにした――いずれにしても人間の腕が二本なかったんで、ちゃんと薪を割れなかったし……

驚きましたかな？　いやいや、実は人間ではないわけで、アボは道具というものを使えんのですよ。持つことも持ち歩くこともできるけど、何かに利用するということはできない。お望みなら魔法のけものと言ってもいいですが、けものはけものなんです」（笑）「人類学者にしては、先生はびっくりするほど研究対象に無知でいらっしゃいますな。フランス人はランニング・ブラッドっていう渡し場で、通過する者全員にテストをやらせたって話ですよ。シャベルを渡して穴を掘らせてみる……」

猫が士官の部屋のヒビの入った窓枠に飛び乗った。大きな黒い雄猫で、目は片方しかなく二重爪だった――ヴィエンヌの墓場猫だ。士官は猫に毒づいたが、相手が逃げないと、脅かさないようにゆっくりと慎重な動作でピストルに手を伸ばした。だが握りに指が触れた瞬間、猫は油に落とした熱い鉄のように息をたて、飛んで逃げた。

ド・F氏「聖地ですか、ムッシュー？　はい、聖なる場所はたくさんあるそうです――たとえば、山中で木の生えている場所はすべて聖なる場所になります。とりわけ根元から水が湧き出しているところ、まあたいていそうなんですが。ここの川――テンパス川ですが――が海に流れこむところ、ここは非常に聖なる場所でした」

私「それ以外の場所とは？」

ド・F氏「ずっと上流に、崖に開いた穴があります。実物を見たという話は聞いたことがありませんが。あとは河口の近くに大木が輪になって植わっている場所があります。ほとんど切り倒されてしまっていますが、今でも切り株は見られますね。トレンチャードという、アボだと言い張っている乞食がいるんですが、小銭をやれば案内してくれるはずですよ。それか、その息子が。

ご存知ないですか？　そうです、港の近くです。ここらの者なら誰でも知ってますよ。インチキですよ、わかるでしょ、お笑い草ですよ。両手が」（両手を挙げて）「関節炎で不自由なんで仕事ができない。だからアボだって言い張って気違いのふりをしてるんです。小銭をくれてやると験担ぎになるそうですけど。

ええ、先生と同じ人間ですよ。ほとんど人前に出てこない醜い妻がいて、十五歳くらいの息子がいます」

士官は二、三十ページばかり飛ばし、記述の形式が変わって記録される内容にも変化があったらしい部分からまた読みはじめた。

大型ライフル（三五口径）一丁。大型の動物に対する護身用。自身で運搬。薬包二百発。

小型ライフル（二二五口径）一丁。食用の小型動物を獲るため。少年が運搬。薬包五百発。

ショットガン（二十ゲージ）一丁。小型動物と鳥用。ラバの荷。薬包百六十発。

マッチ一ケース（二百箱入り）。

小麦粉四十ポンド。

イースト。

お茶二ポンド（現地産）。

砂糖十ポンド。

塩十ポンド。

調理用品。

ビタミン剤。

救急用品。

家型テント、修繕具および予備のペグとロープ。

寝袋二枚。

防水布、地面に敷くため。

予備のブーツ（自分用）

着替え、洗面用具など。

書籍類――一部は地球で、大部分はロンスヴォーで購入したもの。
テープレコーダー、カメラ三台、フィルム、このノート。ペン。
水筒二個のみ。しかしいずれテンパス川に沿って旅することになる。

わたしが思いつくのはこれですべてだ。後になって買っておけば良かったと思うものが出てくるのはまちがいないし、次のときにはもう少しきちんと準備できるだろうが、誰にでも最初のときはある。コロンビア大学で学んでいたころは、ヴィクトリア朝時代のソラトピー帽に巻きゲートル姿の探検家たちが人足やら山師やらなんやら何百人もの大軍勢を率いて、聖書的熱情に衝き動かされて進んでゆく話を読んで、そんな探検隊を率いる自分の姿を思い描いたものである。ついにわたしにその日が来て、今夜屋根の下で最後の一夜を過ごし、明日には出発する。ラバ三頭、少年（襤褸同然）、わたし（〈キュロ〉で購入した青いスラックスとスポーツ・シャツ）。少なくともわたしは部下たちからの反乱については心配せずにいられる。ラバに蹴られるか、寝ているあいだに少年に寝首をかかれないかぎりは！

＊
＊ ＊

四月六日　最初の野営。わたしたちは小さな焚き火を囲んで座り、少年が夕食を調理した。少年はアウトドア・クッキングの達人で（嬉しい驚き！）、辺境民の習わしとして知るとおり、薪をひどく節約しながら調理していた。大きな目にどことなく卑しさを感じさせるものが浮かんでいなかったら、好きになれそうなのだが。

少年はもう寝ているが、わたしは本日第一日分の旅程について記し、異国の星空を眺めているつもりだ。少年から星座を教えられ、すでに地球よりもサント・アンヌの夜空に詳しくなったような気がする――地球の夜はほとんど見るものはないのだが。いずれにせよ、少年はアンヌ語での名前をすべて知っていると主張しており、もちろんすべて父親のこしらえたものだという可能性は高いが、後に確認できるようにここに記録しておくこととする。〈千本の釣り糸と魚〉座（銀河が明るい星を摑もうとしているように見える）、〈燃える髪の女〉座、〈闘うトカゲ〉座（トカゲの尾の中で故郷の太陽が輝いている）、〈影の子たち〉座。今は〈影の子たち〉は見えないが、少年の教えてくれた星はわかったと思う――二組の明るい目である。他にもあったが、もう忘れてしまった。これからは少年との会話も録音しておくようにしよう。

だが始まりから始めよう。我々は今朝早くに出発した。少年はラバに荷物を積む手伝いをし、というよりは少年が積んでわたしの方が手伝った。少年はロープの扱いが巧みで、長くて複雑に見える結び目を作る。しっかり縛りあげられているように見えるが、ほどきたいときには一本引くだけで簡単にバラバラになるのである。父親が見送りにやってきて（これには驚かされた）、少年の不在の埋め合わせとしていくらかの金を引きだそうと、さんざん空疎なレトリックをくりひろげた。わたしは験担ぎに小銭をくれてやった。

ラバは従順に引かれ、ここまでは必要以上に気むずかしいようなこともなく、頑健で頼りになる。

馬よりも大きくはるかに強く、顔はわたしの腕よりも長く、路傍のサンザシを食べるときには分厚い唇をまくりあげて大きな黄色い四角の歯を見せる。灰色二頭と黒一頭。歩を止める段になると、少年はラバの足を短かい紐で縛った。今はキャンプのまわりで足を引きずる音が聞こえ、そして吐く息が冷たい空気の中でときおり青白い幽霊のように見えた。

＊
＊＊

四月七日　昨日、わたしは旅をはじめたつもりだった。だが今日になってわかったが、昨日はまだフレンチマンズ・ランディング近郊の開拓された――少なくともなかば開墾を受けた――農地をトレッキングしていただけであり、昨晩の野営地から丘をひとつ越えればまちがいなく農場の明かりが見えたはずである。今朝には小さな入植地まで通り過ぎた。少年は「ド田舎《フロッグタウン》」と呼んだが、これは住民には聞かせたくない呼び名だろう。少年に自分自身フランス系の末裔であるのに、そんな言い方をして平気なのかと訊ねてみると、少年は、あくまでも真剣に、いや、自分は半分〈自由の民〉（少年によるアンヌ人の呼び名）の血を引いており、自分の魂はそちらに属しているのだと答えた。要するに、少年は父の言葉を信じているのである。たとえ信じているのが世界に少年ただ一人であろうとも。だが彼は聡明な子供だった。親の影響力たるもの、いかばかりか。

「フロッグタウン」を通り過ぎると、道は消えてしまった。我々は「彼方の向こう」の縁にたどりつき、ラバは敏感にそれを感じ取って、以前より頑固でなくなり用心深くなった。言い換えれば人間らしくなくなり動物らしくなった。説明しておくと、我々は北西方向に向かって、まっすぐ川にではなく大きく対角線方向に進んでいた。こうすれば沼沢地はほぼ迂回しながら（老乞食の手を見るだけで、横断しようなどという気はさらさらなくなっていた！）、水を補給する小川とも交差して進める。いずれテンパス川は、わたしの聞いたところでは、海岸からかなりさかのぼるまで塩気が強く、飲用には適さないという。

昨日書いておくべきだったが（しかし忘れていた）、テントをたてる段になってわたしは斧を、それにテントのペグを打ちこむための道具も忘れていたのに気づいた。わたしはそのことで少年を軽く叱ったが、少年は笑い飛ばし、すぐに石でペグを打ちこんでテントをたててしまった。焚き火には枯れ木をたくさん集めてきて、驚くほどの力をふるって膝で折った。火を起こすために小枝で小屋か東屋のようなものを作り、枯れ葉と枯れ草を中に詰めたが、それだけのことをするのにわたしがこの文章を書くよりも短い時間しか要さなかった。少年はかならず（つまり昨夜と今夜）わたしに火をつけてくれと頼み、この仕事を探検隊のリーダー以外の人がおこなってはならない重要な職務とみなしていた。たぶんキャンプファイアには何か聖なるものがあるのだろう。地球をこれほど離れても、神の法が通じるのであれば。だが、あるいは我々を聖なる神秘で煙《けむ》にまかないようにしていたのか、少年はうやうやしく、とうてい料理できそうもないほどに火を小さくたもっていたほどだった。たとえそうしても、少年はたびたび指を火につっこみ、そのたびに子供っぽく指を口に突っ込んで火のまわりを、何かをつぶやきながら飛びまわった。

＊
＊　＊

四月八日　これほど下手な射撃は見たことがない。この子が器用にこなせないことはこれがほとんどはじめてである。これまでは少年に小型ライフルを持たせていたが、三日のあいだ射撃らしきものをみた結果、銃を取りあげることにした――少年の考える射撃とは、わたしが指し示した獲物のいるおおよその方向に銃を向け、目をつぶって引き金を引くことのようである。少年は正真正銘心の奥底（少年にそんなものがあるとすれば）で獲物を殺すのは銃が出す音の方だと信じているようだ。これまでのところの獲物はわたしが撃ったものだけで、少年が一発目を撃ったあと銃をひったくり、少年がはずした獲物を（走りながらの）二発目で仕留めるか、あるいは大型ライフルで、高価な銃弾と獲物の肉を盛大に無駄にしながら撃ったものである。

その一方で、少年（自分でも、なぜこう呼んでいるのかと問われると、父親がそう呼んでいたからという以外に理由はないように思われる。ほとんど成人しているし、よく考えてみれば、わたしとは、少なくとも肉体的にはせいぜい八、九歳しか違わない）は傷ついた獲物を見つけることに関してはすばらしく卓越している。少年は訓練された犬よりも早く、獲物を見つけて取ってくることができるし――これは簡単なことではない――「彼方の向こう」にもたびたび来ている。しかし我々が探している（おとぎ話でなければいいが）聖なる洞窟近くまで上流に来たことはないそうだ。いずれにせよ少年は母親とともに長い間荒野で暮らしていたようだ――どうやら母親はフレンチマンズ・ランディングでの夫との暮らしにあまり重きを置いていなかったようだったが、これは責められまい。なんにせよ血をかぎつける少年の鼻とわたしの射撃があれば、肉が不足することはないだろう。

今日はあと何を？　そうだ、猫だ。猫が一匹我々のあとをつけてきている。あきらかに少なくともフロッグタウンからはずっと。今日昼頃一瞬目にうつり（黒い空と緑の風景がもたらす錯視と夢幻的な効果は、太陽のかげろうのせいでいや増す）、その瞬間オイカケドラだと思った。わたしの放った銃弾は、当然、高く逸れ、地面を撃ってほこりを舞いあげたとき、ようやく視界のピントがあった。「灌木」と思ったのは薮で、少なくとも二百五十ヤードはあると思った距離はその三分の一もなく――「オイカケドラ」は大きな地球産の家猫でしかなく、まちがいなくどこかの農場からさまよい出てきたものだった。どうやらわざと我々のあとをつけてきているようで、逃げようとせず、今は四分の一マイルほど後方にいる。今日の午後、わたしはかなりの長距離（二百ヤードから三百ヤード）から狙ってみたが、少年がひどく動揺したので、猫殺しの衝動に駆られたことを反省し、なんならテントにつれてきてペットとして飼ってもいいと告げた。おそらく猫は食べ残しのゴミ欲しさについてきているのだろう。明日はたっぷりと食べられるはずだ――今日はツユシカを撃った。

＊
＊　＊

四月十日　二日間順調なトレッキングを続け、動物は多数目撃したが、アンヌ人が現存している証拠は何も見つからなかった。我々は三本の小川を渡り、少年はそれぞれ〈黄色い蛇〉、〈走る娘〉、〈終わりの日〉だと言ったが、わたしの持っている地図によればそれぞれフィフティ・マイル・クリーク、ジョンソン・リバー、ルージェット川だった。いずれも面倒はなかった——最初のふたつはそのまま歩いて渡れたし、ルージェット川（わたしのブーツと少年とラバの足を赤く染めた）は数百ヤード上流に歩くだけで渡れる場所が見つかった。明日にはテンパス川（少年はただ「川」と呼んでいた）を見られるだろうが、少年はアンヌ人の聖なる洞窟はまだかなり上流だと断言した。実際、これまで迂回してきた河岸には岩はなく泥岸なので、洞窟があるわけはないという。

今になってようやく、少年が（本人の主張するように）人生のかなりの部分を荒れ地で過ごしてきているのなら、彼こそ——父親からの誤った影響と、それに基づくアンヌ人の血を継いでいるという思いこみにもかかわらず——すばらしい情報源となるかもしれない、と思い至った。わたしは少年にインタビューしたが、今後さらに重要な情報を得られた場合の予行演習として、ここに書き写しておく。

私　「きみはお母さんと一緒に、特に春と夏には、しょっちゅう——ときには何ヶ月も続けて——『彼方の向こう』で過ごしていたことがあるって言ってたね。五十年ばかり前には、よく、人里離れた農場へアンヌ人の子供が人間の子供と遊びに来ることがあったそうだ。きみも同じような経験をしなかった？　お母さんと自分以外に誰か見たりとかは？　結局、これまでの四日間は何も見られなかったけれど」

V・R・T「たくさん会ったよ、ほとんど毎日、たくさんの人やたくさんのけものや鳥や生きている木に、先生とぼくとでここまで来るあいだに、先生が言ったこの四日間――でもここはまだ彼方の向こうじゃないから、あそこなら神様が丸太にまたがって川を下ってくるし、木も旅に出かけるし、大きな頭や小さな頭の神様が、髪にホテイアジサイの花を挿している。それともヘラジカ男が、顔と髪と髭と腕と胴体は人間なんだけど、足はアカヘラジカの胴体で、だから牛女と一度はけものとして、一度は人として番《つが》わなければならなくて、丘腹で春のあいだじゅう吼え猛り戦いあって、それから南から飛んできた黒いヌマアジサシ同士はすぐに友達になって、お互いがっしり肩を組んで飛んでゆき、マツツグミから卵を盗んだりぼくに石を投げてきたりする。それにもちろん夜には影の子たちが、泉からわきあがる泡やあぶくに乗って盗みにやってきて――だから母さんはぼくを髪の下に隠していた――これはぼくがすっごく小さかったころの話で――陽が落ちたあとには、でもぼくがでっかくなると表に出ていって叫んで追い払った！――あいつらは信じる――いつも信じるんだけど――すっかり自分たちで取り囲んだつもりになって、それから一斉に襲ってきて、噛みついてくる。でもいきなりあらわれて叫べば、決してそんなことはしないし、どうせあいつらが思ってるほどたくさんいるわけじゃなくて、っていうのはその中に必ず他の心の中にしかいない奴がいるから、いざ戦いというときになったらお互いの中に消えて一人少なくなってしまうんだ」

私「どうしてきみやわたしは、そういう不思議なものに出会わないんだろう？」

V・R・T「ぼくは見た」

私「何を見たんだい――つまり、わたしと一緒にいるあいだに」

V・R・T「鳥と動物と生きている木、それに影の子たち」
私「きみが言ってるのは星座のことだろう。もし特別なものを見たら、わたしに教えてくれるね？」
V・R・T（うなずく）
私「きみは変わった子だな。お父さんと一緒にフレンチマンズ・ランディングにいたときには、学校には行った？」
V・R・T「ときどき」
私「もうほとんど大人だね。これからどうするか考えたことは？」
V・R・T（泣く）

最後の質問への答えはなかった。少年は泣きだしてしまい、わたしはひどく恥じいってしばらく肩を抱いていたが、その後は焚き火から離れ、三十分ばかり一人で泣かしておくことにして、自分はやぶの中をうろつき、巨大なイモ虫が、白々と、死人の唇のように毒々しい蛍光色で足下でのたくるのを見つめていた。まったくの愚問だったと思う。この子が何になれるというんだろう？　まともに教育も受けていない、物乞いの息子が？　本を読む力はある——人類学の教科書を貸してやり、質問してみたところ、平均的な大学生よりはまともな答えを返してきた。だが、小学校で使っていたノート（少年の数少ない所持品）を見るかぎりでは、筆記はみじめなものだった。

＊
＊　＊

四月十一日　事件の多い一日。話が前後に飛ぶ悪癖をできるだけおさえて、すべての出来事を起こった順に記していこうと思う。昨夜キャンプに戻ってきたとき（昨夜の日記はやぶの中を徘徊しているところまでだった）、少年は寝袋の中で眠っていた。わたしは焚き火にさらに木をくべ、テープを聞きなおして最後のページを書き、それから寝入った。夜明けの一時間ほど前、ラバが騒ぐ音で二人とも目をさまし、何事かと表に駆けだした。わたしは懐中電灯と大型のライフルを持ち、少年の方は焚き火から火のついた枝を二本引き抜いてきた。何も見えなかったが、腐った肉のような臭いがして、大きな、どうもラバとは思われないけものが逃げてゆく音が聞こえた。ラバは、我々が見たときには、全身汗びっしょりになっており、一頭は足の枷をはずしていた――幸いにして遠くまで逃げてはいなかったので、明るくなってから少年が捕えて連れ戻した。それにはほぼ一時間かかってしまったのだが――逃げていなかった二頭は、飼い慣らされた動物の権利であるはずの保護を得て、喜んでいるように見えた。

ひとしきり探しまわってもう何も見つからないと確信するころには、寝直すのは無理な時間になっていた。我々はテントをたたみ、ラバに荷物を積み、それからわたしの考えで、大型肉食獣の痕跡が見つからないかと前日来た道をたどりなおしてみた。猫がいて（わたしが狙うのをやめたので、前より大胆になっていた）、さらに少年がヒギツネと呼んだけものの足跡があったが、わたしは

『サント・アンヌの野生動物ガイド』の記述と照らし合わせて、おそらくはハッチソンのフェネック、大きな耳を持ちニワトリや腐肉を食うキツネかコヨーテのような生き物だろうと推測をつけた。

この短い回り道のあとは順調に前進し、昼の一時間ほど前にはこれまでで最高の獲物を仕留めた。地球のアジア地方で見られる水牛に似た大型の動物である――『野生動物ガイド』には記載がない。大型ライフルで頭部への一撃だった。けものが倒れてから歩幅で距離をはかると、まるまる三百ヤードもあった！

当然ながらわたしは大いに誇りに思って射撃の結果を調べたが、弾は右耳の裏を撃ち抜いていた。そこでさえ、頭蓋骨の骨が厚すぎて銃弾は貫通していなかった。したがってわたしが距離をはかっているあいだ、おそらくけものはまだ生きていたのだろう。流れ出した涙が両目の下に積もったほこりに太い線を作っていた。傷を調べたあと指で片方のまぶたを持ちあげてみると、目は、地球の魚類で見られるように、瞳孔が二重になっていた。指で触れると片目の下側がわずかに動いたので、けものはこのときもまだ生にしがみついていたのかもしれない。二重瞳孔はこの星のほとんどの動物には見られない特徴だった。そこでわたしは、動物の水中生活への適応なのだろうと推測した。

わたしは首を標本にしたかったが、それはとうてい不可能だった。少年はほとんど泣きだしそうな顔で（少年自身の大きな目は、驚くほど鮮やかな緑色だった）わたしが死体をまるごと、おそらく重さ十五ポンドはあると思われたが、そのままラバに乗せて運ぼうとしていると考えたらしく、そんな荷を運ぶのは無理だと言い張った。わたしはようよう内臓と頭を捨て（しかし角はもったいなかった！）毛皮とひづめに加えてあばらも捨てて、つまりはいちばんいい部位の肉だけを持っていくんだと納得させることができた。たとえそうでも、ラバはさらなる重量追加も血の臭いも気に入らなかった様子で、予想していた以上に扱いにくくなった。

ようやくラバが動き出してからほぼ一時間後、我々はテンパス川の河岸に到達した。少年の父親がアンヌ人の「寺院」を見せてくれたときとは様相を一変させていた。あのときは川幅はほぼ一マイルあり、汽水性で、ほとんど淀んでいるように見え、河口自体も一本の川ではなく、泥と葦で窒息した三角州をだらだらと曲流して絡まる蛇の巣だった。ここでは何もかも違っていた。水にはほとんど黄色い濁りはなく、流れは木の枝を投げればほんの一瞬で見えなくなってしまうほど早かった。

沼沢地はすっかり過去のものとなり、今目の前に生まれ変わった、流れも速く澄んだテンパス川はエメラルド色の草に覆われ、灌木ややぶが点在するうねる丘のあいだを流れている。ようやくわたしが当初立てたボートでテンパス川をさかのぼるという計画が――フレンチマンズ・ランディングの知人が警告してくれたとおり――たとえその方がはるかに河岸の洞窟を探しやすかろうと、まったく非現実的なものだったと理解することができた。これだけ川が早いと下流に流されないようにするだけでほとんどの燃料を使ってしまうだろうし、さらに上流には行く手を遮る急流や滝がいくつも待ち受けているだろう。理想的なのはホバークラフトだろうが、サント・アンヌのわずかな工業生産能力では、おそらく全惑星合わせても二ダースほどしか存在しないだろうし、すべて（典型的に）軍部の独占領域になっている。

だが不平は言うまい。ホバークラフトがあればとっくに洞窟は発見できているかもしれない。だがその場合まだ生きているかもしれないアンヌ人との接触のチャンスはいったいどの程度あるだろう？　この小さく、望むらくは威圧感なき探検隊がゆっくりと、土地を荒らすことなく進んでいけば、アンヌ人が今も生き残っているならば、接触の希望もあるかもしれない。

それにまた、告白してしまうが、わたしは楽しんでいる。川に出くわしてから一マイルばかり上流に歩いたところで、少年がひどく興奮してここは母親と一緒によく来た重要な場所だと言い出した。わたしには何も変わったところはない――何本か（きわめて高い）木がせり出して、どこか奇妙なかたちをした岩があるだけのゆるやかなカーブ――ように思われたが、少年はここは美しく特別な場所だと言い張って、その岩がどんなに快適で、さまざまな姿勢で座ったり寝ころんだりできるのかを実演してみせ、木が太陽を遮って雨避けになり、冬には雪に包まれて一種のあばらやとさえなるのだと説明してくれた。岩の下には深いよどみがあっていつでも魚が釣れるし――イガイや食べられるカタツムリも（フランス人の母親のせいだ！）――岸辺で獲れるし、要するにここは紛れもなく楽園という場所なのだ（この調子でしばらくまくしたてるのを聞いているうちに、少年が屋外について人と違う見方をしているのに気づいた――ほとんどの人がビルや部屋を見るときのように見ているのであり、これは不思議な考えだった）。いずれにせよ、わたしはしばらく一人になりたかった。そこで少年の無邪気な熱狂を利用することにして、少年に、自分は教えてもらったこの素晴らしい場所の美を心ゆくまで堪能してから行くから、ラバを連れて先に行っていてくれと頼んだ。少年は喜んで従い、すぐにわたしは地球生まれの人間が決して味わえないほど完全に孤独になった。そこにはただ風と太陽と目の前で囁くせせらぎへ根を伸ばす大きな木がつく溜め息しかなかった。

孤独、とは言ったけれどキャンプを追いかけてくる猫は別で、鳴きながら近寄ってきたので石を投げてラバの後ろへ追いやらねばならなかった。

このおかげで考える時間ができた――今朝仕留めた水牛のようなけもののこと（頭蓋骨を文明世界に持ち帰ることさえできればまちがいなく重要な記念品になるだろうが）、それにこの旅全体のこと。アンヌ人がいまだ絶滅していないと示すこと、そしてその生活と思考のかたちを、人類の知識から消え去ってしまう前に、できるだけ記録しておくことに対する熱意は、旅に出る前より減じたというわけではない。それは変わらないが、新たな理由からだ。ここサント・アンヌに降り立ったとき、わたしが考えていたのはフィールドワークによって評価を得て地球で相応の教員ポストを得るということだけだった。今ではわたしはフィールドワークはそれ自体が目的でありうるし、目的であるべきなのだとわかった。わたしが名声を羨んでいたきわめて著名な老教授たちがフィールドワークに――それがすっかり調べ尽くされたマレーシアでもう一度調査しなおすことであってもー―戻りたがっていたのは（わたしが考えていたように）学術的威厳をいや増そうとしていたからではない。むしろ学者としての名声がフィールドワークへの後援を得易くしてくれる道具なのである。そうなのだ！　誰もが自分なりのやり方、自分なりの場所を見いだす。すべてがぴたりとはまりこむまで、我々は宇宙じゅうを騒々しく駆けまわる。これが人生だ。これが科学だ、あるいは科学より良い何かだ。

追いついたときには少年はすでに（いつもより早く）キャンプの用意をしており、どうもわたしのことを気にしているようだった。今夜は水牛の肉の一部を火にかけて保存用の乾燥肉を作ろうとしている。わたしは悪くなったところは捨てて、いい部分だけ食べていけばいい、と言ったのだが。少年に追いつくまでに鹿を二頭仕留めた話を書いておくのを忘れた。

士官はカンバスで綴じたノートを置き、しばらくして、立ちあがって伸びをした。鳥が部屋の中に迷いこんできており、士官は今になってようやく、ドアの反対側の壁高くにかけられた絵の額に止まって困惑顔をしている鳥に気づいた。鳥に向かって怒鳴ってみたが、動かないので、奴隷が部屋の隅に置いていった箒ではたこうとした。鳥は飛んだが、開いたドアから外に出るはずが上のまぐさにぶつかり、半分麻痺して床に落ち、それから士官の顔の脇をかすめて元の額まではばたいて飛び、そのついでに黒い羽根で頬を撫でていった。士官は毒づいて腰をおろし、綴じられていない紙を適当に拾いあげた。こちらは少なくともきちんとした文字で書記に清書しなおされていた。

弁護士を雇わなければならない――それははっきりしている。だから、法廷が任命する者以外にだ。まちがいなく大学はわたしに私選弁護士を雇う金を貸してくれるはずだし、わたしは官選弁護士に大学に連絡をとって、その手配をするように頼んだ。つまり、頼むつもりだ。

そこで問うべきはわたし自身の事件についての疑問だろう。それをここに書きしるし、可能な解釈を論じ、来るべき裁判に備えるとしよう。ならば、まず最初に来るのは、どんな犯罪審理においても中心となる罪の概念である。この概念は広く有効なものだろうか？　もしそれが広く有効ではないとすれば、罪によっては罰せられない種別の人というのが存在することになり、わずかに黙考しただけで、事実そうした種別が存在すると確信にいたった。すなわち、子供、知的弱者、超富裕層、精神錯乱者、動物、権力者に近しい者、権力者自身など。

ならば、次に問うべきは、裁判長閣下、このわたし、被告席に立つ囚人は、実際に、この免除条件のひとつ（以上）に合致しないでしょうか。わたしには、自分は今ここに挙げた階層すべてに属するように思われますが、ここでは――閣下の貴重な時間を浪費しないために――ふたつのことに集中したいと思います。わたしは年少者であるという理由において、および動物であるという理由において、罪を免除されます。すなわち、今閣下にお認めいただいた種別の中で、一番目と五番目のものであります。

ここから三番目の疑問が生まれます。（すでに示された免除分類の用語において）「子供」という定義は何を意味するのか？　あきらかに我々はまず第一に単なる年齢の問題は除外しなければなりません。被告がなんらかの忌まわしい犯罪を火曜日に犯したら無罪であり、水曜日に犯したら有罪になるというほど馬鹿馬鹿しいことはないではありませんか。いえ、いえ、裁判長閣下、わたしは二十歳をわずか数年過ぎたに過ぎませんが、こうした思考法は若き男女が決定的なものとされる年齢に達する直前に盛大な死の祭りを呼ぶことになるでしょう。そしてまた年少者が内的な主観的な証拠に基づいて定められてはなりません。そうした内的性質が存在しているかどうかを決定するのは困難だからです。いえ、年少者という事実は社会そのものが個人をとりあつかうやり方に基づい

て決定されなければなりません。わたし自身の場合では、
わたしはなんの財産も持っておらず、一度たりとも持っていたことはない。

わたしは法的に拘束される契約を結んだことがなく、その証人になったことさえない。

わたしは法廷から証言のため召喚されたことがない。

わたしは結婚したこともなく、他の子を養子に迎えたこともない。

わたしは行われた仕事に対して収益を得られる立場にいたことがない。（異議をお唱えになりますか、裁判長閣下？　閣下はコロンビア大学との関係について述べたわたし自身の証言を反証として持ち出すのですか？　それとも検察側が持ち出したんですか？　いいえ、裁判長閣下、それは巧妙な詭弁ですが、しかし無効です。コロンビア大におけるわたしの教職としての地位は、卒業論文を仕上げる時間を得るための名誉職だというのは明白であり、サント・アンヌへの遠征にあたっては、わたしは経費しか受け取っていません。いかがですか？　この件について、わたし以上に詳しい人がいるわけはありません）

したがって裁判長閣下、以上の点からあきらかに——必要でしたらまだいくらでも証拠を挙げることはできます——犯罪をおかした時点で、というのはわたしが犯罪をおかしたとしての話で、この点をわたしは大いに疑っておりますが、わたしは子供でありました。そして今挙げたような証拠から、わたしはいまだに上記行為をしていないわけですから、子供なのです。

わたしが動物であるという点については——わたしが意味するのは人間であるということの反対であり、単なるけだものであるという意味ですが——その証拠はあまりに簡単なので、わざわざ並

べたてるのも馬鹿馬鹿しいほどです。我々の社会において自由に走りまわるのを許されているのは動物でしょうか？　それとも人間でしょうか？　仕切りに、豚小屋に、犬小屋に、鶏小屋に監禁されているのはどちらでしょう？　その二つのうち、床に寝ることを強いられるのはどちらでしょう？　どちらが床の上に置かれたベッドで寝られるのでしょう？　どちらが水浴設備と暖房の効いた睡眠区画を与えられ、どちらが自分の息で身体を温め、自分の体を舐めて身づくろいしなければならないのでしょうか？

　失礼いたしました、裁判長閣下。決して法廷を侮辱する意図はございません。

＊＊＊

　四十七号がパイプを叩いている――何を言っているかお伝えしようか？　よろしい。

百四十三、百四十三、きみか？　聞いてるか？　きみのフロアに来た新人は何者だ？

句読点はわたしが加えた。四十七号は句読点を使っておらず、わたしが彼の言葉を誤解して解釈していたなら、許してくれることを祈るのみだ。

　わたしは送った。**新人とは？**　石――あるいは四十七号のような金属物（彼は眼鏡のフレームを使っていると言う）――を持っていれば、パイプを叩くには便利だろう。わたしは拳が痛い。

今朝彼をドア越しに見た。老人、長い白髪。きみの下。どの房？

わからない。

もし石を持っていたら、独房の壁を叩いて両隣に聞こえるくらいの大きな音を出せるのだが。ちょうど、左隣の房にいる囚人がわたしに叩いてくるように——何を使っているのかわからないが、ただ叩いたり引っ掻いたりするだけでなく、いろいろ妙な音をたててきたが——ただ暗号の送り方がわかっていないのだ。右の壁は静かだった。おそらく誰もいないのか、あるいは、わたしのように、喋る道具が何もないのか。

どうやって逮捕されたのか話そうか？　わたしはとても疲れていた。ケイヴ・カネムに行っており、その結果として寝たのは遅くなってからだった——ほとんど四時ごろだった。昼には学長と面会の約束で、わたしは先方が公式に学部長のオファーを、それもきわめて好条件なものにしてくるだろうと確信していた。わたしは寝ようと思い、下宿先の女主人であるマダム・デュクロースに十時に起こしてくれるようメモを残した。

四十七号が送ってくる。**百四十三、きみは刑事犯か政治犯か？**

政治犯。（彼がなんと言ってくるのか聞きたい）

どっち側だ？

きみは？

政治犯。

どっち側だ？

百四十三、これは馬鹿げてる。私の質問に答えるのが怖いのか？　これ以上、何かされるっていうのか？　きみはもうここにいるんだろう。

わたしは叩く。きみがこっちを信用しないのに、なぜきみを信用しなきゃならん？　そっちから

（拳を傷める）

九月五日党だ。

石が見つかったら。手を傷めた。

卑怯者！（そう四十七号は、思いっきり大きな音で、送ってくる。眼鏡が壊れるだろう）

なんの話だったか？　そうだ、逮捕だ。家は静まりかえっていた——わたしは夜遅いせいだと思っていたが、今ではみんな起きていたに違いないとわかっているし、わたしの部屋で警官たちが待ち受けているのを知っており、ベッドに寝て息をつめて銃声か悲鳴が聞こえてくるのを待っていたのだろうし、デュクロース夫人はとりわけ、わたしの部屋の大きな金縁の姿見のことを、それまでも何度もわたしに注意していたくらいだから、きっと気にしていただろう。（わたしの知るところでは、鏡は——金属を磨いたものではなく、銀がガラスに裏打ちされたちゃんとした鏡は——ポート・ミミゾンでは高価である）かくしていびきは聞こえず、トイレに行こうと廊下を騒々しく歩く者もなく、マドモアゼル・エティエンヌの部屋から、創意ゆたかに果物と獣脂の蠟燭を使って自分を慰めているくぐもった情熱の吐息も聞こえてこなかった。

わたしは気づかなかった。わたしはデュクロース夫人にあてたメモを書き（わたしの手書きがとても酷いと思う人もいるようだが、わたしはそうは思わない。仕事を引き受けたならば——授業を受け持たねばならないとしての話だが——生徒に黒板に板書させるか、授業では黄色い紙に紫色のインクで印刷してあるノートを配るようにしよう）寝室に向かった、つもりだった。

連中は自信たっぷりだった。部屋の中で灯りをともしており、ドアの下から光が放つ縞が見えた。まちがいなく、もしわたしが本当になんらかの罪をおかしていたら、光を見た瞬間、すぐに背を向けて抜き足差し足で逃げ出していたはずだ。実際には、わたしは手紙か伝言があるのだろうと思いこんだ——おそらくは大学の学長からか、あるいはひょっとしたらケイヴ・カネムの売春宿の主人からかもしれない。その夜早くに「息子」と対決するのに同席してほしい、と頼まれていたのだ。もしも彼からだったなら、翌夜まで返事すまい、とわたしは考えた。すっかり疲れ、ブランデーがまわって今にも倒れそうだと思うと光がゆらめいて消え、鍵を取り出したが、どうも身体が思うように動かず、するとドアに鍵はかかっていなかった。

　中には三人の男がいて、全員椅子に腰掛け、全員わたしを待っていた。二人は制服を着ていた。三人目は黒っぽいスーツ姿だったが、元は高級だったスーツには食べ物の脂とランプの灯油の染みがあり、それに加えてサイズが合わず小さすぎたので、まるで守銭奴の従者という風情だった。男はいちばんいい椅子、つまりクッションに刺繍の飾りがついた椅子に座り、片腕を背板ごしに無造作にぶらさげ、肘の脇にはほやに薔薇が描かれ傘からふさのさがるランプが、まるで読書でもしているように、置いてあった。デュクロース夫人の鏡を背に座っていたのではっきり見えたが、男は髪を短く刈っており、その頭には傷があった。まるで拷問を受けたのか、脳手術を受けたのか、それとも刃物を持った相手と格闘したかのようだった。その肩越しに、着陸後にここポート・ミミゾンで買った丈の高い帽子をかぶって二番目にいいケープをはおり、馬鹿のような、驚いた顔を浮かべた自分の姿が見えた。

制服の片割れが立ち上がり、わたしの背後でドアを閉めて錠を差した。男は灰色のジャケットに灰色のズボンをはき、尖った帽子をかぶって、腰のまわりには幅広の茶色いガン・ベルトを巻いてホルスターに大型の、昔風のリボルバーをおさめていた。また座ったときに気づいたが、男が履いているのは履き古したごく普通の作業靴だった。もう一人の制服が言った。「帽子とコートを脱ぐといい、そうしたければ」

「もちろんだ」とわたしは言い、いつものように、ドアの裏についているフックにかけた。

「きみの身体検査をしなければならない」(そう言ったのはやはり二番目の制服の男で、ポケットがたくさんついた半袖の緑色ジャケットに、かかとのあたりにストラップがついたぶかぶかの緑のズボンをはいており、まるで自転車に乗らなければならない仕事についているかのようだった)

「ふたつのやり方があるが、どちらにするかは自分で選んでいただきたい。お望みなら、きみが服を脱ぐ。我々はきみの衣服を調べ、それから服を着なおしてもらう――ただしきみには、身につけているものを隠したりしないように、我々の目の前で服を脱いでもらわねばならない。あるいは我々が今ここで、そのままの状態であなたの身体検査をする。どちらがいいかね?」

わたしは自分は逮捕されたのか、三人は警察なのかと訊ねた。刺繍のある椅子に座っていた男が答えた。「いいや、教授、いやいや、そうではないよ」

「わたしは教授ではない、少なくとも、今この現在自分の知るかぎりでは。逮捕されたのでないなら、なぜ身体検査を受けなければならないんだ? わたしが何をしたというんだ?」

ドアを閉めた男が答えた。「我々がきみを身体検査するのは、きみを逮捕する理由があるかどうか知るためだ」そして黒スーツの男を見て確認を求めた。もう一人の制服男が言った。「きみが選ぶんだ。どちらにする？」

「どちらも嫌だ、と言ったら？」

黒服の男が言った。「それなら、我々はあなたを城塞に連れて行かねばならない。あなたはそこで身体検査を受ける」

「つまり、わたしは逮捕される？」

「ムッシュー……」

「わたしはフランス人ではない。わたしは北アメリカから、地球から来た」

「では教授、どうかおねがいだから——友人として言うのだが——あなたを逮捕させないでほしい。ここでは重大なことなのだ、逮捕というのは。だが逮捕されないまま身体検査を受け、質問され——ことの次第によっては——しばらく身柄を拘束されることも——」

「場合によっては裁判を受け処刑されることも」と緑ジャケットの男が言葉を継いだ。

「——可能だ。おねがいだ、どうか我々にあなたを逮捕させないでほしい」

「だけど身体検査は受けなくてはならない」

「そうだ」二人の制服男が声をそろえた。

「それならこのまま、服を着たままで調べてもらうことにする」

制服の二人は、これが重要な意味を持つかのように、顔を見合わせた。黒服の男は退屈したように、読んでいた本を取り上げたが、それはわたし自身の持ちもの——『サント・アンヌの野生動物ガイド』だった。

ガンベルトをした男が近寄ってきて、申し訳なさそうな顔をしながら、わたしをボディーチェックし、そのときはじめて男が着ているのが市交通局の制服であると気づいた。わたしは言った。

「きみは鉄道馬車の御者じゃないのか。なんで銃なんか持ってるんだ?」

黒服の男が言った。「それが仕事だからだ。それより、あなたがなぜ武器を持っているのかをお訊きしたいんだが」

「武器なんか持ってない」

「ところが、わたしはあなたが所持していた本を調べていてね――裏の見返しに鉛筆でいくつか数字が書きこんであるね。これはなんなのか、教えてもらえるかね?」

「それは前の持ち主が書いたものだ」とわたしは言った。「何を意味しているのかは知らない。わたしがスパイだとでもいうつもりか? よく見れば、本と同じくらい古い書き込みで、かすれてほとんど読めないとわかるはずだ」

「この数字は興味深い。ふたつ組になった数字の組が並んでいて、最初のものがヤードで、後の方がインチだ」

「見たから知ってるよ」市交通局の制服の男がポケットを上から叩いていた。何か見つけるたびに――時計、現金、メモ帳――へつらうような動作とともに黒服に手渡した。

「わたしの頭は数学的に回る癖があってね」

「それは結構なことで」

「この数字を分析してみたんだよ――これはパラボラと呼ばれる円錐形の形状にほぼ合致しているね」

「そんなことを言われてもわからない。わたしは人類学者として、正規分布曲線の方にはるかに親しんでいる」

「それは結構なことだ」と黒服は言い、一瞬前にわたしが言った皮肉のお返しをした。黒服は二人の制服に手招きをして呼び寄せた。三人はしばらく囁き声をかわしており、そのときわたしは三人の顔がひどく似ていることに気づいた。三人とも尖った顎、黒い眉に細い目をしており、あるいは三人は兄弟で、黒服が最年長でもっとも頭が切れ、交通局の男がいちばん頭が悪いが、それでも家族だという風に。

「なんの話をしているんだ?」

「あなたがここの法律には無知だとね。あなたは弁護士を雇うべきだと」

「たぶんその通りだ。だがそんな話をしていたというのは嘘だろう」

「ほらね? 弁護士ならそんな喧嘩腰で議論をふっかけないようにアドバイスするはずだ」

「おい、きみたちは警察なのか? それとも検察の人間か?」

黒服の男が笑った。「いや、まったく違う。わたしは公共事業部の土木技師だ。この友人は」と緑の制服の方を示した。「軍の信号手だ。もう一人は、あなたが察したように、鉄道馬車の御者だ」

「そんな人間が、なぜ警察みたいにわたしを逮捕しようというんだ?」

「それが我々のやり方にいかに無知かということだよ。地球では事情が違う、とわたしは聞いていている。だがここでは、公務員はみなひとつの仲間なんだ。明日には、御者であるわが友人はゴミを回収しているかもしれないし――」

緑の男はあざ笑うように茶々を入れた。「今晩やっている、とも言えるんじゃないか？」

「――こちらの我が友人は警備ボートの漕ぎ手になるかもしれないし、わたしは猫の検査官になるかもしれない。今夜は、あなたの身柄を押さえるために来たわけだ」

「逮捕の令状もないのに？」

「くりかえさせてもらうが、あなたにとっては逮捕されない方がいい。率直に言って、もし逮捕されてしまったらあなたが釈放される可能性は非常に少ない」

男が言い終えると同時にわたしの背後でドアが開き、鏡にデュクロース夫人とエティエンヌ嬢が映り、その後ろに御者が立っていた。「お入りなさい、ご婦人方」と黒服の男は言い、御者が部屋に押しこみ、二人は洗面台の前に隣りあって、怯え困惑した様子で立っていた。デュクロース夫人は銀髪の老婆で腰回りに肉がついており、色の褪せたコットンのドレスに長いスカート姿だった（御者が呼びだす前に着替えさせたのか、ナイトガウンがわりに使っていたのかはわからない）。エティエンヌ嬢――二十七、八歳のとても背が高い娘――は三人の妹ではないかもしれないが、だがあるいは従姉妹か腹違いの妹でもおかしくはない。尖った顎で黒い眉は細く目の上でアーチを描くように整えており、その目は、ありがたいことに、男たちの細い目とは異なり、人形の顔に描かれた目のように大きく青紫色だった。髪は茶色く縮れており、背は、すでに述べたように、並はずれて高く、足は竹馬のように伸びていて、細くまっすぐな骨が支えている尻は残りの身体と不釣り合いなほど大きく、その上にはまたしても急に細くなるウェスト、小さな胸、狭い肩が乗っている。今夜はごく薄いチーズクロスのような繊細な生地のネグリジェをまとっていたが、幾重にも折りたたまれ重なっていたので透けてはいなかった。

「あなたがデュクロースさん？　こちらにいらっしゃる紳士に、我々が今いる部屋を貸してらっしゃる？」

デュクロース夫人はうなずいた。

「彼は我々に同行して城塞に赴き、当局者と話をしなければならない。あなたはこの部屋を封鎖し、我々が出ていったあとは鍵をかけてください、いいですか？　中身にはいっさい触れないように」

デュクロース夫人はうなずき、まとめた灰色の髪が上下した。

「この紳士が一週間以内に戻らない場合、あなたは公園局に申請を出し、適当な人間がこの住所に派遣される。彼の監督の下で、あなたは一時間のあいだ、この部屋に入りネズミの被害がないか点検し、窓を開けて空気を入れることを許される。一時間後、あなたは再び部屋に鍵をかけ、監督者は辞去する。わたしが今言ったことを理解したかね？」

デュクロース夫人はまたうなずいた。

「この紳士がクリスマスまでに戻らない場合、あなたは再び公園局に申請する。クリスマスの翌日――あるいはクリスマスが土曜日の場合には翌月曜日に――適当な人間が前と同様に派遣される。彼の監督下で、あなたは寝具を取り替え、そして希望するならマットレスに空気を入れてもよい」

「クリスマスの翌日に？」

「あるいはクリスマスが土曜日に当たるときには翌月曜日に。この紳士が本日より一年後まで戻らない場合——便宜的に、希望するならば、その日付を今月の第一日としてもよい——あなたは再度公園局に申請してもよい。このときには——希望するならば——この紳士の所持品を自分の負担で保管するか、あるいは希望するなら自宅内の他の場所に移動してもよい。その時点で公園局によって目録が作られる。それ以降はあなたはこの部屋を他の用途にあててもいい。この紳士が、今示した計算により、本日より五十年後まで戻らない場合、あなたは——あるいはあなたの子孫またはあなたの指定した者は——再び公園局に申請してもよい。その時点で政府は以下の分類にあてはまる物品すべてを没収する。全体、または部分が金、銀、その他貴金属で作られている品、サント・クロア、サント・アンヌ、地球その他の世界において通用する貨幣。古美術品。科学実験器具。青写真、計画書などの書類全般。宝石。肌着。衣類。以上の分類にあてはまらない物品はあなた、あなたの子孫、あなたの指定した者の所持品となる。もし明日になって、今わたしが話した内容を正確に思いだせなかった場合には、公共事業局下水・排水部を訪ねてくれれば、わたしが再度説明する。下水・排水部の査察長助手を訪ねなさい。わかったかね？」

デュクロース夫人はうなずいた。

「では今度はあなた、マドモアゼル」黒服の男は、今度はエティエンヌ嬢の方を向いて言った。「確認してください。わたしはこの紳士に面会票を渡します」黒服は脂じみたコートの胸ポケットから六インチかける二インチほどの大きさの固いカードを取り出し、わたしに手渡した。「彼はこのカードにあなたの名前を書き、あなたに渡し、あなたは自分の意志によって第二と第四木曜日の午後九時から十一時までのあいだ、城塞へ入場することが許される」

「ちょっと待ってくれ」とわたしは言った。「わたしはこの女性とは話もしたことがない」

「だがあなたは結婚していないだろう?」

「ああ」

「書類にもそう記されていた。囚人が未婚の場合、面会票はもっとも近くに住む未婚女性に渡すのが規則である。理解できるだろうが、これは統計的可能性に基づく決定だ。渡された女性は誰であれカードをあなたの望む相手に渡すことができ、その相手は女性の名前でカードを使うことができる。それはあなたが決めることだが、今後――」(男はしばらく考えた)「――十日以内に。今ではない。彼女の名前を書きなさい」

わたしはエティエンヌ嬢の名前を訊ねなければならなかった。セレスティーヌだった。

「カードを渡しなさい」黒服の男が言った。

言われたとおりにすると、男の手が肩に重く乗った。「ではあなたを逮捕する」

＊
＊　＊

わたしは監房を移された。わたしは思考の記録を――これがそう呼ばれるべきものであるなら――新しい独房でも続けるつもりだ。わたしはもはや昔の自分、百四十三号ではなく、何か新しい、知られざる百四十三号である。なぜならば古い番号が新しい独房のドアにチョークで書かれていたからだ。これを読むかぎりは、唐突な移動に思えるだろう。だが、執筆を中断されたように見えたとしたら、それは誤りだ。本当は逮捕の詳細を記録していくのが面倒になったのだ。壁を引っ掻いてみた。眠った。看守が持ってきたパンとスープを食べたが、スープの中に骨——おそらくは羊の肋骨——が入っていたんで、それを使って上にいる隣人、四十七号と長い会話をかわした。左隣の狂人の出す音に耳を傾け、最後には白痴が引っ掻き、こすってたてる音の中に、自分の名前が聞き取れたような気さえした。

それから監房のドアで鍵ががちゃがちゃと騒々しく鳴り、わたしはひょっとしてエティエンヌ嬢がついにわたしとの面会を許されたのかと考えた。できるかぎり身ぎれいにしようと、髪と髭を指でおさえつけた。残念ながらドアを開けたのは看守で、一緒に、黒い頭巾で顔を隠した筋肉質の男が入ってきた。当然、わたしは処刑されるのだと思い、勇気を保とうとしたが——そして実際特に怖いとも感じなかったのに——膝が笑いだしてかろうじて立っていることしかできなかった。わたしは脱走を考えたが(尋問に連れていかれるたびに考えていた。監房から脱出するのは不可能だったので、チャンスはそのときしかなかったからだ)、いつものように、走って逃げこむ先は狭い通路しかなく、窓もなく階段ごとに見張りが立っていた。頭巾の男はわたしの腕をとり、一言も口をきかず、通路をひきずり階段を登っては降り、わたしは完全に方向感覚を失った。何時間も歩きつづけたはずだ。独房のドアに開いたのぞき窓の小さなガラスから、わたしと同じような汚らしく惨めな顔がいくつものぞいていた。何度か中庭をとおり、そのたびにわたしは銃殺されるのだ、と思った。昼頃で、まばゆい太陽に目がくらみ、涙がこぼれた。それから他と変わりなく見える廊下に来て、143と記されたドアの前で止まった。そして黒頭巾の男は床の真ん中にあったコンクリート板を持ち上げ、わたしに狭い穴の中を降りている急な鋼鉄の階段を指し示した。わたしは階段を降り、頭巾男もついてきた。距離は五十メートルほどだったと思うが、底につくと懐中電灯の明かりを頼りにして饐《す》えた小便の臭いのする廊下を歩き、ついに今いる独房の前にくると男に後ろから突き飛ばされてつっぷした。

そのときには、わたしは大の字につっぷして幸せだった。というのも、すでに言ったように、てっきり処刑されるものと思っていたからだ。実際、いまだに本当はそうじゃなかったのかどうかわからないでいる。男はたしかに処刑人のような格好をしていた。だがそれはただ脅すためだけのものだったのかもしれず、あるいはひょっとしたら他で仕事があったのかもしれない。

士官は続きを探して机に散らばった紙をかきまわしたが、見つける前にまたしても同級士官が部屋に入ってきた。「やあ」と士官は言った。「寝たんだと思ってたよ」

「寝たよ」と同級士官は言った。「寝に行って、寝た。しばらく眠った。それから目が覚めて眠れなくなった。暑すぎて」

士官は肩をすくめた。

「そっちの件は？」

「まだ事実を整理してるところだ」

「梗概は送られてきてないのか？　あるはずだぞ」

「かもね。でも、この山の中に隠れて見つからない。手紙はあるし、このテープの中にもう少し詳しい梗概があるかもしれない」

「こいつは?」カンバスで綴じたノートを手に取った。

「ノートだよ」

「被告のか?」

「たぶんね」

同級士官は眉を持ちあげた。「知らないのか?」

「はっきりしないんだ。なんだか、このノートは……」

同級士官は続きを待ったが、士官は何も言わなかった。しばらくして、同級士官は言った。「なんか忙しそうだから失礼しとくよ。医者を起こして、何か眠れる薬をもらえないか頼んでみるよ」

「瓶ごともらえ」士官は出てゆく同級士官の背に声をかけた。彼が出てゆくと、ふたたびカンバスで綴じたノートを取りあげ、適当なページを開いた。

「ええ、先生と同じ人間ですよ。ほとんど人前に出てこない醜い妻がいて、十五歳くらいの息子がいます」

私　「だが、アンヌ人だと言い張ってる?」

ド・F氏　「インチキですよ、おわかりでしょ。自分の頭の中のアボの話をしてるだけでして——

ああ、そりゃもう楽しい話をしますとも、ムッシュー」

（インタビュー終わり）

ハグスミス博士もやはりこの乞食の話をしており、わたしは彼を探してみることにした。アンヌ人だと主張が虚偽のものだとしても——その役を作りあげる過程で本物の情報を拾っているかもしれない。それにまた、たとえ偽物でもアンヌ人の発見は魅力的であった。

＊
＊　＊

三月二十一日　乞食と話をする。男は〈十二人目の歩き手《トゥエルヴウォーカー》〉と名乗り、アンヌ人の最後のシャーマンの直系の子孫であり、それゆえ王位——あるいはなんであれたまたまそのとき望んでいるもの——の正統な継承者であると主張していた。わたしの意見では、実際にはアイルランド系であり、ナポレオン戦争のころに自分の島を離れてフランスに渡った冒険好きなアイルランド人の子孫であろう。いずれにせよ、男の教養ははっきりフランス系、顔はまちがいなくアイルランド系に思われた——赤い髪、青い目、長い上唇は見まがいようがない。

どうやら偽のアンヌ人さえも姿をくらますのは得意らしく、男を捕まえるのは予想していたよりずっと面倒だった。みんなが男を知っており、これこれの酒場に行けば見つかる、とわたしに告げるのだが、どこに住んでいるのかは誰も知らないようだった——そして、当然、男が「いつも」いるはずの酒場にはどこへ行ってもいなかった。ようやく男のねぐらを見つけたときには（あれを家と呼ぶことはできない）、自分がそれまでにその前を何度も通り過ぎていながら、人間の住み家と思っていなかったことに気づいた。

ここらで書いておくべきだろうが、フレンチマンズ・ランディングはテンパス川の河岸、河口から十マイルほど上流に築かれている。波止場と呼ばれているのは、したがってぬかるんだ河岸で、黄色い塩分まじりの濁水の反対岸にはさらにみすぼらしい建物が身を寄せ合っている——ラ・ファンジュである。サント・アンヌの双子姉妹であるサント・クロアは高さ十五フィートの波を起こし、フレンチマンズ・ランディングよりはるか上流まで潮汐の影響が及ぶ。満ち潮のときには水はまったく飲めなくなって、海の魚——とわたしは言われたが——が桟橋の先で釣れる。そのときには桟橋の床は川面からわずか数フィートになり、空気は新鮮でかぐわしく、街が立っている高台をとりまく沼沢地は、緑色に輝く塩水に縁取られた透きとおった池のどこまでも続くレース模様のように見えるのだ。だが数時間で潮は引き、それとともに川と周囲の土地からも生命力が干上がった。桟橋は十二フィートの腐りかけた木の脚の上に孤立した。川には無数の泥の島があらわれ、沼沢地はわびしく悪臭を放つ泥の塩浜となって、夜には、燐光をはなつガスの鬼火が死んだアンヌ人たちの幽霊のように浮かんだ。

波止場自体は、おそらく、地球の似たような港町とさして変わらないが、ただ当然のものと思っているロボット・クレーンがないのと、地球ではあらゆるところにはびこる廃棄物圧縮建材のかわりに当地の建築材料が使われている点だけが違っていた。十二年前には、この桟橋でも旧式の原子力船が当たり前だったという。だが、今では惑星には気象衛星のネットワークが張りめぐらされ、ここでも地球と同じように新型の安全な帆船が利用されるようになっていた。

乞食のねぐらは、ようやく見つけてみれば、古いボートを逆さまにひっくり返し、ありとあらゆるガラクタを支え棒にして地面から持ちあげているだけのものだった。こんなところに住める人間がいるのかとなおも疑いながら、ポケット・ナイフの鞘でボートをノックすると、ほとんど即座に十五、六歳の黒髪の少年が顔を出した。わたしを見ると少年はボートの縁をくぐって出てきたが、そのまま立ちあがらずに、膝をついたまま両手を伸ばして、金をせびるための、ほとんどは意味不明の鳴き声を出した。わたしはてっきり知恵遅れと思い、さらに少年は歩くこともできないのかと思ったが、それと言うのもわたしがたじろいで後じさりするとそのまま膝をついた格好でついてきたが、その動きが生まれつきのように機敏だったからである。三十秒ばかりこれが続き、わたしはとりあえず黙らせて質問しようと小銭をやったが、コインがわたしの手から消えるやいなや老人の、つまりは赤毛の乞食の頭がボートの下から突きだした（まちがいなく、そこから息子の技量を観察していたのだろう）。

「ありがとうございます、旦那様！」と老人は言った。「見てのとおり、わたくしはキリスト教徒ではございませんが、哀れなこの子に旦那様がくださった憐れみがイエス様とマリア様とヨセフ様に、あるいはまたもし旦那様がプロテスタントでいらしたら、イエス様だけと父なる神と聖霊に祝福されますように。十たびもこの世から消された我が民が言うように、山が旦那様を祝福し、川と木と大海と天のすべての星と神々が祝福されますように。その宗教的指導者であるわたくしより申し上げます」

わたしは礼を言い、なぜかは自分でもよくわからないが、そこで名刺を手渡すと、男はうやうやしく、一瞬決闘の介添人か恋の取り持ち役を勤めるつもりかと思ったほど丁寧に押し頂いて受け取った。男は名刺を見て叫んだ。「おお、博士様でいらっしゃいましたか！　おい、ヴィクター、お客様は哲学博士様でいらっしゃるぞ！」そして名刺を少年の目の前にかざしたが、少年の目は、男の小さな青い目と異なり、大きく海のような緑色だった。

「博士様、マーシュ博士様、わたくしは学はございません――見てのとおりで――ですが教育を、学問を尊敬することに関してはは人後に落ちぬつもりでございます。わたくしの家は」乞食はひっくり返したボートを、四分の一マイルも離れたところにある大宮殿であるかのような手振りで指し示した。「旦那様のものです！　わたくしと息子は本日まる一日旦那様にお仕えさせていただきます――もしもお望みでしたらこの月が終わるまででも。そしてもしもわたしどものご奉仕にささやかな俸給を下しおかれるお気持ちがございましたなら、誤解なきよう前もって申し上げておかなければなりませんが、わたしどもは象牙の塔にお住まいの先生より商い豊かな黄金の光沢を望んだりはいたしません。そしてまた、祝福ある天の定めし法により、正服者の金箔ははるかに――はるかに、と申したぞ」（少年をつつき）「――商人の黄金より価値あるものなのです。なんでもお申し付けください」

ときどき観光客をアンヌ人にとっての聖地に案内しているそうだが、と水を向けると、ただちに家の中に案内された。

ひっくり返したボートの下には椅子はなかった。高さが足りなかったのだ。だが古い救命用浮輪と正方形に折りたたんだ帆布が椅子がわりになり、小さなテーブルもあった（貧乏な日本人家庭で使われそうなものだ）が、防水シートを敷いた地面からの高さは手の幅の二倍分ほどだった。父親はランプを灯し——油を流した浅い皿に灯心を浮かべただけのもの——かしこまって小さなグラスに、後で判明したが、五十度のラム酒を注いだ。わたしがグラスを受け取ると、男は言った。「旦那様は我らが父祖たち、この星の王たちの聖なる場所を見たいとおっしゃる！　先生、もちろんお見せできますとも——まさしく他ならぬわたくしだけが正しくお見せできますし、重要性を説明できますし、旦那様をその過ぎ去りしときの精神へとお連れできるんです！　ですが博士様、本日はもう遅すぎます。とうに満潮はすぎました。もし明日おいでいただければ、午前中のうちに——あまり遅くてはなりませんが——わたしどもはゴンドラのように楽しく沼沢地を飛んでゆけましょう。旦那様は汗をかかずとも、わたくしとこれなる息子とが漕ぎ棹さして、旦那様をどこでも行かれたい場所へお連れし、見る甲斐のあるものはすべてお見せいたします。写真をお撮りになってもよろしいですよ——なんでもお好きに——わたしと息子が喜んでポーズをとりますので」

料金はいくらぐらいかと訊ねると、男は妥当と思われる額を言い、急ぎ付け加えた。「お忘れなきよう、二人の男が五時間ご奉仕いたしますんですよ——それにボートも使えます。他では決して味わえぬ経験です！——旦那様が見たがってらっしゃるものを正しくご案内できるのは他ならぬわたくしだけです」わたしが支払いに同意すると、父親が付け加えた。「もうひとつあります——お昼です。三人分の食事が要ります。お金を置いていっていただければ、わたくしが用意いたしますが」わたしが眉をひそめると、急いで付け加えた。「それとも旦那様にお持ちいただくんでも――お忘れなきよう、三人分ですんで。ワイン一本と鳥一羽というところで。

ところで、先生にたいへん珍しいものをお見せしたいんですが。少々お待ちください」乞食は隣にあった段ボール箱に手を突っ込み、赤い布を敷いたブリキ皿を取り出した。皿の上にはさまざまな石を削り磨いて作った矢尻が二ダースばかり載っていたが、中にはまちがいなく普通の色ガラス、おそらくはウィスキーの空き瓶から作ったらしいものもあった。鋭く尖った縁から、新しいものだとわかった（一般に、古い火打ち石や黒曜石から作られた石器は砂粒との摩擦で鋭利な部分が丸められてしまう）。風変わりなかたちからも――非常に幅が広く、二つ、三つと棘が突きだしている――雑な作りからも、それが使うためでなく見せるために作られたのは確実だと思われた。

「アボの武器ですよ、先生」と乞食は言った。「息子とわたくしめが、ボートも我々も雇われぬときに集めてきたものです。フレンチマンズ・ランディングならではの、本物の記念品でございます。当地は世界のどの場所よりもアボが多く住んでいた場所なのです。というのもここは我が父祖たちにとっては聖なる場所で、先生方にとってのローマやボストンみたいな土地でして、しかも魚と動物とありとあらゆる食べ物が獲れる楽園で、という話は明日沼に出たときにお話しますし、うまくいけば息子がアボ式の魚や動物の狩りをお見せできますが、それはこうしてお勧めしている見事な細工の今では高価な道具を使わないやり方でございます」

そうしたものを買う気はない、と言うと、乞食は言った。「先生、これはまたとない機会ですよ。

これはロンスヴォーの博物館にも買いあげられて、そこからいくつも複製が作られて世界中に、サント・クロアにまで複製は送られております。つまりこれは世界中で高く評価されておる訳でして、少なくとも当惑星系では」乞食はいちばん大きな、割れた燧石の芯を差し上げた。棍棒に使って動物を殴り殺すほうがよほど簡単そうなものだ。「なんでしたらこの裏にピンをつけまして、ブローチにしてご婦人が飾れるようにもできますよ。たいへんいい記念品となります」

わたしはすでにロンスヴォーで矢尻の標本を見ていた。「いや、遠慮しておくよ。でもきみの仕事はたいしたものだよ——これだけのものを自分一人で作ってるなんて」

「いえ、そんな！　見てください」乞食は両手を挙げた。「先生、わたしどもアボにはそうした仕事はできません。わたくしの手を見てやってください」

「さっき、アボがこれを作ったって言ったじゃないか」

それまでずっと黙って話を聞いていた少年が小声で言葉を挟んだ。「歯で」意味不明の物乞いの鳴き声以外で、少年の声を聞くのははじめてだった。

「わたくしはアボの中でも無器用な方なんでございます」と父親は抗議した。「おからかいになりますか——自分の靴ひもさえ満足に結べないこのわたくしを。先生、わたくしにできるのはボートを棹さすことくらいです」

「それなら息子さんが作ったんだろう」とわたしは言ったが、そう口にした瞬間、まちがいに気づいた。少年の顔は傷つきやすい青年期にはちょっとしたことでも覚える苦痛に歪み、父親は大得意で吹聴した。

「こいつが！　先生、こいつなんざわたしよりも酷くて、できることといったら他の子と喧嘩して、それも負けてばかり、それに図書館で借りてきた本を読むことくらいですわ。瓶の蓋の開け方さえ覚えられないんですからな」

「それなら最初に言ったとおりだろう——きみが自分で作ったんだ。石器を割るにはそれなりの技が要るが、バイオリンを弾くほどじゃない。片手で石を押さえ、もう一方で槌を握る。要は石をどこに置くか、どのくらい強く叩くのかというだけだ」

「なんだかご自分でもやられたことがあるような話しぶりですな、先生」

「あるよ。言わせてもらえば、これよりはマシなものを作った」

思いがけず、少年が言った。「〈自由の民〉はそんなものは使わない。蔓と草を編んで網は作るけど、何かを切りたいときには歯で切った」

「もちろん、この子の言うとおりで」乞食はがらりと口調を変えた。「でも先生は裏切ったりはなさらないでしょ？」

わたしはもしロンスヴォーの博物館から意見を求められたら思うところを述べるが、わざわざ自分から進んで糾弾するほどの問題とは思わない、と告げた。

「何かはないといかんのです」と乞食は言い、わたしははじめて男から金をせびる以外の言葉を聞いたような気がした。「何か売り物にするものが。何か手に取れるものがないとね。真実は売れません——そう女房には教えてました。そう息子にも教えてます」

それからすぐに、翌朝訪れると約束して、わたしは辞去した。二人への印象は——疑いなくまがい物ではあったが——予想していたよりも悪くなかった。聞いていた話と異なり、まちがいなく老人はアル中ではない。五十度のラム酒の瓶が手元にあって、素面でいられるアル中はいないだろう。男が酒場で物乞いをするのはそこがいちばん財布の紐がゆるいからだし、無料酒にありつける可能性も高いからだろう。少年も金目当てでやっている不具者のふりをやめれば聡明そうで、緑の目、白い肌、黒い髪をした繊細なハンサムでもあった。

＊
＊　＊

三月二十二日　二人の乞食、父と息子に十時少し前に会う。昨日は持ってこなかったのだが、今度はテープレコーダーを持っていくのを忘れなかった（昨日記録した会話は、記憶のかぎりでは真実であり、出来事の直後に書いたものだが、それ以上の保証はできない）。さらに昨日、地元で購入したショットガンを、沼地に食用になる水禽類がいたときのことを考えて持参した。二十ゲージだったので本来ならその用には小さすぎるのだが、他には農家用に製造されている粗雑な作りの単発銃しかなかった。下宿先の大家も銃を持ってゆくように勧めてくれ、獲物を撃ったら、肉を半分もらうかわりに調理してくれる、と約束してくれた。

（先回りしてしまうが、わたしは運良く、美味だと乞食から教えられたヨシドリと呼ばれる鳥のかなり大型のものを三羽仕留めることができた。ガチョウよりもわずかに小さく、オウムやインコのような鮮やかな緑色をしている。乞食はこの鳥がアンヌ人の好物だったと言い、今夜の夕食を味わ

うかぎりはそれは本当だろう。とは言え、アンヌ人の食事についての男の知識はわたしと五十歩百歩だったはずである）

着いたときにはボート小屋は跡形もなく、あった場所はただのゴミ捨て場になっていた。少年は上半身裸に素足という格好で近くの建物にもたれて立ち、父親がボートを見ていると告げた。すぐにわたしからランチを詰めたバスケットを受け取り（大家が用意してくれたものだった）、もしわたしが許したら、ショットガンとテープレコーダーも持っていきそうな勢いだった。

少年は波止場を歩いて小さな浮き桟橋（少年は「ステージ」と呼んだ）に案内し、そこでは父親が、青いシャツと古い赤スカーフ姿で、昨日までは屋根だったボートの上に立っていた。父親はすぐに約束した金の支払いを求めたが、議論ののち、半額前払いということで落ち着いた――残りはツアー終了時に支払うこととする。わたしはそれからボートに（実を言えば、かなり恐る恐る）乗りこんだ。少年はわたしの後から跳びうつり、船は出た。父と息子がそれぞれオールを漕いだ。

五分ばかりのあいだ、港に泊まる船のあいだを抜け、ほとんど感知できないほどゆるやかにうねる川に出ていった。やがて二艘の巨大な四本マストのあいだに、あたかも岩の裂け目から信じがたい緑の谷をかいま見たように、サント・アンヌの広大な未開の沼沢地が広がっていた。それこそは地球からの星船が渡って来る前は（まさしく老乞食が語ったように）アンヌ人たちの楽園だったのだ。父と子はオールを漕ぐ手に力をこめた。一方の大型船の船員がおざなりに毒づいてきたが、船は二艘のあいだを滑り抜けてテンパス川の、なおも満ちつつある潮に増水して広がる川面に出ていった。

「大海まではここより五キロ」父親が説明をはじめた。「もしも旦那様のお許しが得られますならば――」

言葉は、何かわたしの背後に見えたもののために、途切れた。わたしは船尾の座席の中で体をひねって見ようとしたが、最初は何も見えなかった。

「左の船の大帆桁のそば」少年が小声で告げた。それでわたしも、空に浮かぶ、落ち葉ほどのサイズの銀色の物体に気づいた。三分もすると頭上に達したが、鮫のような形をした一マイル半ほどのサイズの軍用飛行機だった。正確には銀ではなくナイフと同じ色で、両脇には、観察窓かレーザー照射口かあるいはそのどちらでもある小さな点が並んでいた。父親が言った。「手を振らないでくだされ」それから少年にフランス語で何かを言ったが、最初と最後しか聞き取れなかった。「Faites attention... Français!」おそらくは「自分がフランス人だというのを忘れるな」という意味だと思う。少年は何か聞き取れない言葉を返し、首をふった。

まず最初に、アンヌ人の宗教では川自体が聖なる存在だという乞食の言葉にしたがって、海に出るといくつもに別れ、蛇のようにくねるテンパス川の喉を通っていった。小さなボートは思っていたよりもはるかに巧みに荒波を乗り切り、最北の河口から一マイルばかり離れた北の砂浜に乗りつけた。「ここそが」と老人は言った。「まさにその場所でございます」そう言ってフランス語が刻まれた小さな石碑を見せた。そこにはサント・アンヌに到達した最初の人類が二十五キロ海上に着水し、ボートによって今我々が立っている場所に上陸したと記されていた。この小さな砂浜に立ったときほど、自分が未知の世界にいるのを意識したことはない。砂浜にはたくさんの貝殻が散らばっていたが、どれもどこかしら見慣れぬものであり、たとえ地球の浜にあったとしても、一日で、地球の波には洗われたことがないものだとわかっただろう。

「ここに」と老人は言った。「上陸いたしました――最初のフランス人が。旦那様、アボなど元より存在したことがないと信じている者も多くいます。ですが申し上げますが、ボートが岸についたとき、フランス人は見たんです――」

「沼地の民だった」息子が割って入った。

「大海にうつぶせに浮かんでいる男を。男は小さな貝殻を束ねた鞭で打たれて死んでおりました――それが彼らの習わしで、ときに生け贄を捧げたのです。フランス人たちはここで死体を見つけ、ときに〈東風〉とも呼ばれる我が偉大な先祖が、彼らと平和を結びました。旦那様はもちろんお聞きになっていないでしょうし、最初の船の日誌はサン・ディジエの町が消えたときに焼き尽くされてしまいました。ですがわたくしは話しました。老人と、その六十年前には最初の小さなゴムボートに乗っていた一人をよく知っていた老人と話したがゆえに、わたくしは知っているのです」

わたしたちは川から離れて、大きな流砂の穴まで歩いた。ここは〈砂時計〉と呼ばれ、父親によればアンヌ人が仲間を閉じこめるのに使っていたのだという。少年は中に滑りおりて独力ではそこから抜けだせないというのを示してくれたが、わたしは少年が大げさに見せているのではないかと疑って自分でも滑り降りてみたので、結局父親がこのためにボートに積んできたロープを投げて、二人を引っ張りあげてくれることになった。側面は切り立っていたわけではないが、砂がとても柔らかいので、独力で登るのは不可能なのである。

〈砂時計〉を見たあと、わたしたちはボートに戻り、また別な河口から川に戻って沼沢地へと抜けた。波打つ塩水性の葦のやぶの中、静かな潮汐池を抜けていった。ここで三羽のヨシドリを撃ち、少年が泳いで仕留めた獲物を獲ってきてくれた――「猟犬のように素早く」と書くところだったが、実際には、どんな犬よりも上手に、まるでアザラシのように見事な泳ぎだった。だから水中を泳いで下から水鳥に近づき、足をつかんで捕まえることもできる、と父親から聞かされても、たやすく信じられた。彼（少年）は潮が引いたときにはいい釣り場にもなる、と言い、父親が付け加えた。

「ですが先生、街では金にならんのです――街の連中はもう魚は足りとるとかで」少年が言った。

「売る魚じゃなくて、食べる魚」

アンヌ人の寺院（または観測所）は入植者が薪を求めたせいで荒らされ、木は枯れかけた数本を残してみな切り倒されていた。だが並んだ切り株からは比較的たやすく人類到来前の様子が再現できた。四百二（サント・アンヌの一年の日数）本の木がほぼ百十フィート間隔で生えており、およそ直径三マイルの大きな円を作っていた。切り株からはそれぞれの木は直径十二フィート以上に達していたのがわかり、したがって切り倒されたときには、隣同士の枝の先がくっついていたはずである。遠くから見れば確実に、見ているすぐ前の部分以外はひとつながりの壁のように思われただろう。この輪の中には他には何も植えられておらず、遺跡もなかったようだ。おそらくはアンヌ人はこの木を日を数えるために使っており、なんらかの印を木から木へ、枝からぶらさげるかたちで移していったのだろう。それよりも高度な天文学がここで行われていたとは考えづらい（だが、地球で一部の学者が主張しているような、アンヌ人の「寺院」が自然に育ったものだという考えは馬鹿げている。これはまちがいなく知的存在が植えたもので、疑う余地なく最初のフランス人の着水より百年以上遡るものである。わたしは四本の切り株の年輪を数えてみたが、平均してアンヌ年で百二十七年前だった）。

わたしは切り株の場所と、それぞれのおおまかな大きさをざっとスケッチした。切り株はいまや急速に腐敗しはじめており、もう十年もすれば、その場所をたどることさえできなくなってしまうだろう。

スケッチを終えたときにはもう潮は引きはじめていたが、さらに数マイル川を遡り、岩の露頭を見るために止まった――沼沢地内ではきわめて珍しいものである――父親は元々は座りこんだ男のかたちをしていたのだと主張した。彼が言うには、フレンチマンズ・ランディングとラ・ファンジュの住人のあいだで信じられている迷信があり、この自然の彫像の膝の上に座るか寝るかしているあいだは不道徳な、倒錯した行為も神の目には見えないのだという。さらにこの信仰は元々アンヌ人に由来するものだとも述べたが、少年の方はそれを否定した。岩はいまではすっかり摩耗している。

街に戻る途中で、川を百マイル以上遡ったところに聖なる洞窟があるという噂を思い出した。当地の科学研究における大きな欠落として――少なくとも、これまでのところ――原住のアンヌ種族がたしかに存在し、おそらく今なお生息しているにもかかわらず、頭蓋骨もはっきり確認可能な骨もいまだ記載されていないということが挙げられる。わたしのような、ウィンドミル・ヒル遺跡やレゼジーの岩窟、ペリゴールの岩穴やアルタミラやロスコーの洞窟壁画の話で育てられた人間には、アンヌ人の聖なる洞窟という存在は堪えられなかった。沼沢地のようなところでは、そこで死んだ生き物の骨格が破壊されないで残ることなど、万に一度しかあるまい。だが洞窟では、逆に万に一度のことがないかぎり、保存されるはずだ。そしてアンヌ人がそうした洞窟の深淵を埋葬地にしていたとしても、地球の未開人にもそうした例はあるのだし、おかしくないのではなかろうか？　壁画が存在する可能性さえある。ただしアンヌ人は道具を作る段階には到達していなかったように思われるが。今夜、今これを書いている最中にも、わたしは洞窟を探しに行く旅の計画を練りはじめている。その洞窟はテンパス川を見下ろす岩壁に口を開けているはずだ。ボートが必要だ（場合によっては一艘以上）。滝や急流を避けて地上を運べるくらい軽く、流れに逆らって上流に進めるくらい強力なエンジンを備えているもの。一人がボート（一艘以上）で待機して、少なくとも（安全のため）三人が洞窟に入れるくらいの人数が必要だ。わたし以外に一人、教育を受けており発見するかもしれないものの重要性を認識できる人間が必要だ。そして可能ならば、山岳地帯に親しんでいる人間が一人以上いた方がいい。どこでそんな人間を探せばいいのか――そしてもし見つかったとして雇う金をどうするか――はさっぱりわからない。だがこれから人に会うときには、つねにその可能性を念頭におこう。

フレンチマンズ・ランディングまで戻るあいだに乞食とその息子と交わした会話のことをあやうく書き忘れるところだった。男がアンヌ人だと主張しているために（疑問の余地なく虚偽）、このソースから得られた情報はすべて汚染されているものと見なさなければならないが、それでもなお興味深い内容であり、録音しておいて良かったと思っている。

R・T「先生、そうやってアボのお話をなさるんでしたら、ここへ来たいと思ってらっしゃるご友人の方に、是非とも、わたしどもがきちんと聖地をご案内さしあげたことをお伝えいただけるとありがたいんでございますが」

私「もちろんだ。これが主な稼ぎになってるの？」

R・T「そうなるとありがたいんですが、こっちの思うほどでは。正直なところを申しますと、先生、昔はまだ良かったです。木ももっと残ってましたし、彫像の姿もまだわかりましたし。わたしどもの家族も――お察しください、いつも昨日みたいな暮らしをしているわけではありません。今でもしませんよ、山から雪嵐が吹き降りてくる冬には。それはできません」

V・R・T「母さんがいたころは、家があることもあった、ときどき」

私「トレンチャード、奥さんはお亡くなりになったのかい？」

V・R・T「死んでない」

R・T「おまえに何がわかる、この低脳が。顔も知らんくせに」

V・R・T「母さんとぼくは、ぼくが小さいころ、夏には丘に行ったんですよ、ムッシュー。そこでは自由の民が暮らすように暮らして、こっちに帰ってくるのはぼくが寒さに耐えられなくなってからだった。母さんは自由の民のあいだでは、冬になるたびに子供がたくさん死んだと言ってて、でもぼくは死なせたくなかったから、冬になると戻ってきたんだ」

R・T「役立たずの女ですよ、先生。へっ！　まともに料理もできやせん。くそ――が」（ボートの外に唾を吐く）

少年は赤面し、しばらくのあいだ口をつぐんでいた。それからわたしは、あの見事な泳ぎを覚えたのは、母親と丘で暮らしているときなのかと訊ねた。

V・R・T「うん、彼方の向こうで。ぼくも、母さんも川で泳いだ」

R・T「先生、アボはみんな泳ぎがうまいんです。わたくしも若い頃はそれは見事に泳いでいたもんで」

わたしは老ペテン師の言葉に大笑いし、きみがアボだというのはよくわかったが、フィールドワークを切りあげる前に他のアボにも会いたいものだ、と告げた。矢尻の話をしていたので、彼もわたしを騙せていないことはわかっており、ただにやりと笑っただけだった（かなりの歯が欠けているのがわかった）。それから、それならば目的はなかば達成されている、息子はアボとのハーフだから、と言った。

V・R・T「先生、先生は何も信じないけど、それは本当です。それに父さんが母さんのことを言ったのは本当じゃあない、女房は――って言ったけど。母さんは女優だった、すごくいい女優だ」
私「じゃあ、アンヌ人みたいにふるまって金をせびるのはお母さんから教わったの？　正直に言うけど、最初にきみを見たときは知恵遅れなのかと思ったよ」
R・T（笑）「こっちもそう思うことがありますわい」
V・R・T「母さんはぼくにたくさんいろんなことを教えてくれた。たしかに、みんながアボって言う人間みたいにふるまうとかも」
R・T「先生、さっきあいつのことを悪く言いましたけど、そりゃああいつが出ていったからです。わたくしが追いだしたんですがね。でも息子の言うことは本当です。あれは立派な女優だった。よく芝居をしましたよ、あいつと二人で。あれにどんなことができたか、とうてい想像できますまい！　あいつが男に話しかければ、相手は少女だと、処女だと、学校出たての娘だと信じこみました。でももし相手を気に入らないとなれば、あれは老婆になったもんです――おわかりか、声の調子、顔の筋肉、歩き手をさしのべる動作――」
V・R・T「何もかも！」
R・T「先生、結婚したとき、あれはいい女でした。何を聞いとるか知らんが、そんなことはお忘れなされ！　この子は私生児なんぞじゃない。わたしらはサン・マドレーヌの教会でちゃんと式をあげました。あのときあれは本当に美しく、素晴らしかった」（片手をオールから離し、指にキスした）「あれは芝居じゃなかった。だけどそのあと寝ると、もう隠せなかった。どんな女も眠ったときには本当の年が出るもんです。先生はご結婚は？　よく覚えておきなされ」

私（少年に）「でも、お母さんがきみにアンヌ人のふるまいを教えてくれたということなら、お母さんはアンヌ人を見たことがあるということになる」

V・R・T　「うん、もちろん」

R・T　「あいつらは隠れとるんですよ、アボどもは」

私　「じゃあトレンチャード、きみは真剣に、いまでもアンヌ人は生息してるって信じてるのか」

R・T　「そうじゃない理由がありますか？　彼方の向こうにはいまだ何千ヘクタールも、人が足を踏み入れたのことのない土地が広がっとります。そこには以前と変わらず、食べられるけものがいて、魚もいる。アボはもう沼沢地の聖地に来ることはない、それはそうでしょう。でも他にも聖なる場所はございますよ」

V・R・T　「湿地人は山の自由の民とは違う。ああいう場所は自由の民には聖地じゃない」

R・T　「そうかもしれんなあ。先生、わたしどもは一口に『アボ』と言ってますな。でも本当はあいつらにもいろいろあるんです。さっき先生は『どこにいるんだろう？』っておっしゃいましたが、なんで姿を見せたがると思います？　サント・アンヌの全世界は、もともとぜんぶあいつらのものだった。農夫は考えますな、「もしこいつらが、結局のところ自分と同じ人間だったとしたら？　あのデュポンって奴、あいつは切れる弁護士だ。もし連中があいつを雇ったら？　もし弁護士が判事にこう言ったら――フランス人でなくてわしらを憎んでる判事に――こう『このアボと呼ばれている男は何も持っておりません、ですがオジェの農場とされているものは彼らの一族のものです――オジェに売買証書を提出させていただけますか?』」先生、もし農夫が自分の農場にアボがいるのを見たら、どうすると思われますね? 人に言いますか、それとも撃ち殺してしまいますか?」

つまりそういうことである。アンヌ人は、たとえ生き残っているとしても、怖がって隠れている。それも故あってのことだ。そして目撃した人、存在を知っている人も、多くはその存在を報告しないだろうし、問われても認めることさえないかもしれない。

「たくさんの連中」ということについては、そこから自分が見たものは人に似ているときもあり、古い木に似ていることもある、と言った男の話が思いだされた。真実は、実のところ、報告は非常に矛盾に満ちているということである。わたしがおこなったインタビューだけでも、たびたび二人の人が同じものについて話しているとは思えなくなることもあり、初期の探検家による報告は――その中で残っているものは――これ以上の不一致を見せる。まちがいなくもっとも空想的なものは純粋に神話だろう。だがそれ以外にきわめて多数、原住種族について、有史以前におこなわれた移民の子孫ではないかと思われるほど、人類に似ているとする報告がある。実際、よく似ているからこそトレンチャードはカモとなる相手に自分がアンヌ人だと信じこますことができたのだし、そして植物、鳥類、哺乳類がきわめて地球産に近い世界では、人類にそっくりの存在も不可能ではないだろう――人類に似た形態こそこの生物圏には最適なのかもしれない。

士官はふたたびノートをテーブルに置き、目を手の付け根でこすった。伸びをしたとき、戸口から奴隷が小さく声をかけた。「ご主人様《メートル》……」

「ああ、なんだ?」

「カッシーラです……ご主人様はまだお望み――」士官の視線を受けて、奴隷は急ぎ去り、数分後連れ戻ってきた少女を部屋に押しこんだ。娘は背が高く細身で、長い首と丸い顔が優美に見えた。色あせたつんつるてんのギンガムの作業ドレスを着て、(士官は知っていたが)その下には何も身につけていない。娘は疲れているように見えた。

「入れ」と士官は言った。「座りなさい。飲みたければ、ワインがある」

「ご主人さま……」

「ああ、なんだ?」

「もう夜も遅いです、ご主人さま。わたしは起床ラッパの一時間前に起きて朝食の準備をしないとならないので――」

士官は聞いていなかった。テーブルの録音テープを適当に取り、再生装置に通した。「仕事だ。聞きながら楽しむとしよう。灯りを消しなさい、カッシーラ」

Q　なぜここに連れてこられたのかわかっているか?

A　この監獄に?

Q　自分が何をしたのかはよくわかっているはずだ。この尋問にだよ。

A　わたしは自分がなんの嫌疑に問われているのかも知らない。
Q　そんな目くらましが通用するとは思わんことだ。なぜサント・クロアに来た？
A　わたしは人類学者だ。サント・アンヌでの発見について、研究者仲間と論じあいたいと思っていた。
Q　サント・アンヌには人類学者はいないとでも言うのかね？
A　ちゃんとした者はいない。
Q　こっちが何を聞きたいかわかっているつもりなんだろう？　自分が頭がいいと思ってるんだ。姉妹世界に対する政治状況を見て、向こうをくさせば自由が買えると思っている。そうだろう？
A　これだけ長いあいだ監獄に閉じこめられていれば、何を言っても自由なんか買えるわけがないとわかる。
Q　そうかね？
A　何を書いてるんだ？
Q　きみには関係ないことだ。本当にそう思っているなら、なぜわたしの質問に答える？
A　もし釈放する気がないなら、なぜこちらに質問するんだ？　と問いかけるのも同じくらい有効だろうね。
Q　わたしが「おまえには共犯者がいるかもしれない！」と返したらどうする？　煙草は吸うかね？
A　そういうのはもう流行らないんだと思ってたよ。

Q　からかってるわけじゃない――ほら、シガレット・ケースだ。これは純粋に好意の表現だよ。
A　ありがとう。
Q　それからライターで火をつけてあげよう。深く吸い込みすぎないようにしたまえ――煙草は久しぶりだろう。
A　ありがとう。気をつける。
Q　きみはいつも気をつけるようにしているね？
A　なんのことだかわからない。
Q　それが科学的精神というものだと思ったが。
A　データを取るときは細心に気をつける。確かに。
Q　だが、きみは我々とサント・アンヌ政府との関係については一足飛びに結論に飛びついた。
A　いや。
Q　きみはサント・アンヌから来てからわずか一年ほどだが、戦争の機が熟していると思っている。
A　いや。
Q　そして彼らの勝利によってきみは解放されると信じている。
A　わたしがスパイだと思っているんだな。
Q　きみは科学者だ――とりあえず今この瞬間はそうだと仮定しよう。それでいいかね？
A　わたしは仮定に慣れている。
Q　わたしはきみが所持していた書類と、名前に続く言葉を調べた。きみのことはこう呼ぼうか。

「ポーランド伯爵、一等勲爵士《K・G・C》
Rx および Q. E. D.
ブラッド・レッド・ダーク大支部長《グランド・マスター》
および R. O. G. U. E.（悪党）」

きみはとても若く見えるな。

A　地球からわざわざ老人を送りこんでもしようがないだろう。

Q　きみの若く快活な、だが科学的精神に、政治科学の分野での仮説を提示してみようと思うんだがね。つまり殺人者は最高のスパイになるし、スパイにはたびたび殺人の機会が訪れるんじゃなかろうか？　これに反論するのは難しいんじゃないか？

A　わたしは人類学者だ。政治科学者じゃない。

Q　飽きずにそうくりかえしているようだね。ところで人類学者というのはより単純な社会の習俗に関心を持つものだろう。彼らはお互い同士でスパイしあったりはしないのかね？

A　多くの原始人は、ただ自分の勇気を示すためだけに戦争をする。だから戦争に勝てない。

Q　きみはわたしの時間を無駄にしている。

A　煙草をもう一本もらえないか？

Q　もう吸ってしまったのか？　いいとも。火も。

A　ありがとう。

Q　ここでは誰を暗殺するつもりだったんだ？　きみが殺した男ではあるまい――あれは必要に迫られた間に合わせの犯行だ。簡単には近づけない人間、警備が厳重な人間だろう。

A　わたしは誰を殺したことになっているんだ？

Q　質問に答えるのはわたしの役割ではない。その問いに答えれば、一切犯罪をおかしていないというきみの主張にほんのわずかでも真実が含まれている可能性があると認めることになるが、我々はそうしたことは認めない。真実は我々から得られるものであり、きみからではない。我々は人類の歴史上特筆すべき政府なのだ。なぜなら我々は、我々だけが、すべての賢者が教え、だがすべての政府が受け入れたふりだけしている原則を真に受け入れているからだ。つまり真実の力だ。そしてそれを受け入れているから、我々の統治はいかなる政府とも異なっている。きみは何度も自分の罪はなんなのか、なぜ自分は拘留されているのかと訊ねた。なぜかと言えば、我々はきみが嘘をついていると知っているからだ――わたしが何を言っているかわかるかね？

A　わたしが逮捕されたとき、ある女の子が、マドモアゼル・エティエンヌという娘がカードを渡されて、それを持っていけば指定された日に面会できると言われていた。きみは約束は守ると言う。でも彼女は一度も面会に来ない。

Q　それは彼女が申請しないからだ。

A　なんであんたにわかるんだ？

Q　わかるとも！　まだわからないのか？　それが我々の秘密であり、それが真実なのだ。きみは彼女がカードを渡されたと言ったが、それはどんな場合にも必ず渡されるものだ。し、た、が、って、もしもきみが彼女に会っていないのなら、それは相手が面会を申請していないせいなのだ。彼女はその後――我々がきみの強情さとこの件の深刻さに気づいてのち――面会すれば不愉快な事態が待ち受けているかもしれないと警告を受けた可能性はある。だがもし申請していれば、面会は許可されただろう。

我々だけが、誰もがその言葉を完全に信頼できる政府なのであり、それゆえに我々は無限の信頼、無限の服従、無限の尊敬を得ている。我々が『これこれのことをすれば、その報酬は何々である』と言うときには、その報酬が与えられることには微塵の疑いもない。もしこれこれの法律を破った村は跡形もなく焼き尽くされると言うならば、その言葉に疑いの余地はない。我々は多くを語らないが、その言葉には千鈞の重みが――」

娘が、カッシーラが、訊ねた。「どうなさいました？」

「テープが壊れた」と士官が言った。「気にするな。別なものをかける――このあいだ命じたことを覚えているな」

「はい、ご主人さま」

Q　座りたまえ。マーシュ博士だね。

A　そうだ。

Q　わたしの名前はコンスタントだ。きみはサント・アンヌ経由で最近母世界から来た。それでいいね？
A　サント・アンヌから、一年数ヶ月の滞在を経て。
Q　けっこう。
A　わたしがなぜ逮捕されたのか訊ねてもいいかね？
Q　まだそれを論じるのは早すぎる。我々はまだ――これまでのところ――きみの名前と、きみが旅行のときに使用していた身分しか確定していない。博士、お生まれは？
A　ニューヨーク、地球の。
Q　それを証明できるかね？
A　証明書類は持っていったじゃないか。
Q　証明できないってことかね。
A　わたしの証明書類が証拠だ。当地の大学が身分保証をしてくれる。
Q　我々はすでにそちらとは話をしている。残念ながら捜査の結果について明かすことは禁じられているんだ。わたしに言えることはだ、博士、きみはすでに受けている以上の助けを期待すべきではない。彼らはこの状況を知っており、きみは今もここにいる。地球を出てからどのぐらいになる？
A　ニュートン時間で？
Q　質問を言い換えよう。どのぐらいの時間がたっているのかね――きみの主張するところでは

――サント・アンヌに来てから？

Ａ　約五年。

Ｑ　サント・クロア年で？

Ａ　サント・アンヌ年で。

Ｑ　実用上はそのふたつは同じだ。今後我々の議論の中ではサント・クロア年を使うように。サント・アンヌに着いて以降の行動について述べなさい。

Ａ　わたしはロンスヴォーに着水した――つまり、ロンスヴォーから五十キロ離れた海上に。通常のやり方で船は港に引かれてゆき、わたしは税関を通り抜けた。

Ｑ　続けて。

Ａ　税関を通過したとき、わたしは憲兵から誰何された。これはあくまでも形式的なもので――記憶では十分ほどで終わったと思う。それから滞在ヴィザを発行された。ホテルにチェックインして

――

Ｑ　どこのホテルか？

Ａ　ちょっと待って……〈スプレンディード〉。

Ｑ　続けて。

Ａ　それから大学を訪れ、付属の博物館にも行った。大学には人類学部がなかった。自然史学部が取り扱ってはいたが、あまりいい仕事とは言えなかった。博物館の人類学展示は――大学側は誇りにしていたが――二次情報とまがいもの、純粋な空想が入り交じったものだった。わたしはもちろ

ん彼らの力を借りたいと思っていたので、嘘をつかないかぎりで親切にした。今の男はなんで部屋から出て行ったんだ？

Q　馬鹿者だからだ。それでロンスヴォーを発った？

A　ああ。

Q　どうやって？

A　列車で。フレンチマンズ・ランディングまでは列車で行った。ロンスヴォーから北西、陸に向かって五百キロほど進んだ方にある。船でも簡単に——もっとたやすく——行けただろうけれど、わたしは陸の風景も見たいと思っていたし、船酔い気味になっていた。フレンチマンズ・ランディングを研究の出発点に選んだのは、サント・アンヌの原住民について知られているわずかな事実から、この沼沢地に多く棲んでいたらしいとわかっていたからだ。

Q　そこは沼の中にある市だと聞いているが。

A　市なんてもんじゃない。南に二十キロほど行くと丘陵になり、農地が広がっている——フレンチマンズ・ランディングはほぼ農家と牧畜業者が出荷する港町でしかないんだ。

Q　その近辺には長くいたのか？

A　農業地域に？　いや、わたしは川の上流に向かった。そちらも高台だが、入植者は少ない。

Q　それはおかしいんじゃないか。生産物を市場に送るために水運を利用できるはずだろう。

A　沼沢地では川はとても浅くなっていて、砂州や泥土堤が多い。河口からフレンチマンズ・ランディングまでは川底がさらわれているが、そこで終わりだ。それに、沼沢地から丘が高くなると、すぐに急流になる。

Q　博士、きみは地形をよく観察しているね。こんなことを訊いていたのは、そのことをはっきりさせたかったたからなんだよ。まちがいなくポート・ミミゾンについてもいろんなことを教えてくれるだろうな。

A　地域人口が何によって支えられているかというのは人類学の基本だ。たとえば、漁業文化は狩猟文化とまったく異なるし、いずれも農業文化とは違っている。こういう観察は、わたしにとって第二の天性になっている。

Q　それはさぞかし役に立つ第二の天性だろう。目端の効く将軍なら軍隊より先にきみを送りこむだろうな。教えてくれ――

Q　お持ちしました。

Q　おお！　博士、こちらの同輩が持ってきてくれたものが何かわかるかね？

A　わかるわけがあるか？

Q　これは〈ホテル・スプレンディード〉に関する資料だ。彼はホテルに関することをきみに訊いてほしかったんだよ。五年も間《ま》があいていれば、記憶の欠落だってあるだろうし、科学者同様、スパイが泊まることだってあるんだってわかっていないんでね。だがとりあえずこの男を満足させてやろうじゃないか。たとえば、きみはベルボーイの名前を思いだせるかね？

A　いや。でもひとつだけ覚えていることがある。

Q　ほお？

A　彼が自由人だったのを覚えている。ここに来てから会ったほとんどの使用人は奴隷だった。

Q　ほお。ということはきみはただのスパイではなく、イデオロギーを奉じるスパイである、と――そういうことなのかね、博士？

A　もちろんわたしはスパイではない。それにわたしは地球から来た。わたしに何かのイデオロギーがあるとすれば、それは地球のものだ。

Q　博士、サント・クロアとサント・アンヌは双子惑星と呼ばれている。その言葉はただ共通中心のまわりを回転していることだけを意味しているわけではない。我々の星はいずれも、地球からもっと離れた惑星が植民された後までも無名のままだった。いずれも最初に発見して植民したのはフランス人だった。

A　そして戦争に負けた。

Q　そのとおりだ。ここまでは共通点を挙げてきた。では違いについても考えよう。博士、知っているかね、なぜ我々サント・クロアの住人は奴隷を所持しているのに、サント・アンヌにはいないのか？

A　いや。

Q　戦闘が終わったあと、当地の軍指揮官は――我々にとっては幸運なことだが――後に大きな影響を与える決定を下した。ふたつね。ひとつ、打ち負かされたすべてのフランス人男女は、戦争で破壊された施設を再建する強制労働に参加させられた――だが指揮官は金を積めば労働が免除されるように定め、そして金額もたいていの人なら手が届くくらい低くした。

Ａ　寛大な措置だ。

Ｑ　とんでもない。もっとも多く収入が得られるように計算して額を決めたのだ。結局のところ、銀行家も銀行家の妻もセメント袋を運ぶくらいのことはできるだろう――鞭をふるえばするだろう――だが、その労働がなんの役に立つ？　何ほどのものでもない。そして、二番目に、惑星中央政府以下の文民統治については継続性を認めた。つまり多くの地方政府、市、町ではフランス人知事、市長、議会では戦争後もフランス人の支配が続いたということだ。

Ａ　知っている。去年の夏、そういう芝居を見た。

Ｑ　公園で？　ああ、わたしも見たよ。子供だましだがね、もちろん、でもチャーミングだった。だが博士、芝居のポイントはだね、きみはわかっていなかったろうし、おそらくは若い役者たちもわかってはいなかったろうが、つまり戦争に負けたあともフランス勢力は権力の相当部分を握ったままだった、ということだ。決して力を失ったわけじゃなかったし、今ではふたたび、この世界の生活に大きな影響をおよぼす存在となっている。フランス人たちの失地回復と同時に、奴隷階級のフランス性を薄めるために、それ以外の階層からも無報酬の労働者を集めるようになった。おもに犯罪者や孤児たちだ。一方、サント・アンヌではフランス系の市民はすべて政府の最悪の敵となり、その結果サント・アンヌは自分自身に武器を向ける収容所となって、強力な軍部が全市民階級を脅かしている。ここサント・クロアではフランス人コミュニティは政府に敵対しなかった――フランス人の指導者たちは政府の一員だったのだから。

Ａ　たぶん、わたしの見方はその政府がわたしを囚人にしているという事実に影響されているんだろうな。

Q　これはジレンマだね。きみは囚人だから我々に敵意を抱いている。だがきみが敵意を抱かなくなれば、我々に全面的に協力するようになったときには、もう囚人ではなくなっているというわけだ。

A　わたしは全面的に協力している。訊ねられたことにはすべて答えている。

Q　進んで自白するかね？　ここでの連絡員の名前を挙げるか？

A　わたしは何も悪いことはしていない。

Q　それなら、もう少し話してみる方が良さそうだ。失礼、博士、なんの話をしていたか忘れてしまった。どこまで行ったっけ？

A　たぶんサント・クロアで奴隷でいる方が、サント・アンヌで自由でいるよりもいい、と言っていたんだと思うが。

Q　いやいや。博士、わたしがそんなことを言うわけがない——それは真実ではない。いや、わたしが言っていたのはこういうことに違いないよ。つまりサント・クロアには自由な人間がいる——実際、ほとんどの人間は自由だ。だがサント・アンヌでは、そしてそれを言えば、地球でも、ほとんどは奴隷だ。その名で呼ばれることはないが、それはおそらく奴隷とも呼べない境遇だからだろう。奴隷の主人は奴隷に金を投じているし、その世話をする義務を負っている——たとえば、病気になったときは、手当を受けさせるとか。サント・アンヌや地球では、治療に必要な金を自分で持っていなければ、自然治癒するか死ぬまで放置されるだけだ。

A　地球のほとんどの国では、政府が国民のために医療保険を提供しているはずだ。

Q　つまり主人が誰かわかっているってことじゃないか。でも博士、「はず」とはどういうことかね？　てっきり地球から来たのかと思っていたが。

A　わたしは病気になったことがない。

Q　もちろんそれで説明がつくとも。ああ、だがずいぶん脱線してしまったな。フレンチマンズ・ランディングまでは鉄道で来た。そこには長く滞在したのかね？

A　二、三ヶ月だね。わたしは原住種族――アンヌ人について話をきいた。

Q　その会話を録音した。

A　ああ。残念ながら、テープはフィールドワーク中に紛失してしまったが。

Q　だが、中でも重要と思われる会話はノートに書き写している。

A　ああ。

Q　続けて。

A　フレンチマンズ・ランディングにいるあいだ、わたしはアンヌ人と実際に関係する場所、関係していたとされる場所を訪れた。それから、地元住人を雇って、奥地へ探検に出かけた。目指していたのは沼沢地を見下ろす丘陵地帯とテンパス川の源流である山脈だ。そしてついに――

Q　博士、きみがサント・アンヌで何を発見したと言い張ろうと、そんなのはどうでもいいことだ。いずれにせよ、きみが大学でやった講演については詳しい報告がある。その「奥地」にはどのくらいいたのかね？

A　三年間。講演でも話している。
Q　ああ、だがきみ自身の口から確認したかったんだよ。三年のあいだテンポラル山脈で生活していたのかね、夏も冬も？
A　いや、冬にはぼくら――助手が死んだあとはわたし一人で――丘に降りてきていた。〈自由の民〉も大抵はそうしていた。
Q　しかし三年のあいだ文明から隔絶していた？　とうてい信じられない話だね。そして戻ってきたとき、きみは出発地であるフレンチマンズ・ランディングには帰ってこなかった。そのかわりにあらわれたのは――この場合「あらわれた」と言うのが正確だろう――ランだ、海岸沿いにはるかに南の。
A　南に行けば、それまで見ていなかった土地を広く観察できる。フレンチマンズ・ランディングに戻ったら、すでに見てきた土地をもう一度通り過ぎることになる。
Q　きみのランへの出現から現在までのあいだに起きたことを話すとしよう。だが最後にひとつだけ脇道にそれて指摘しておきたいが、フレンチマンズ・ランディングに戻っていれば、きみは助手の死を家族に直接伝えられたはずじゃないのか。実際には、きみは無線電報を打っただけだった。
A　それは事実だが、なぜきみがそんなことを知っているのか知りたい。
Q　我々にもいるんだよ――連絡員と言うべきかな？――ランにね。きみはわたしの指摘に答えていない。
A　きみがお優しく同情を寄せているわたしの助手の家族というのは、実際には父親ただ一人だ

――下劣な、アル中の乞食だ。母親は何年も前に夫から自由になっている。

Q　博士、そんなに怒らなくてもいいよ。誰だって悪い知らせを伝えに行く役回りは嫌いだ。無線電報を打った以外に、ランでは何をしたのかね？

A　一頭だけ生き残った荷運びのラバを売り、あと機材の中でまだ使えるものも売った。新しい服を買った。

Q　そしてロンスヴォーへ、今回は船で旅行した。

A　そのとおり。

Q　そしてロンスヴォーでは？

A　わたしは大学院で授業をいくつか聴講し、わたしの三年間の仕事に興味を持ってもらおうと大学に働きかけた。おそらく訊ねられるだろうから言っておくと、ほとんどうまく行かなかったよ。ロンスヴォーでは〈自由の民〉は絶滅したと考えられており、生き残っている者の保護になど、ましてや最低限の人権を与えることになど誰も興味を示さない。原住民が旧石器文化を築いていたと考えられていたこともわたしには不利に働いた。それも間違っているのだが――過去も現在も原住民の文化は樹器文化であり、石器文化に先立つ段階だ。前樹器文化と言うべきかもしれない。

さらに煙草も吸いはじめて、体重も八キロ増えて――ほとんど脂肪だが――髭は、一人だけちゃんとできる人がいたんで、その人に整えてもらっていた。

Q　ロンスヴォーにはどのくらいいた？

A　一年ほど。もう少し短いかもしれない。

Q　それからここへ来た。

A　そう。ロンスヴォーでは論文にあたって、研究の遅れに追いついた。わたしはこの惑星系で、人類学上の問題に興味を持っている人相手に議論をしたかった。だが、向こうの状況は絶望的だ。だからわたしは星船に乗った。そして、〈五本指〉の先に着水した。

Q　そしてそれ以来ポート・ミミゾンにいる。奇妙なことに、きみは首都に行こうと思わなかった。

A　この地に興味深いものが多数あったからだ。

Q　その一部はサルタンバンク通り六百六十六番地に？

A　一部はそうだ。きみもしつこく言いつのってるがわたしは若いんだし、科学者だからって欲望がないわけじゃない。

Q　館の経営者は傑出した人物だと？

A　たしかに並はずれた人物だった。医学に携わる人間は大抵、自分の技術を醜い女性の命を長らえさせるために使うものだが、彼はずっといい使い道を見つけた。

Q　彼の活動のことは承知している。

A　それならたぶん、彼の妹がアマチュア人類学者だということにも気づいているだろう。そもそもわたしがあの家に興味を抱いたのはそのためだ。

Q　ほう、そうかね。

A　ああ、そうだとも。わたしの答えを何も信じようとしないなら、なんでわざわざ質問するんだ？

Q　なぜなら経験から、きみがときおり真実のかけらを洩らすと知っているからだ。さあ、これが何かわかるか？

A　わたしの本のように見える。

Q　これはきみが持っていた本だ。『サント・アンヌの野外動物ガイド』。きみはこの本をサント・アンヌからここまで持ってきた。たいへん高額な十ポンド分の重量超過料金まで払って。

A　地球からの料金はもっと高かった。

Q　きみがそういう経験をしているとは思えないね。わたしが思うに、きみがこの本を持ってきた理由は本自体――つまり、印刷された内容とイラスト――とは関係ないだろう。わたしが思うに、きみがこの本を持ってきた理由は裏見返しに書き込まれた数字のためだろう。

A　きっと暗号は解けたと言い出すんだろう？

Q　冗談はやめたまえ。ああ、我々は暗号を解いたとも、ある意味ではね。この数字はライフル弾の弾道を表現している――三百ヤードの距離から狙った場合、銃弾が目標から上または下へ逸れるインチ数だ。数値は五十から六百ヤードまでの距離まで計算してある――恐れ入ったよ。見せようか？　ほら、六百ヤードの距離ではきみの銃弾は狙った場所から八インチ下に当たる。このズレは大きいようにも見えるが、この表さえあれば、六百ヤードの距離からでも標的の頭を撃ち抜けるというわけだ。

A　できるかもしれないな、射撃の名手なら。わたしはそうじゃない。

Q　弾道学の専門家は、この表を見ただけで、どんなライフルを使うつもりなのかを計算してのけたよ。きみが使うつもりだったのは三五口径の高速度ライフル、ここらでは野生のイノシシを撃つのによく使われているタイプだ。身元のしっかりした人間なら、狩猟をしたいと言えば所持免許を手に入れるのもそう難しくないライフルだよ。

A　サント・アンヌにいたときはその手のライフルを持っていた。テンパス川の深い淵でなくしてしまったが。

Q　まったく運の悪いことだ――だが、きみはいずれにせよこちらに来るつもりだったし、銃は船には持ちこめないしね。いずれにせよ、上陸してからいくらでも替わりが入手できる。

A　免許なんか申請していない。

Q　こちらの逮捕が早かったからな――まさか、我々の能率を責めようというわけではあるまい？　きみは自分のノートのことを話していたな、自称人類学者の職業について。

A　ああ。

Q　きみのノートを読んだよ。

A　よっぽど速読なんだな。

Q　速読だとも。嘘の塊じゃないか。キュロという洋服屋が出てくるが――〝キュロット〟がフランス語で半ズボンのことだと知らないとでも思っているのか？　医者はもっぱら醜い女を生かしつづけることしかしていないというきみの妄想――ついさっきもそう言ったばかりだ。きみのノートにはハグスミス博士という人物が登場する（hagは「醜い老婆」、-smithは「〜細工師」の意）。二年後、ランにあらわれたときにはきみは濃い髭を生やしていた。今と同じように、万が一昔の知り合いと出くわしても素性がわからないように。きみは三年間山の中で暮らしていたという。だが、にもかかわらずきみが売った品物は異常に新しかった。一度も履いた形跡のないブーツとかだ。三年間、一度も。

そしてここに座りこんで、あきらかに一度も行ったことがない地球についてつまらぬ嘘を吐き、人間は奴隷を持つことによってのみ真に自由となれるという真実を理解できないふりをする。このすべて、監禁、虚偽、尋問のやりとりはきみにとっては目新しいことなんだろう。だがわたしにとっては慣れた手順だ。このあときみがどうなるかわかっているかね？　きみは独房に戻され、それからまたここへ連れだされ、今やっているようにわたしがきみと話をする。そして尋問が終わるとわたしは家へ帰って妻と晩ご飯を食べ、きみは独房へ帰る。こうやって何ヶ月も、何年も過ぎてゆく。六月にはわたしは休暇を取り、妻と子供を連れて島に行くが、帰ってきたときもきみはここにいる。これまで以上に青白く汚く痩せこけてね。そしてやがて、きみの人生の最良の部分が終わり、きみの体がボロボロになったころ、我々は嘘ではなく真実を手に入れる。

連れていけ。次を。


テープにはそれ以上録音されていなかった。士官が体を洗うあいだ、テープは無音のまま回りつづけた。士官はいつも、女とのことが終わったあと体を、性器だけでなく脇の下と足も洗った。このためだけに香水入りの石鹼を使うが、琺瑯の洗面器は朝、髭剃りで使ったのと同じものだった。体を洗うのはただ衛生的なだけでなく、官能的な体験でもあった。カッシーラの唾液が筋をつけていたが、それを拭いさるのが心地よかった。

ようやく追加の紙をもらえた。安く分厚いレポート用箋と蠟燭一束だ。最初に紙を渡されたとき、それに二度目にもらったときには、何を書こうとまちがいなく読まれると確信していたので、自分に不利になるかもしれないことは一切書かないように気をつけた。だが、今となってはわからない。その後徐々に糸を伸ばし、探りを入れてみた。だが、書いた内容が尋問で持ち出されることはなかった。自分でもわかっているが、わたしの筆跡は忌むべきものであり、書いた分量は非常に多い。単に不精して解読していないのかもしれない。

なぜわたしの手はこんなに不器用なのだろう？　綴り方の教師、あの心がひん曲がった醜い老婆は、簡単に説明した。わたしがペンを正しく持っていないからだ（今も持っていない）。だがもちろん、こんな説明は何の説明にもならない。なぜわたしはペンを正しく持てないのだろう？　学校で最初に書きかたを教わった日のことはよく覚えている。先生は鉛筆をどう持つかを見せてくれ、それから席を回って一人一人の指を鉛筆にあてがった。教わったように握るとただ引っ張って――腕ごと紙の上を動かして――弱くのたくった線を引くことしかできなかった。わたしはもちろん、そのせいでくりかえし尻を打たれた。家に帰ると、母さんはわたしのズボンを川に持っていき、汚水から逃れるために何時間も上流に歩いて、血を洗い流し、わたしはそのあいだ古毛布か帆布のはぎれを体に巻いて、恥辱と恐怖に包まれて待っていた。やがて、実験をくりかえし、わたしは鉛筆を、今ペンを持っているように、人差し指と中指のあいだに挟みこんで親指を自由にして握れるようになった。わたしはもう書けない少年ではなく単に字がすさまじく下手な少年になり、どんなクラスにも一人はそんな少年が（それが少女でなければ）いるものだから、もうぶたれることはなかった。

つまり、なぜおかしな持ち方をしているかと言えば、正しくペンを持っていたら書けないからである。長いことやっていなかったが、今そのやり方を試してみたところだが、やはり書けない。

ドローの法則は御存知だろうか？　化石化した亀の甲羅の研究から、この偉大なベルギー人学者は進化不可逆の法則を定式化した。**進化の過程で退化した器官は決して元の大きさを取り戻すことはなく、失われた器官は決して取り戻せない。もし子孫が、退化した器官が重要な役割を占めていた生活様式に戻った場合にも、痕跡器官が元の状態に戻ることはなく、生物は代用品を作りだす。**

*
* *

今いる地下の独房がどこにあるのかを考えている。これまでにも何度も、徒歩でも走ってでも、城塞を通り過ぎたことがある。たしかにここは巨大だが、我々が横切ったようなまっすぐな地下通路が収まるほど大きくはなかった。ということは、わたしの独房は実際には壁の外にあるのだ。それはどこなのか？　旧広場と呼ばれている城塞の正面。右には運河がある。そこは違うだろう、というのは監房内は、冷えてはいるが乾燥しているからだ。その裏は店や家屋が並んでいる（以前、そこの店で真鍮の道具に魅了されて購入したことがある。締め金とギザギザのついたあごと残酷な小さな鈎からこしらえられたものだ。獣医学の手術ぐらいしか使い道がないように思われる。その道具が大きな荷馬車馬の開いた腹に分け入り、肝臓を押しのけ、小さな臓器をかき分け、脾臓を脊髄からつまみとりながら病んだ膵臓を嚙み潰すところを思い描いた)。そんなところに独房を作るのは考えにくい、というのは囚人の友人にとって(囚人に友人がいるとして)助け出すのがはるかに易しくなるからである。

だが一方で、左側には政府の建物がある。この建物と城塞をトンネルでつなぐというのはきわめて合理的な考え方で、それさえあれば、万が一市民の暴動が起きたときにも、書記や役人たちは町中で襲われることなく城塞に逃げこめる。そんなトンネルが掘られているなら——囚人のための施設や秘密施設が必要になったときには——通路脇の壁に独房を掘るのが論理的だ。ならば、わたしがいるのはほぼ確実に、あの煉瓦造りの政府の建物の——おそらくは記録省の下である。

＊
＊　＊

わたしは眠ってしまい、いろんな夢を見て蠟燭が燃え尽きた。もっと慎重にしなければ。今回蠟燭とマッチをもらえたからといって、今あるものが無くなったときに補充してもらえると決まったわけではない。持ち物：蠟燭十一本。マッチ三十二本、未使用の紙百四枚、空気中の水分を吸ってインクを造りだすペン。辛抱強い囚人なら四方の壁を黒く塗りつぶすこともできる。幸いにも、わたしは辛抱強い男だったことはない。

なんの夢を見たのか？　けものの咆哮、鐘の響き、女たち(夢の内容を覚えているときは、わたしはほぼ例外なく女の夢を見ているが、これはわたしが特別に恵まれた存在だということなのだろう）、足を引きずる音、わたし自身の処刑、それは列柱に取り囲まれたひとけのない広い中庭で執りおこなわれた。市を見下ろす収容キャンプで看守を勤めている歩きまわるロボット五体、道路工事中の囚人労働者を監視する様子を見たところがあるロボットたちが死刑執行人だった。見えない唇からの短い命令――レーザー銃から発せられる眩《まばゆ》く青白い光――わたし自身が倒れる、髪と髭が炎に包まれて。

だが女たちの夢――本当は一人の女、少女の夢だ――のおかげで、わたしはふたたび山の中で暮らしていたときに編み出した理論のことを考えはじめた。それはあまりに単純な理論であり、あまりにあからさまに真実で、あまりに自明であったので、そのときには誰でも同じことを考えているはずだと思われた。だがロンスヴォーの大学で会ったさまざまな人に話してみると、みな狂人を見るような目をわたしに向けたのだ。それは単純にこういうことである。我々が女性に見いだす美とは、すべて彼女の生存に適した、したがって我々が種づけする彼女の子供の生存に適した基準なのである。おおまかにいって（おお、ダーウィンよ！）そうした基準にしたがって女性を待ち伏せていた者たち（なぜって我々は実際には女を追い回してなどいないのではないか？　我々はそんなに足が早くない。疑う相手をなだめすかして近づき、隠れ場所から一気に飛びかかるのだ）が世界を占めていた――我らはその子孫なのだ。一方で、それをせせら笑っていた者たちは、長い人類前史において、自分の子供たちが熊や狼に引き裂かれるのを見せつけられねばならなかった。

だから我々は脚の長い女を求める。脚の長い方が危険を逃れるために早く走れるので。同じ理由から背の高い、だが高すぎない娘――身長およそ百八十センチか、もうちょっと高いくらいの女性を求める。かくして男たちは背の高い男と同じくらいの背丈の娘にむらがる（そして背が低い娘たちは靴のヒールを高く分厚くしてその姿に近づこうとする）。だが背が高すぎる娘はうまく走れないため、たとえば、身長二百二十センチの娘はほとんど確実に夫を見つけられないだろう。

同様に女性の骨盤は赤ん坊を生きたまま通せるぐらい広くなければならず（だがまたしても、幅広すぎると動作がのろくなってしまう）、男はみなすれ違う女の骨盤の広さを計っている。胸がなければ赤ん坊が飢えてしまう――そう我々の本能は告げるし、痩せた少女は早く走れるとはいえ、痩せすぎていると食べ物がないときにお乳が出なくなってしまう。

そして顔。迷信が薄まって肖像画が許されるようになってから芸術家はつねにそれに悩まされてきた――芸術家は何が美であるかを定め、それから大きな口で乱杭歯の女と結婚する。今歴史上の美女たち、民衆のアイドル、王者たちの恋人、麗しき傾城たちの肖像を見ると、そこに何が見えるだろうか？　ある者は目が左右不釣り合いであり、ある者は鼻が大きすぎる。つまり男性は誰もそんなことは気にしておらず、女には快活さと笑顔しか求めていなかったのだ（視野が広く、危険に気づきやすいか？　怒りのあまり我が血を継ぐ子を殺したりしないだろうか？）。

夢の中に出てきた女、それはどうだったのか？　おぼろげだが、今説明したような姿だった。裸。わずかな布きれでも身にまとっていると興奮しない。かつてロンスヴォーで、ホールターのような服をどうしても脱ごうとしない娘相手に情熱を満たそうとしたことがあったが、みじめな失敗に終った。わたしは何がいけないのか言おうとしたが、笑われるのではないかと恐ろしく、そしてついに告げると娘はやはり笑ったが、その笑いはわたしが恐れていたものではなく、彼女は自分に指輪をつけるよう求め——相手はその指輪をポケットに入れて持ってきて、ことが済むやいなや、高価なものだったので、すぐにはずさせた——指輪なしでは何もできなかった男の話をしてくれた（ここサント・クロアでは、修道院の壁を破れなかったので、女性にわざわざ尼僧の格好をさせてからはぎとる男の話を聞いた）。二人してそのことを笑ったあと、娘はわたしの望むようにしてくれ、そしてわたしは娘がホールターで傷跡を隠していたことを知り、そこに口づけた。

夢の中の少女については、ただ、ここで物語っても、情熱を呼び起こすようなことは何もなかったとだけ書こう——夢の中では視覚だけ、あるいは思考の見せるものだけで充分なのだ。

*
* *

さて。また蠟燭が来た。それにマッチが。そしてペンと紙が。これはわたしに対する締め付けがゆるやかになったという意味なのか？　この独房からはそうは感じられない——ここは以前いた別の百四十三号室より悪いし、あの百四十三号室自体恵まれた監房ではなかったはずだ。実際、あの四十七号（あの房にいたとき叩音で伝言を送ってきた者）が語ってくれた内容からは、わたしよりいい部屋に入れられているように思われた。ここよりも広く、用便用のバケツには蓋がついている。そして彼が言うには、他では鉄格子の内側にガラスが入っていて寒気を防げる監房もあり、カーテンと椅子を備えたものまであるという。スープの中にリブのかけらを見つけてからは、わたしは四十七号とよく会話を交わすことができた。彼からわたしの政治信念を訊ねられたことがあり——自分が政治犯だと告げたからだが——わたしは自由放任主義党に属していると答えた。

経済に対するいっさいの干渉は廃すべきだと信じているというのか？　なるほど——きみは資本家なのか。

そうじゃない。政府には手を出すべきじゃないと信じている。我々自由放任主義党は役人を危険なトカゲみたいに見ている。つまり大いに尊重するが、相手を殺せない以上、手の出しようがない。決して公務員の職は求めないし、警察にも何も話さない。隣人がすでに何か話していると確信したときは別だが。

それならきみが暴虐に苦しむのは当然だ。

わたしは叩き返した。**同じ世界に生きているなら、わたしだけが苦しんできみが苦しまないということがあるのか？**

だがわたしは抵抗する。

わたしはそんなことにエネルギーを使ったりはしない。

自分のざまを見ろ……

哀れな四十七号よ。

この独房。この様子を、蠟燭の黄色い光に包まれている今、説明しよう。高さは一メートルをわずかに越える程度——そう、一メートル十センチというところ。砂まみれの床に横たわったときには（想像がつくだろうが、そうしていることは多い）お尻を持ちあげなくても足が天井に届きそうだ。天井は、前もって言っておくべきだったが、コンクリート製であり、壁も（ここでは叩音はしないし、地上にいたときに隣の狂人がたてていたような引っ掻いて、軋むような音もない。監房がどちら側も空なのか、あるいは壁と壁のあいだが地中で離れているので音が届かないのかもしれない）床もコンクリートだ。扉は鉄だ。

だがきみが思っているよりは独房は広い。幅は両手を伸ばしたよりも広く、長さは両手を頭上に伸ばして横に寝たよりも長い。だから拷問箱というわけではないが、それでも立ちあがれる高さがあれば良かったろう。用便用バケツ（蓋なし）はあるがベッドはない。もちろん、窓はない――いや、今のは取り消す――ドアには小さな覗き窓がついているが、外の廊下はいつも暗いのでまったく役には立っておらず、あるいは蠟燭が与えられたのはわたしを観察できるように、紙を与えられたのは蠟燭で燃やせるように、ということなのかもしれない。ドアのいちばん下には大型の手紙入れみたいな口が開いており、そこを通して食事のボウルを受けわたす。あとはマッチと蠟燭、紙とペンがある。蠟燭の炎は天井に黒いしみを作っている。

捜査は進展しているんだろうか？　それは問題だ。この独房に入れられたというのは見通しが暗いことを示唆しており、蠟燭と書く道具を与えられたことからは希望が生まれる。あるいは意見が意味をもつレベル（それがなんであれ）にはわたしについてふたつの意見があるということなのかもしれない。一方はわたしを無実と考えて善意を示してくれ、蠟燭をくれる。もう一方は有罪だと考え、ここに閉じこめる命令を出す。

あるいはひょっとしたら有罪と考えて善意を示している者がいるのかもしれない。それとも蠟燭と紙は（わたしが恐れているのはこれなのだが）ただの間違いかもしれない。やがて看守が来て奪われてしまうのかもしれない。

＊
＊　＊

ついに発見した！　本物の発見だ。自分がどこにいるかわかった。前回書いたあと、わたしは蠟燭を吹き消して横になり、また眠ろうとして、床に耳をつけたときに鐘の音が聞こえた。床から耳を持ち上げると音は聞こえなくなったが、押しつけると鳴っているあいだは聞こえていた。ならば、独房の外の廊下は、旧広場の下を聖堂に向かって伸びているのだろう。つまりわたしは聖堂の基礎近くにおり、鐘楼の石積みを伝わって鐘の音が届いたのだ。今では数分おきに耳を壁にあててすましてみる。ずっと町で暮らしていたが、聖堂の鐘がどのくらいの間隔で鳴るのかまったく思い出せない。時報のように定期的に鳴ってはいなかったが。

故郷には大聖堂はなかったが、教会はいくつかあり、しばらくはサン・マドレーヌ教会のそばに住んでいた。夜には鐘が鳴っていたのを覚えているが――たぶん深夜ミサを告げる鐘だ――他の音と違い、鐘は怖くなかった。必ずしも鐘の音で目が覚めるわけではなかったが、起きたときは、わたしはベッドで身を起こして母のことを見やり、母もまた目を覚ましていて、闇の中美しい目は緑色のガラスのかけらのように輝いた。母はどんな小さな物音でも目を覚ましたが、それがおぼつかない足取りで帰ってきた父親の足音だったときには、母は寝たふりをしてできるだけ自分を醜く見えるようにしたが、それはどうやるのか誰にもわからないが――たとえ目の前で見ていたとしても――顔の筋肉を動かすだけで可能な芸当だった。自分にもその能力はあるが、母ほどではない。だが、わたしはそのかわりにすべてをこの髭で隠してしまうことにして、というのもそれをやるのが恐ろしく――自分自身が恐かったので――ただ声を彼に似せて老けて見せれば良かったのだ。だがあまり良くは見えないし、これだけ長いあいだここにいれば、たとえ逮捕されたときにきれいに髭を当たっていたとしても今ごろはすっかり伸びきっているだろう。

それにまた、髭を伸ばしたのは母のため、母に見せるためでもあったと思う――もう一度母に会えたら（ロンスヴォーにいたときには、母がここに来たと考える相当の理由があった）――自分がもう大人だということを見せるために。母は一度も言わなかったが、今はわたしも自由の民のあいだでは少年は髭が生えるまでは子供なのだと知っている。他の男たちの牙から喉を守れるまで髭が伸びれば男とみなされる（なんと馬鹿だったんだろうか。母が出ていったのは、あれから長いあいだずっと、わたしがあの女と一緒にいたから、わたしのことを恥じたせいだと思っていた。今では乳離れするまで待っていただけなんだとわかっている。あのときは、なぜ母がわたしに向かって笑ったのだろうと思っていた）。

＊
＊　＊

母は丘に行ったのだろうと思っていたので、チャンスが訪れると自分も丘に行ってみたが、母はいなかった。そこにいるはずだったし、わたしも、そこに行ったのなら、そのままとどまるべきだった。だがそれはとても厳しかった。子供の半分は死に、みなが若くして死ぬ。だから我々は——母とわたしとは、冬になると、一緒にであれ別々にであれ里に下りてきた。そしてこのざまだ、哀れな四十七号を笑った自分がどこにいるか。

＊
＊　＊

かなりあと。食事、お茶とスープ、ここでもらった傷だらけの古いブリキ椀に入ったスープ（地上にいたときは食器は食事と一緒に出され、食べたあと回収された）とお茶、砂糖だけの紅茶、スープを飲んだあとに同じボウルに注がれ、スープの油が薄い油膜となって浮かぶ。スープを注ぐとき、看守は言った。「紅茶があるぞ。カップを出しな」持っていないと言うと、ただうなって行ってしまったが、廊下の先にある独房に配膳して戻ってくると、看守はスープは飲み終えたかと訊ねてきて、終えたと言うと、もう一度お椀を出すように言い、わたしは紅茶を飲めた。

この看守が、自分の意志で、わたしに蠟燭と紙をくれたのだろうか？　もしそうなら、彼がわたしに同情したからだけなのかもしれないし、それはわたしが処刑されるからに違いない。

＊
＊　＊

さっき書いてから鐘が三度鳴った。夕禱の鐘？　九時祈禱？　アンジェラスの鐘？　わからない。また眠り、夢を見た。自分はごく幼くて、母が――少なくとも自分はあの娘が母さんだと思った――膝に抱いてくれていた。父がボートを漕いでいた。あのころ、まだ釣りが好きだったころにはよくやっていたように。葦が自分のまわりで風にこうべを垂れており、ボートのまわりには黄色い花が浮かんでいたが、夢の奇妙なところはこれから知ることをすべて前もって知っているという点で、だから赤い髭を生やした巨人のような父を見つめ、そしてこれから両手に何が起きて商売を続けられなくなるのかも知っていた。わたしの母――そう、あれが母だったのは間違いないが、いまだになぜ自由の民に属する者が父とのあいだに子供を作れたのかわからない――が黄色いドレスのボタンを父に留めてもらっており、男に服を着せてもらっている女が浮かべる幸せそうな、愛情に満ちた表情を浮かべていた。父が喋ると母は微笑み、わたしは笑った。みんなが笑った。たぶんただ夢の中で記憶が甦っただけなのだろう。あのころは父はごく平凡な男、他よりもちょっぴり話好きかもしれないが、パンと肉とコーヒーとワインで生きている者に見えていたと思う。それが自分のためにも、我々に与えるためにも、手に入らなくなったとき、父は言葉を食って生きているのだと我々にもわかったのだ。

いや、わたしは眠ってはいない。闇の中で何時間も横たわり、聖堂の鐘を聞いてスープ椀を、闇の中で、薄っぺらいズボンの端切れを使って磨いていた。

＊
＊ ＊

もともとはいいズボンだった。買ったのは去年の春、サント・アンヌから夏物を何も――そもそも着ていたもの以外には着替えは何も――持ってきていなかったからである。その方が経済的であり、いっそ全員が裸のまま渡ってサント・クロアで新しい服を買うようにすればさらに合理的である。実際には船上で着ている服は重量制限の対象にはならないので、誰もが（少なくともわたしが乗った冬には）冬服を着こめるかぎり着こんで船に乗りこんだ。手荷物もある程度までは無料で持ちこめたが、わたしはそれを利用して彼方の向こうで持っていた本を持ちこんだ。

だがあれはとても高級な夏用ズボンだった。南の大陸から運ばれた絹とリネンを織った、高価な夏用スーツと揃いだった。この絹は当地のもので（一方、リネンは地球から輸入した種から育てたものである）、我々サント・アンヌには存在しない。元々はダニの仲間の幼虫の分泌物なのだが、こいつは卵嚢から孵ると草の葉にとまって上昇気流を待ち、やがて目に見えないしなやかな糸を吐いて、インドの修行僧がロープを登るように、やがて宙高く舞い上がる。草地に降りたものは安全に新たな生をつむぐ。だが毎年大量の幼虫が海に吹き流され、絡まった糸が、過ぎ去った時の失われた記憶のように浮かび、長さ五キロの何ヘクタールにもおよぶ巨大なマットとなる。マットはボートで回収され、海岸の工場まで運ばれて、そこで燻蒸され、ほぐされ、糸につむがれて繊維工場に送られる。ダニは燻蒸にきわめて強く——五日間も酸素なしで生きられるという——温血動物を宿主として心血管に寄生する性質を持っているので、この仕事をする奴隷の寿命は長くなかった。ここの大学に来たとき、わたしは奴隷向けの新しいモデル住居エリアを紹介するフィルムを見たことがある。フランス時代まで遡る墓地が取り壊されて場所が作られ、白く洗った壁は土と骨とを突き固めたものだった。

清潔を求めてスープ椀を磨いているのではなく、わたしは自分自身の顔を見たかった。さっきブリキと呼んだが、これは（たぶん）実際には白目の合金で、そしてわたしは道具は何一つうまく扱えないが、ぼろを握ってこするくらいのことはできる。だからついさっきまで、この闇の中に横たわり、震え、鐘の音を聞きながら磨きつづけていた。内も外も、力いっぱい磨いた。もちろんどこまで磨けたのか、そもそも磨けているのかどうかもわからなかったし、それを知るために蠟燭を無駄にしたくはなかった——それに、時間はいくらでもある。看守が大麦がゆを配りに来ると、わたしは急いで食べた。食べれば後から紅茶がもらえるかもしれないと思ったからでもあり（紅茶はなかった）、早く磨きたくて気がせいていたからでもある。とうとう疲れて書く方に戻ろうと思い、スープ椀を置いて蠟燭に火を灯そうとマッチを擦った。そのとき、わたしは母がどうにかして自分の独房に入ってきたのだと思った。闇の中に母の目が見えたからである。わたしはマッチを取り落とし、膝を抱えて鐘の鳴るあいだ泣きじゃくり、しまいにやってきた看守がドアを蹴って何をしているんだと怒鳴った。

看守が行ってから蠟燭を灯した。目は、もちろん、磨きあげ、曇った銀器のように鈍く輝いているスープ椀に映った自分自身のものだった。泣くべきではなかったが、ある意味では自分はいまでも子供なのだとという気がする。そう考えると恐ろしい。最後の一文を書いてから長いことここに座りこんで考えていた。

どうして、母がわたしに大人になることを教えられたのだろう？　母自身がそんなことは何ひとつ、何ひとつ知らなかった。あるいは父から禁じられていたので学べなかったのかもしれない。思えば、母は盗みを悪いと思っていなかった。だけど、たぶん父に命じられて――ときどき食べ物を盗ったとき――以外はほとんど何も盗らなかったと思う。腹が満ちていれば何も欲しがらなかったし、誰かが一緒に来て欲しがったときには、父が無理矢理行かせなければならなかった。母はわたしに、あのとき暮らしていなかったし今も暮らしていない場所で生きるのに必要なことをすべて教えようとした。こことあそこについて、自分は何を学んでいなかったのだろう？　わたしは人間の成熟とは何かすらわからない。ただ自分にはないもので、自分が（ほとんどは自分よりも小さい）それをもった人たちの中にいるということしか。

少なくとも自分の半分は動物だ。自由の民は素晴らしい。鹿かそれとも鳥のように、頭をもたげ、獲物の通り道を藤色の影となって駆けるのを見たときのオイカケドラのように素晴らしい。わたしはスープ椀に映る自分の顔を見つめ、手でできるだけ髭を後ろになでつけ、用便バケツの水で濡らして顔のかたちを浮き立たせれば、そこに見えるのはけものの仮面、ぎらつくけものの目と鼻面だ。わたしは喋れない。ずっと自分が他の人と同じように喋っているのではなく、ただ口の中でいくつか音を出しているだけだとわかっていた——ランニング・ブラッドの耳をごまかせるぐらい人間の言葉に近いものを。ときどき自分でも何を言っているのかわからなくなり、ただ穴を掘って通り抜けて歌いながら丘に駆けていくこともある。今、わたしはまったく喋れなくなり、ただ吠えてはえずくだけだ。

その後。 部屋は寒くなり、手で耳を覆っても鐘の音が聞こえてくる。耳を石に押し当てればシャベルがこする音、足をひきずる音が聞こえる。それで自分がどこにいるかがわかる。この独房は大聖堂の床の下にある。そして聖堂の床には死者が埋まっていて、墓石が通路と会衆席に敷かれているのだから、わたしの頭上には墓があるのであり、そして今掘られているのがわたしの墓なのかもしれない。そこで、わたしが無事に死んだなら、わたしのため、母世界からやってきた傑出した科学者のためにミサが催されるのだろう。大聖堂に埋葬されるのは名誉なことなのだろうが、わたしは川を見下ろす崖高くに口を開く乾いた洞窟に葬られたい。わが洞窟の前に鳥に巣をかけさせ、わたしは奥の寝床に横たわる。ピンク色の太陽が、顔に煙草の吸い殻のような黒い傷をつけたまま、つねに赤い光を放つようになるまで。

OO—OO

四月十二日　非常に困惑するようなことが起こり、たいへん困惑させられる要素が……気にするまい。とりあえず今日の出来事を書いておこう。予定通り河岸を、ほぼ丸一日歩き続けたが、砂州が続くこの周辺に洞窟がないのははっきりしていたし、少年はまだまだ我々がいるのは下流だと主張した。午後も半ばごろ、空模様が怪しくなってきた。旅に出てからはじめての悪天候である。わたしは歩きながら銃をオイルで磨き、カバーにおさめた。前方には大きく黒い積乱雲が立ち上がりつつあり、嵐の方角が東南である——つまり、まっすぐテンパス川の谷間をくだって我々の方に向かっているのはあきらかだった。少年が鉄砲水があるかもしれないと言うので、その示唆にしたがい、我々は川を離れて直交する方角へ一マイルほど歩いた。丘の上まで来たところで、雨が降りだしてからやるのは嫌だったので、早めにテントを張ることにした。ペグを打ちこみ終えるやいなや、強い風が吹きはじめ、雨と雹が叩きつけてきた。少年にご飯は嵐が過ぎ去ってからにしようと言い、寝袋に潜りこんで、いったいどれぐらいになるのか、テントはもつんだろうかと考えながら横たわっていた。生まれてはじめて聞くほどの強烈な風音だったが、やがてその風もおさまって雨がテント地に当たる音だけになり、そのうちにわたしは眠ってしまった。

目を覚ますと雨は止んでいた。異常なまでに静かに感じ、空気には、嵐のあと特有の新鮮な、洗ったような臭いがただよっていた。起きあがり、少年がいないのに気づいた。

一度か二度呼んでみたが、返事はなかった。しばらく考えていちばんありそうな説明を思いついた。夕食の準備をはじめようとして何か調理用具がないのに気づき、落としていないか確かめるため来た道を数マイル戻っているのかもしれない。そこでわたしは懐中電灯と（急いでいたという以外、自分でも理由はわからないが）小型の方のライフルを持ち、自分も少年を探しに出かけた。太陽は低くかったが、まだ沈んではいなかった。

十分間早足で歩いて川に出ると、少年は腰の少し上まで水に浸かり、砂で体を洗っていた。声をかけると少年も叫びかえして、表面的にはごく無邪気だったがその奥には何かが潜んでいた。なぜ何も言わずにキャンプを離れたのかと訊ねると、少年は、体が汚くなったので洗いたかっただけだと答え、さらに、飯盒に入れた分だけでは料理に使う水が足りなかったし、わたしを起こしたくもなかったからだ、と付け加えた。まったく筋の通った説明だったし、起こったのが正確にはそうではなかったとも、実際、それがすべてではなかったとも言えない。だが心の中ではわたしは確信していた。少年は嘘をついており、わたしの寝ているあいだに誰かが——我々二人以外の人間が——キャンプを訪れたのだ。少年は、あきらかに、女と一緒だった。言うことやること、すべてがそう語っている。燻製肉が二十ポンドばかり消えていた。少年が愛人に与えること自体はいっこうにかまわないとはいえ——なんと言っても腐るほどあるのだ——これは正しくはわたしのものであり少年のものではない。このことははっきりさせるつもりだ。

ともかく、少年を五分ばかり問いただして、今簡単にまとめた以上の答えは引きだせなかったので、我々は歩いてキャンプまで戻った。少年は水を汲んだ鍋を抱えていた。とうとう陽が落ちきったが、まだ完全に暗くはなっていなかった。テントが視界に入ろうかというときに、ラバが悲鳴をあげた——まるで大男が生きながら皮をはがれ、苦しみながらバラバラにされているかのような、恐ろしい音だった。

わたしは音がした方に向かって走ったが、少年は（賢明にも）もう一丁のライフルを取ってこようとテントに直行した。音から判断すると、ラバは小山のふもと近いやぶの向こう側にいるようだった。やぶをまわりこむのではなく——本当なら間違いなくそうすべきだったのだが——わたしは突っ切ろうとやぶに飛びこみ、そこでこれまで見たこともないほど醜い生き物と顔を突きあわせた。それはハイエナと熊と猿と人を混ぜあわせたような生き物で、力強く短い顎を持ち、人間のような目ではっきりとわたしのことを見つめ、その視線にはまさしく野蛮で、愚かな、貧民街の人殺しの暴れる狂人の、割れたガラス瓶を振りまわして暴れる浮浪者の殺意が込められていた。幅広い肩は大きく丸まっていた。前足は大人の胴体くらい太く、その先は短く太い指に二寸釘ほどの爪が伸び、けものの全身から汚物と腐肉の臭いが漂っていた。

わたしは腰だめのまま小型ライフルを三発撃ち、けだものは背を向けると猿のように大きく跳躍をくりかえしてやぶに逃げた。少年が大型ライフルを持って走ってきたときにはもういなかった。わたしの撃った弾が当たったのは間違いなく、それも複数弾命中していたが、小口径の弾丸がああサイズのけものにどれほどのダメージを与えられるのかはよくわからない——おそらく、たいしたことはないだろう。

『サント・アンヌの野生動物ガイド』を見れば襲撃者の素性は見誤りようがない——ハカアラシグマだ（興味深いことに、少年も同じ名前で呼んでいた）。『野生動物ガイド』では腐肉食動物とされているが、説明文を読むかぎりでは生きているものを餌にするのもためらわないようである。

……金属棺で保護されていない死者を略奪することからその名がある。強い力で掘り、死体を奪うためには大きな石をどけることもある。大胆に抵抗されると通常は逃げ、腐りかけた死体を片腕でつかんで持ってゆく。家畜が屠られたばかりの農場に入りこむこともあり、そうしたときはしばしば畜牛や羊を攻撃する。

わたしは致命傷となる深手を負わされていたラバを撃たねばならなかった（灰毛のもの）。積んでいた荷物を他の二頭に移し、少年とわたしは大型のライフルで張り番をした。

＊
＊　＊

四月十五日　今ではかなり丘陵地帯に上がってきている。先に書いた以上の災厄はなかったが、新たな発見もなかった。怪我を負わせたハカアラシグマ（撃ってから二度目撃した）だけでなく、オイカケドラも後をついてきている。トラの遠吠えが、通常夜中の一時か二時頃に聞こえ、少年はまちがいないと確認した。ラバが殺された翌日（十三日）、わたしは腐肉あさりをしているハカアラシグマを撃てるのではないかと思い、二時間かけて来た道を戻ってみた。遅かった。ラバの死体はバラバラになっており、ひづめと太い骨以外はすべて、荷を軽くするために置いていった水牛の肉までもたいらげていった。ラバの死体があった場所のまわりは無数の動物が数え切れないほどの足跡を残していた。ごく小さな足跡の中には人間の子供とも思えるものもあったが、はっきりはしなかった。先に少年の元を訪れた（今でもそう確信している）娘が再び来た形跡はなく、少年もそのことは何も言わない。

＊
＊　＊

四月十六日　追跡者をようやく一名減らした――探検隊の一員に迎えたのだ。少年は猫をキャンプに誘い入れることに成功し、残飯をやって飼い慣らしてしまった。あとは少年がとても器用に素手で捕らえてくる小魚をやっている。いまだわたしは近寄らせてはもらえないとはいえ、オイカケドラもこのくらいたやすく慣らすことができればいいのに、とは思う。

少年へのインタビュー

私　「お母さんと一緒に彼方の向こうで過ごしていたとき、生きているアンヌ人に――きみ自身以外で――よく会ったって言ってたよね。もしも近くに来たら、ぼくらの前に姿を見せてくれるだろうか？　それとも逃げてしまうだろうか？」

V・R・T　「怖がってる」

私　「ぼくらを？」

V・R・T　（沈黙）

私　「植民者たちに殺されたから？」

V・R・T　（とても早口で）「自由の民は悪くない――盗むのはあり余ってるときだけ――仕事もする――家畜の番もできる――馬も探す――ヒギツネを追い払う」

私「わたしは自由の民を撃ったりしないって、きみはもうわかってるでしょ？　ただ質問して、そこから学びたいだけなんだ。きみはミラーの『文化人類学への招待』を読んだだろう。それなら人類学者が研究対象の人々を傷つけたりしないってわかってるはずだ」

V・R・T（わたしを見つめる）

私「獲物を銃で撃ったせいで怖がっているのかな？　でもだからって自由の民を撃つわけじゃないんだが」

V・R・T「先生は肉を地面に置きっぱなしにした。木に釣り下げておけば自由の民や影の子たちが登って獲れたのに。でもそうしないで地面に置きっぱなしにしたからハカアラシグマとオイカケドラが追いかけてきてる」

私「ああ、それで怒ってたのか？　また肉が手にはいったらロープをあげるから、縛って吊してくれる？　自由の民にあげるように？」

V・R・T「はい。マーシュ先生……」

私「ああ、なんだい？」

V・R・T「ぼくも人類学者になれると思いますか？」

私「え、もちろんだよ。きみはすごく頭のいい子だからね。でもそのためにはたくさん勉強しなくちゃいけないし、大学にも行かなきゃならない。今、何歳だい？」

V・R・T「今十六歳。大学のことは知ってる」

私「それよりは年をとってるように見えるけど――少なくとも十七歳には。地球年で数えて？」

V・R・T「ううん、サント・アンヌ年。ここの方が一年が長いし、それにぼくら自由の民は成長がすごく早いんだ。その気になればもっと年上にも見せられるけど、先生と最初に会ってボートを貸したときからあまり変わらないようにしてるんだ。でも、先生はぼくが本当に大学に行けるとは思ってないでしょ？」

私「いや、思っているとも。そのまま大学に行けるだろうとは言わなかったろう？　あるいは大学の入学準備は十分じゃないかもしれないし、その前にまず何年か勉強して、少なくとも外国語の基礎は学ばなきゃならないかもしれない——でも忘れてたよ、きみはもうフランス語は少し喋れるんだよね」

V・R・T「うん、ぼくはフランス語は知ってる。勉強ってほとんど読むこと？」

私（うなずく）「ほとんど読むことだ」

V・R・T「変な喋り方をするからもの知らずだって思ってるんだろうけど、ぼくがそうするのは父さんに教えられたから——人からお金をもらうために。でもぼくはどんな風に喋ることだってできる。でも信じてないでしょ？」

私「今はちゃんと喋っているからね——わたしを真似てるんだろう？」

V・R・T「そう、ぼくは先生が喋るみたいに喋るようにしてる。ちょっと聞いて。ハグスミス先生を知ってる？　ハグスミス先生をやるから」（実に見事なハグスミスの声真似で）『すべてインチキですな。何もかも作り物ですよ、マーシュ先生。お待ちを、ひとつ話をしてさしあげましょう。昔長い夢見の日々に線路歩きがアボの呪い師だったころ、〈三つの顔〉という名前の少女がいたそうです。アボの娘ですな、そしてこの娘は川辺で色のついた泥を取ってきて、両乳房に顔を描いたわけです――ひとつの顔はですね、先生、いつまでも『だめ！』と言い続けてまして――これが左胸です――そうしてもう一方、右の乳房に『いいわ！』って描きました。娘は彼方の向こうで牛追いと会い、牛追いが娘と深く恋に落ちると、娘は牛追いに右胸を向けたんです！　というわけで二人は彼方の向こうで夜に訪れる真っ暗闇の中で一晩中ともに寝て、牛追いは山を降りて一緒に住んでくれと頼み、娘はそうすると言って、料理やら家を片づけるやら人間の女がするいろんなことを覚えると言ったわけです。だけど太陽が昇っても男は寝ており、遅くなって目を覚ましたときには女は寝床を去って川で体を洗っており――これはつまり物語の中で忘却を意味するわけですな――元々の顔ひとつきりしか残っていなかった。そして牛追いが闇の中で女がしたいろいろな約束を思いださせようとしても、女はただそこに立って見つめているばかりで、牛追いが捕まえようとすると走って逃げてしまったというんです』」

私「それは興味深い民話ですね、ハグスミス先生。話はそれで終わりですか？」

V・R・T「『いえいえ。牛追いは服を着ようとして――女が去ったあとのことですよ――自分の胸にふたつの顔の絵があるのに気づきました。『いいわ！』の顔が左側、『だめ！』の顔が右側って具合にね。男はその上からシャツを羽織ってフレンチマンズ・ランディングまで馬で戻り、入れ墨屋の男のところへ行って入れ墨の針で絵を上からなぞらせたんだそうです。牛追いが死んだあと、葬儀屋は服の下に隠れていた胸の皮を剥いで、〈三つの顔〉の内の二つを奪って、霊安室のたんすにカルダモンと一緒に巻き、黒いリボンで巻いてしまっておいたと言われています。でも、本当かどうかなんて聞かないでくださいよ——わたしは見たことないですからな！』」

＊
＊　＊

四月二十一日　ラバを守るために二人で夜っぴて見張りをするのはきつすぎる。今夜——まさに今——過去十日間我々のあとをつけてきた肉食獣を少なくとも一頭殺すつもりだ。わたしはハネコウマを撃った——殺さず、片足に傷を負わせただけだが。これを書いている今、わたしは木の股に座り、地上三十フィートほどの高さで、大型ライフル銃とこのノートだけを友にして待っている。晴れた夜空だ。サント・クロアは大きな青い電球のように空にかかっている。

その二時間ほどあと。　一度H・フェネックを目撃しただけ。苛立たしいのはわかっていることが、はっきりと感じられることがある——テレパシーとでもなんとでも呼ぶがいい——つまりわたしがここにいるあいだ、少年は以前にキャンプを訪れた女と一緒にいるのである。ラバを見張っていなければいけないのに。その女はアンヌ人である。以前には疑っていただけだが、今ではわかっている。あの話はわたしへの当てこすりだったのであり、それにどのみちこの神に見捨てられた地で生きられる者は他にいない。少年がただ彼女にわたしは傷つけたりはしないと言ってくれれば、それで探検は成功裏に終わってわたしは名声を勝ち得る。木から降りて二人まとめてとっつかまえてもいい（あの子が女と一緒にいるのはわかってる。ほとんど音が聞こえそうなくらいだ）が、ただハカアラシグマの臭いも近くからただよってくる。きっと番っているだろう、あの二人は——体を洗っているときにわかったが、あの子は割礼していない。わたしが行ったときにもしそんなことをしていたら、きっと二人とも撃ち殺すだろう。

00—00

その後。新しい囚人が来た。自分の房からたぶん五つほど離れたところだろう。彼が連れてこられるのを見たことが、たぶん、わたしを発狂から救ってくれた。だがそのことで、わたしは彼に感謝しない——つまるところ人間の行為に適用されるたったひとつの原理が理性なのであり、その原理を、長年適用してきた結果が災厄、破壊、絶望、悲惨、飢え、腐敗なのであれば、それを捨て去ることこそ精神にとっては正しいおこないなのだ。理性を捨てようとする決断こそ、今にしてわかるが、最後ではなく最初の合理的行動なのである。そして我々は狂気を恐れるように教えられているが、狂気は文化的に獲得した行儀である理性などよりも、はるかに自然で本能的な反応からできあがったものである。狂気の男が無意味なことを喋るのは、鳥や猫のように、意味あることを喋るには感受性が強すぎるからである。

新たな囚人は太った中年男で、ほぼまちがいなく他人に雇われる商売人だった。蠟燭が燃えつき、頭を膝の上に乗せて座りこんでいたとき、かすかな音が——ここの覗き穴には地上の監房の扉には全部ついている防音の安全ガラスはなく、ただの金網が入れてあるだけだった——覗き穴からわたしに届いた。てっきり看守が食事を運んできたのかと思い、来るのを見ようとドアの前にひざまずいた。今回は看守は二人、懐中電灯を持っているいつもの奴と制服を着た兵士のような見知らぬ男とで、あいだに怯えたデブ男を挟んで狭い廊下を斜めにカニ歩きで進んできたが、デブ男の顔があまりに白いのでわたしは思わず笑ってしまった（そのせいで男はさらに怯えあがった）。窓は小さいので、目か唇かどちらか一方だけで、両方同時には無理だった。だがわたしは代わる代わるにのぞかせ、通り過ぎるときには腰までの高さしかなかった穴から、囚人に「おまえは何をやった？おまえは何をやった？」と声をかけてやり、すると男はすすり泣いて「何も！　何も！」と言い、それを聞いてわたしはさらに笑ったが、それは男だけでなくもう一度喋ることができた自分を笑ったのであり、そして何よりも、男が自分とはまったく無関係なのだとわかっていたからであり、どんな意味でもわたしの一部ではなく、サント・アンヌとも、大学とも、ここの下宿屋とも、ケイヴ・カネムとも、真鍮の道具を買ったほこりの積もった店とも無関係で、まったく無意味なただの怯えた醜い男であり、いまやわたしの隣人となったが、それ以外の意味は何も持たない男であった。

＊
＊　＊

わたしはまた尋問を受けた。いつもとは違う。どこか雰囲気が違っていたが、どう違っているのかはわからない。いつもの脅しからはじまり、それから親しみを見せて、煙草を勧めてきた――何週間かぶりのことである――すっかりくつろいで学位をからかう皮肉っぽい詩を詠んでいたが、これは彼にしては浮かれ騒ぎというべきだ。陽気さに乗じて煙草をもう一本頼んでみると、驚いたことにもらえたうえ、そのあとは尋問ではなく、まるで市民権の申請者に対するかのように、サント・クロア政府の不思議について長い講義をしてくれた。それからわたしは拷問されているわけでも薬を盛られているわけでもない、という短い講義があったが、それはどちらも完璧に真実である。尖った顎で猫背のサント・クロワ人《にん》どもに生まれつきそなわった高潔さと慈愛ゆえだと主張していたが、わたし自身の意見では一種の傲慢、自分たちにはそんなものは必要なく、拷問も洗脳もなくともわたしを、あるいは誰であっても、打ちくだくことができるという考えゆえだろう。

その流れでひとつだけ興味深いことを言った。協力関係にある医者がおり、彼らが求めさえすればほんのわずかな時間でわたしから知りたいことをすべて引きだせるという。その言葉になんらかの反応を期待しているようだった。そんな話が出たのは、すでにわたしの事件に興味をなくしていたからとも思われたが、尋問のあいだ間接的に探るような質問が散りばめられていたことを思えばそうではないようだった。それとも他の情報源から情報を得ているようでもあるが、そんな情報源などないのだからこれも不可能だ。いちばん正しい解釈は、その医師にはもう頼めないという意味なのだろうと思われ、そしてわたしにはそれが誰なのかわかった、あるいは少なくとも推測できた(一瞬の閃きだったのか、それまでにほのめかされていたことから思いついたか、今となってはわからない)ので、早くに薬物を使った尋問が行われなかったのはかえすがえすも残念だ、というのはもしやっていればわたしの無実が証明されたに違いないからで、でもきっとすぐに同じような人が見つかるに違いない、と答えた。

「いや。彼はユニークな存在——芸術家だ。もちろん、他にもいるだろう。だがあの半分の技術でも、首都まで行かなければ見つからないだろうな」

わたしは言った。「ぴったりの人間を知っている。〈犬の館〉という場所を取り仕切っている男だ。金さえちゃんと払われればやることの当否などは気にしないし、評判も高い」

彼の顔に浮かんだ表情が答えだった。売春宿の主人は死んだのだ。

教えてやってもよかったのだ——決して信じないだろうが——彼の替わりに息子を雇えば、同じ人間を相手にしていることになる、と。だがまちがいなく今頃若い方は逮捕されているだろう。ここにいるかもしれない。彼の叔母が——生物学的には娘だが、混乱を避けるためにあの一家が使っているのと同じ言葉を使う——今頃は釈放させようと努力しているところだろう。

あるいは（今はじめて思いついたのだが）彼女はわたしも釈放させようとしてくれているかもしれない。あの女性は興味深い精神だけでなく本物の知性の持ち主で、わたしたちはたびたび長い時間語りあったものだ——しばしば彼女が「女の子」と呼ぶ娘たちを聞き役にして。あなたはどこにいるんだ、ジーニー叔母さん？　わたしがここにいると知っているのかい？

彼女は、自分ではそうでないふりをしていたが、アンヌ人がホモ・サピエンスを飲みこみ置き換わったと信じていた——ヴェールの仮説であり、彼女がヴェールだ。この理論は長年、サント・アンヌの原住人口についての異説を論難するのに用いられてきた。だがならばジーニー叔母さん、自由の民とは何者なのだ？　昔の生き方に固執する保守主義者か？　問題は、かつてわたしが考えていたのと違い、影の子たちの考えがどこまで現実に影響を与えたのかではない。我々自身の考えがどれだけ影響を与えたのかなのだ。わたしはブラント夫人のインタビューを読んだ――丘にいるあいだ数え切れないほどくりかえし――そして今では自由の民が何者なのかわかっていると思う。それをルェーヴの公理と名付けよう。わたしはルェーヴであり、もういない。

＊
＊　＊

新しい囚人が喋っていた。彼は他の独房に誰かいるのか、名前はなんというのか、いつになったら食事が出るのか、マットレスやその他ありとあらゆるものをもらえるのかとわめき続けていた。もちろん誰も答えなかった――話しているところを見つかったら殴られる。しばらくして、看守がいなくなるまで待って、わたしは警告してやった。男はしばらく黙っていて、それから自分では静かに内密だと思っている声で訊ねた。「ぼくがここに連れてこられたとき、ぼくのことを嘲笑った気違いは誰だ？」そのころには看守が戻ってきており、デブ男は罠にかかったバラウサギみたいな悲鳴をあげて独房から引きずりだされ、鞭打たれた。馬鹿な奴だ。

＊
＊　＊

信じられない！　わたしがどこにいるか想像もつくまい！　当ててみたまえ――回答数は無制限。馬鹿な真似だろう。だがわたしは馬鹿みたいに感じたし、この際馬鹿でいいだろう。わたしはもうひとつの百四十三号、地上の昔いた場所に戻っており、マットレスと毛布と、窓から射しこむ光を味わっていた――窓にはガラスはなく、夜になると寒気もまた入りこんできたが。まるで宮殿のように思えた。

わたしがここに入って一時間もすると四十七号がパイプを叩きはじめた。わたしが戻ってきたと噂で知り、挨拶を送ってきたのだ。わたしがいないあいだ、この独房には誰もいなかったと言う。以前使っていたスープの骨はなくなってしまったが、わたしは拳でできるだけ返事を送った。隣の部屋の囚人もわたしが戻ってきたことを知り、昔のように我々のあいだにある壁を叩いたり引っ掻いたりしはじめたが、いまだ暗号を学んでいないか、それともわたしに解読できない別の記号で喋っているかだった。音があまりに多彩だったので、ときどき雑音で喋っているのではないかとも思われた。

＊
＊　＊

翌日。これはわたしが釈放されるという意味なのだろうか？　昨夜は逮捕されてからいちばんいい食事が出た――豆スープ、濃くて本物の豚の肉片が入っている。レモンと砂糖入りの紅茶。紅茶は大きなブリキのカップに入って出てきたし、今朝はパンとミルクの食事だった。それから独房を出され他に五人と一緒にシャワーを浴び、それから殺虫剤を髪と髭と股間にふりかけられた。毛布も取り替えられ、比較的新しくほとんど清潔なものをもらった――これまでよりいいものを。今こその毛布を肩にまいて書いている。寒いからではなく、ただ感触を味わいたいから。

＊
＊　＊

またしても尋問、今回相手はコンスタントではなく初めて見る顔でジャベズと名乗った。かなり若く、いい服を着た民間人だった。煙草をくれて、尋問するだけでチフスにかかる危険をおかしているんだと言った――洗われる前のわたしの姿を見せてやりたかったものだ。毛布をもう一枚と書く紙をもっとくれと頼むと、ジャベズはこれまでにわたしが書いたものをファイルから出して見せ、清書しなおす手間がかかると文句を言った。読まれて困るようなことはないとわかっていたので、わたしは（彼がほのめかしていたように）上層部に送りたいならコピーをとればいい、と提案してみた。だが、今書いているものは渡さない方がいいだろう。地球で送っていた両親との生活についてきわめて自由に空想を広げてみたが――実を言えば、わたしは小説を書こうかと考えていた。偉大な小説が多く獄中で書かれているから――この件の審理を混乱させるだけだろう。このページも捨ててしまうつもりだ。

＊
＊　＊

真夜中を過ぎたころ。幸いにも蠟燭とマッチは取りあげられなかったので、これを書くことができる。わたしが眠りこんだころ、看守が入ってきて肩をつかみ、わたしに「来い」と言った。最初に考えたのはこれで死ぬんだということだった。だが看守はそんなことはあるとは思えないような笑みを浮かべており、わたしは頭を剃られるといった何か冗談半分の嫌らしい虐めを受けるのだろうと思った。

監房エリアのいちばん端まで連れてこられると中に突き飛ばされ、そこでわたしを待っていたのはセレスティーヌ・エティエンヌ、デュクロース夫人の下宿屋にいた娘だった。外では夏の盛りだったに違いない、というのは夏の日曜日に夜礼拝に出かけるような服装だったのだ——ピンク色の袖無しドレス、白い手袋、それに帽子。以前はコウノトリのように背が高いと思っていたが、今見ると、青紫色の目を怯えて大きく見開いている可愛らしい娘だった。わたしが入っていくと立ちあがり、言った。「ああ、先生、ひどくお痩せになって」

部屋にはひとつきりの椅子、スイッチのない灯り、姿見（それは、まちがいなく、隣の部屋から監視されていることを意味する）、それに古くてたるんだベッドがあり清潔なシーツがマットレスにかけてあったが、そっちは見ない方がいいだろうと思われた。

そして、驚いたことに、差し錠が部屋の内側についていた。わたしたちはしばらく話した。わたしが逮捕された翌日、市の財務局の人間が彼女に会いにきて、翌週の木曜日——わたしに会うはずだった日——午後八時ぴったりに免許局に出頭するように命じられたのだという。彼女は命令に従い、十一時まで待たされたあげく、役人にもうオフィスを閉めるので、今晩は誰にも会えないから二週間後にまた来るように言われた。どういうことなのかはよくわかっていたが、怖かったので二週間ごとにオフィスに通っていた、と彼女は言った。今夜は待合室の長椅子に座るやいなや、いつも十一時に彼女を帰す役人があらわれ、ここにいるかわりに城塞に行ってはどうかと勧め、加えて当面は免許局に来る必要はなくなった、と告げたのだという。彼女はデュクロース夫人の家に戻って香水をつけ、服を着替え、ここにやってきた。

＊
＊　＊

それで十分だ。ここまで書いてくるのは、わたしのペンが何週間分もの黒い蜘蛛の糸を引いていくのを見るのは楽しかったが、以前に書いた分が新しい尋問官のファイルに入っているのを見て不愉快な気分になった。看守が外の廊下で寝ているのはまちがいないと思われるので、わたしはすべてを、一ページ一ページ、蠟燭の炎で燃やしてしまうつもりだ。

筆記は紙の途中で終わり、原文が囚人から没収された場所、時間、日付が記されていた。

この記録の筆の乱れをお許しいただきたい。そして続く記述についても。馬鹿げた事故が起こったが、そのことについては時期が来たら説明する。わたしはオイカケドラとハカアラシグマを撃ち殺したが、クマの方はトラの死体越しに翌晩撃ったのだ。トラが襲いかかってきたのは、一晩待っていた木から降りたところだった。ひどい怪我を負わされてもおかしくなかったと思うが、けだものの胴体に押し倒されたときも棘でかすり傷を作っただけだった。

士官はカンバスで綴じた日誌をテーブルに置き、モズのことが書いてあるボロボロになった英作文練習帳を探した。ノートを見つけると最初の何ページかに目を通し、一人うなずき、また日誌を手に取った。

四月二十三日　上に書いたようにオイカケドラを撃ったあとキャンプに戻ってみると少年と一緒にいたのは我々を追いかけてきていた猫だけだった。少年は膝の上に猫を抱いて座っていた――料理をしていないときはいつもそうだったが――焚き火に背を向けて膝に猫を乗せて。わたしはもちろん、オイカケドラのことで興奮していて、その話をしはじめ、少年に近づいて猫をつかみ、弾がどこに当たったかを見せようとした。猫は首をまわして牙を手に突き刺した。昨日ハカアラシグマを撃ったときには悪くなかったが今日になって痛くなってきた。わたしは包帯を巻いて抗生物質粉をふった。

＊
＊　＊

四月二十四日　まだ手が良くならない、筆跡からわかるように。少年抜きでは何をどうしたらいいのかわからない。彼が何もかも、この旅行のことは、ほとんどの仕事をやってくれている。今日キャンプを畳んで上流に向かうべきかどうか相談したが、結局今日はとどまって、手の加減がこれ以上悪くならないかぎり明日出発することに決めた。ここはいい場所だ。木はいつも幸運の印だし、ゆるやかな草の生えた丘が川から立ち上がっている。川の流れは速く、水は甘く冷たい。肉はたくさんある――我々はハネコウマを食べ、腰肉をひとかたまり飢えた者のために二キロ離れた木に吊しておいた。さらに川をさかのぼると峡谷に入っていく――その口がここから見える。

＊
＊　＊

四月二十五日　今日キャンプを畳む。いつものように、少年がほとんどの仕事をやった。少年はわたしの本を読んで質問してくるが、中にはうまく答えられないものもある。

＊
＊　＊

四月二十六日　少年は死んだ。わたしは誰にも見つからないところに埋葬した、というのは死体の顔を見たときに、知らない人に自分の墓を見られたくはない、と思っていることに気づいたからだ。それはこんな風に起きた。今日昼頃、峡谷の南へりに沿っている道をラバを引いて進んでいた。谷は二百メートルほどの深さで、狭く、谷底の深い水路を流れる川は早く、水際は赤い砂と割れた岩だった。わたしは自由の民の聖なる洞窟があるのはまだ上流だと少年が言ったことを指摘したが、あの子は、同じような洞窟があるかもしれないから絶壁を登ってみると言い張った。あの子が落ちるのを見た。岩をつかもうと手を伸ばし、それから悲鳴をあげて下に落ちていった。わたしはラバの足をくくり、彼を探しに戻った。水の流れがゆるやかな下流まで行けば泳いで川からあがってくるかもしれないと考え、来た道を戻った。ずっと下流まで下ったところで、大きな木が岩をつかみ、足下に水をたたえ、根を突きだしてわたしの友を捕まえていた。

嘘をついていた。このページと前のページと前々ページの日付は正しくない。今日は六月の最初の日だ。長いあいだノートに何も書かないでいたが、それから、今夜、もう一度記録をつけなおそうと考えて起きたことを書いてみた。見てのとおり、わたしの手はまだ良くなっていない。もう一生元通りにはならないかもしれない。傷はないし見た目は健康そうだが。手でものを握りにくくなった。

少年の死体は川のほとりの涼しい洞窟に隠した。たぶんあそこが気に入るだろうし、ハカアラシグマもあそこまでは上がってこないだろう。大きな岩を動かすことはできるが、人間のように登ったりはできない。死体をラバに縛りつけて運び、洞窟を見つけるまで三日かかった。猫は殺して足下に寝かした。

自分がこうしたことに慣れていないのに気づいた——手だけのことでなく、自分の考えを書き記すことに。もちろんインタビューを書き起こしたし、聖なる洞窟のことも書いたが、自分の考えではない。すっかり夢中になってしまったし、今では他に話し相手もいない。いずれにせよ、誰もこれを読むことはないだろう。

我々——二頭のラバとわたし——は、彼が生きていたときよりもずっとゆっくり進んでいる。午前中ほんの三、四時間ほど歩くだけで、このあたりには何かしら足を止めるものがある。木陰にシダが生える美しい場所や、隠されている洞窟や、魚のいる深い穴がある。彼が死んでからは大きなけものは殺しておらず、魚やラバの尻尾の毛を抜いて作った罠でとらえた小さな生き物だけを食べている。何度か罠から盗まれたが怒ってはいない。誰が盗んでいるのかたぶんわかっている。

魚と動物以外にも食べられるものはたくさんあったが、まだ果物には早く、あっても初物だけだった。湿地人たちは、いや沼沢地のアンヌ人と呼ぶべき連中は、おそらく塩水性の葦の根を食べていた。わたしも試してみた（まず最初に根の苦く黒い皮を剝いてやらねばならなかったが、この部分は大量に石ですり潰してやると魚を殺すことができる）が、美味しかった。しかし栄養があるとは思えなかった。海辺で食べれば一口ごとに白い部分を塩水に浸けて味をつけられる。

そこ、沼沢地では、根を食べたければ引っこ抜くだけでいいが、それ以外に食べるものは、鳥を捕らえないかぎりは、魚とハマグリ、春にはカタツムリくらいしかない。ここでは事情がまったく違っていて食べ物はたくさんあるが、どれも見つけにくい。若芽の中には食べられるものもあるし、腐葉土の中には芋虫がいる。光がまったく射しこまない場所にしか生えないキノコはとても美味だった。

先に述べたようにわたしは大きなけものは殺さなかったが、一度だけその誘惑に駆られたことがある。だけどライフルはたいへん大きな音を出すので——ショットガンはもっと大きい——見つけたい相手もきっと怯えて逃げてしまうだろう。

六月三日　（これは本当の日付）丘をさらに高く上がる――ラバ二頭を連れて。石が増え、草が減る。ここでは、鹿は家畜みたいに見えない。

＊
＊　＊

六月四日　今夜は火を起こさない。彼が死んでから毎晩、一ヶ月以上にわたって起こしてきた。今夜、いつものように枯れ枝を集めはじめ、そこではたと立ち止まった。死んだ子は集めていたが、それは料理をしてお茶を入れなければならなかったからである。わたしはお茶は好きだが今はもう切れているし、もうすでに食事は済ませたし、調理しなければならないものもない。だが、すぐに陽は落ちる。そしてそれから姉妹世界が丘の上に上がるまでは何も書けない。ときどき、誰がこれを読むのだろうと考えて、誰も読みはしないと思い、内密な思いをすべて吐きだすことにする。それから科学的記録をつけるはずなんじゃないかと思いかえす。いずれ誰も読まないにせよ、それはいい訓練になるだろう。

だが何を書くことがあるだろう？　わたしは髭を剃るのをやめた。ここに座って本を膝の上に広げ、地球から人間が来る前の自由の民の生活はどんなものだったのか、想像してみようとした。ここらの丘は何もない厳しい場所で、もし他にいい場所があれば誰も住まなかったろう。あるいは山々——テンポラル山脈、と名がついている——の方がましなのかもしれないが、今のところ、わたしにはそれを知る術はない。まちがいなく我々が通り抜けてきた丘陵地帯のふもとの方がいいし、沼沢地の方がまだましである。ならばなぜ自由の民は山々に住んでいたのだろうか？　昔話を信じるならば、住んでいたのはまちがいない。ここに来たことはあるんだろうか？　今も来るんだろうか？　わたしは来ていると思う、だけどそれはまた別の話である。

たとえ彼らがここに来ていたにしても、そう頻繁ではないだろう。なぜなら物語ではいつも山の人々（自由の民）と湿地人たち、沼沢地の人々のことが語られるからである。そういう物語の中で湿地人たちが語る言葉では自由の民は「丘人」と呼ばれることもあるが、そう呼ぶのは彼らだけであり、たぶん、沼には人がいても丘はそうではなかったろう。ここにはまったく、あるいはほとんど死者がいない。

それに沼人たち。彼らはなんでここに来なかったのか？

まず、沼人たちからはじめよう。彼らについては多くのことがわかっている。沼人たちは肉に飢えていたとわかっている。物語の中では、信じていない者までも、生け贄の肉で浮かれ騒ぎをするように描かれている。沼沢地に住んでいたのだから、すでに述べたように、食物は塩水性の葦、それに魚と水鳥を食べるしかなかった。まちがいなく、ときどき、肉を求めて丘陵のふもとに入りこんで狩りをすることもあったはずだ。だが魚を釣り、水鳥を罠で捕らえている者が、ちゃんと狩りをできたわけはない。ならば集団になって（何人くらい？　十人？　二、三十人？）丘に侵入し、川に捧げる生け贄を探すはずだ。沼人たちが歩いているところが目に浮かぶ。一人ずつ行列になったずんぐりした男たち、太い足、がに股、白い肌。十人、十二、十三、十四、十五人。自由の民は優れた狩人で、疑う余地なく優れた戦士で、足も長いし早く走れるが、飢えてしまうので数はあまり多くない――獲物が足りないから。ひょっとしたら女子供全部合わせて十人を越えて集まることはなかったかもしれない。そして戦える年齢の男は三、四人以上はいないだろう。いったい何人が、何もない、岩だらけの丘を越えて〈砂時計〉と〈観測所〉と〈川〉へ連れていかれたのか？　いったい何人？　母なる地球での人間前史はどのくらいの長さがあるんだろう？　百万年？　一千万年と言う者もいる（わが父祖たちの骨よ）。

その後。姉妹世界が今は夜空の女王であり、このページを青い光で包み、ペンを握る手が落とす影だけが残っている。今は半分暗く半分明るく、そのあいだで〈手〉が海をつかもうとしているのが、そしてポート・ミミゾンに違いない小さな光点が、親指が手のひらから生えている付け根に当たるところに見える。あそこは両世界でもっとも邪悪な都だとされているそうである。

その後。一瞬、わたしは猫が闇の中を影となって飛んでいくのを見たような気がして、自分で首をねじったにもかかわらず、彼女が死ななかったのかと思ってしまった。彼を埋葬する洞窟を見つける前の日に、彼女は小さな獲物を捕ってきて、わたしの足下に置いた。わたしはいい猫だと褒め、自分で食べていいと言ったが、ただこう答えるだけだった。「わが主人、カラバス侯爵様よりのご挨拶でございます」そしてまた消えた。獲物の小動物は鼻が尖って耳が丸いが、歯は人間のような平らになった嚙むためのもので、苦悶の笑い顔を浮かべていた。

その後。姉妹世界の光を頼りに岩のあいだに道具――原石器を探した。ひとつも見つからなかった。

＊
＊　＊

六月六日　今日は探検家のように、一日中行軍を続けた。右手では川が岩壁の向こう側から轟いていた。前方では山が青い壁を立ち上げている。わたしは川にしたがっていくつもりだ。川は山の心臓に上がっていくだろう。

＊
＊　＊

六月七日　今日、我々の前方の坂から石ころが転がってきた。何か動物が落としたに違いなかったが、その動物の姿は見えなかった。もう獲物を撃つのはやめていたので、追いかけられてはいないだろうと思いこんでいた。罠から獲物が盗まれることはほとんどなく、たまに盗られたときはほぼ確実にヒギツネの跡があった。ラバを連れたわたしは、なんと不思議に見えたことだろう。わたしは服は何も身につけていないが、石のために靴だけは履いている。だがラバが怯えさせたのだろう。

かなり後で。今が何時かわからない。真夜中をかなり過ぎている、と思う。姉妹世界は西の空に低いが、光はさらに明るくなり、遠く、遠い谷までが見渡せ、高い崖は青い光に輝いた。

後でとは書かないようにする。というのはほんの数分、枯れ葉と枝を集めるためにノートを脇に置いただけだからだ。火を起こすのは数日ぶりだが、寝袋が無くなってから寒くてたまらず、今は眠りたくない。寝ているあいだ、裸の人間に取りかこまれる夢を見た。子供たち、ねじくれた影の子たちは子供でもなく大人でもない。それに背が高く長いストレートの髪をした女が、わたしの上にかがみこんで、髪が顔に触れそうになった。

それがカンバスで綴じた日誌の最後の記録だった。士官はノートを閉じ、脇にほうり投げ、それから指で固い表紙を軽く叩いた。読んでいるあいだに夜が明けそめていた。士官はランプの弱々しい火を消し、椅子を後ろに押しだし、立ちあがって伸びをした。朝の空気には早くも湿気と熱気が忍びこんでいた。開いたドアから外を覗くと、奴隷はユーカリノキの下の定位置を離れており、おそらくはどこかの隅に行って寝ているのだろう。一瞬、士官は奴隷を探して蹴り起こそうかと考えた。それからテーブルの方に向きなおり、立ったまま、ファイルに付属していた添え状をもう一度読んだ。日付はほぼ一年前だった。

貴下　わたしが送ります書類は囚人番号百四十三号、現在当施設に拘置されており地球の市民だと自称している男についてのものです。パスポート（偽造の可能性あり）によれば哲学博士ジョン・V・マーシュである囚人は、当地に昨年四月二日に到着し、本年六月五日本市において発生した特別警察局《GSPB》AA級連絡諜報員殺害に関連して逮捕されました。諜報員の息子がすでに拘束されておりますが、わたしが同封した資料からもおわかりのように、百四十三号には姉妹世界で現在権力を握っている指導者集団の諜報員である可能性があります。これは、実際、わたしの意見です。

サント・アンヌからの工作員の処刑が、現在、当地での世論に大きく影響を与える状況にあることに留意いただきたく存じます。その一方で、母世界から来たという囚人の主張を受け入れるならば、釈放は、少なくとも彼が再度犯罪をおかさないかぎりは、同じく好意的な影響を与えると考えられます。当地の住人、とりわけ知的階層は彼が地球からの科学者という触れ込みで登場したとき、諸手をあげて歓迎しました。

「ご主人さま……」

士官は顔をあげた。カッシーラが、あくびを噛み殺しながら、お盆を持って肘の脇に立っていた。奴隷がその背後にいた。「コーヒーです、ご主人さま」とカッシーラは言った。明るい日の光の下で目尻の小じわが見えた。少女は老けはじめていた。惜しいことだ。士官は差しだされたカップを受け取り、カッシーラがコーヒーを注ぐあいだ、いくつなのかと訊ねた。

「二十一です、ご主人さま」ポットは師団の紋章がついている銀器で、キッチンでわざわざ指定しなければ出てこないものだった。奴隷が何も言わなければ士官のテーブルにあるのと同じ、飾りのないものを渡されたはずである。

「もっと体をいたわれ」コーヒーは熱く、かすかにヴァニラの香りがした。士官は濃いクリームを垂らした。

「はい、ご主人さま。他に御用はございませんか？」

「下がっていい。

おい」奴隷の方に手振りした。「ポート・ミミゾンへの次の船は？」

「〈イヴンスター〉号です、ご主人様。本日の満潮に。ですが〈手〉に行く前にコールドマウスに寄って、島嶼で貿易をしてゆくようです。〈スロウ・デズモンド〉号は来週まで出帆しませんが、ポート・ミミゾンに着くのは一ケ月ほど早くなります」

士官はうなずき、コーヒーをすすり、手紙の続きを読んだ。

囚人の個人的所持品の中には重要と思われるものも多々ありますが、現在まで男は何も認めてはおりません。これまでは通常の鞭と飴を交互に与える取り扱いで男をくじこうとしております。快適な監房に戻されるとすぐ、すぐ上階にいる四十七号が両監房をつないでいるパイプを叩いて暗号を送り男とコミュニケーションを取ろうとしはじめました。問題の囚人が返答したので、我々は四十七号（政治犯であり、当地の政治犯の例に漏れず軟弱である）を説き伏せて会話の記録を取らせることにしました。四十七号はそれに従い（ファイル百八十一号）、チェックによれば正確ですが、その内容は重要なものではありませんでした。隣の監房にいる囚人は盗癖を持つ文盲の女性で、同様に壁を叩くことでコミュニケーションを取ろうとしていましたが、パターンが判読できず、男は反応しませんでした。

大学より百四十三号の釈放を求める相当な圧力がありますので、本件の迅速な処理が求められます。

士官は送達箱の上蓋を開け、手紙を中に放りこみ、それから筆写用紙、録音テープのリール、カンバス綴じの日誌、作文の練習帳を手づかみで次々に入れていった。その後テーブルの引き出しから公用箋とペンを出してきて書きはじめた。

特別警察局長
デパルトマン・ド・ラ・マン
ポート・ミミゾン
城塞内
貴下　我々は同送の案件に関し相当時間検討を重ねた。当囚人には重要性はないものの、貴兄より提案された方向性はいずれも採用しがたい。もし公に処刑されたならば、多くの者が母世界の出身であるという彼の主張を受け入れ、彼がスケープゴートにされたとみなすだろう。一方で、無罪だとして釈放されそののちに再逮捕されたならば、政府の信頼性は深刻な被害を受けるだろう。

我々はポート・ミミゾンの世論を重要視はしていない。さりながら、本件においてはそれ以外に重視すべき事項は存在しないので、さらに完全な協力を確保する努力を続けなければならない。C・E嬢に対する依存の利用はあくまでも慎重におこなうべきである。完全な協力が得られるまで、囚人の拘留を継続するように命じる。


一番下に自分のサインを書き加え、士官は、その手紙も送達箱に加え、奴隷を呼んで元通りに縛りなおすように命じた。奴隷が紐を締め終わると、士官は言った。「これを〈イヴンスター〉号に載せよ。ポート・ミミゾンまで」

「はい、ご主人様」

「今日は司令官殿にお仕えするのか？」

「はい、ご主人様。十二時からです。夕食時は、ご存じでしょうが、将軍にお仕えします」

「ならば万が一――恩寵あれば――直接お話することがあるやもしれぬ。おそらくは司令官殿はおまえの奉仕を借りたことでわたしに礼を伝えてくれとおっしゃるだろう」

「はい、ご主人様」

「そのときには、おまえはわたしが徹夜でこの件に取り組んでいたこと、今朝いちばんの船でポート・ミミゾンへ手紙を送付したことをお伝えできるかもしれない。わかるな？」

「はい、ご主人様、必ずそういたします、ご主人様」

そのとき、奴隷はいつもかぶっている服従の仮面を落とし、かすかに笑った。そして士官は、その笑顔を見て、奴隷はきっと自分の指示通りにするだろうこと、奴隷の中にひそんでいた陰謀と二枚舌好きの心が躍っていることを感じとった。そして奴隷は、士官の表情から、自分は二度と梳綿《そめん》の部屋と織機に戻らなくてもいいのだと知り、そして自分がそうした行為を愛しているから、自分にできるかぎりのことをすると士官にわかっているのだと悟った。奴隷は行李を埠頭へ、そして〈イヴンスター〉号へ届けるために肩にかつぎあげ、そして二人はそろって幸せに別れた。奴隷が去ったあと、士官はテーブルのランプの裏に、テープが一本転げこんでいたのを見つけた。士官はテープを窓から投げ、テープは荒れた花壇の中、無造作に伸びたエンゼルス・トランペットのあいだに落ちた。

失われた作家を求めて

柳下毅一郎

日本においてもっとも過小評価されているSF作家、ジーン・ウルフをお届けする。ジョン・クルートが「SF界においてもっとも人気のある作家でも、もっとも影響ある作家でもないが、ジーン・ウルフは今日もっとも重要な作家であるかもしれない」と言い、アーシュラ・K・ル＝グィンに「我らのメルヴィルである」とまで言わしめたウルフだが、その真価——七〇年代最高のSF作家の一人であり、現代ファンタジイの第一人者である——にふさわしい評価を受けているとは言いがたい。二十冊を越える長篇、十冊の短篇集を数えながら、翻訳はわずかに〈新しい太陽の書〉四部作のみである。残念ながら、オールタイム・ベストには必ず名が挙がり、八〇年代においてもっとも重要なSFファンタジイと言われたこの傑作さえ今はもう読めない。彼我の評価の落差は絶望的なほどである。

なぜ、これほどまでに差が生まれてしまったのか。それはウルフがきわめて知的な作家だったからである。滅多に文章力が問題にされることはないSF界において、ウルフの文章技巧はきわだっている。濃密な散文、該博な知識は翻訳のハードルをひどく高いものにしてしまった。それゆえにウルフの最高傑作はこれまで一度も紹介されることないままだったのである。

だがあるいは、本書によって、その絶望的なギャップをいくらかは埋めることができるかもしれない。

本書、『ケルベロス第五の首』は一九七二年に発表されたウルフの第二長篇である。正確に言えばこれは連作中篇集であり、またウルフは一九七〇年にＳＦ長篇“Operation ARES”を発表しているので、処女長篇とは呼べないだろう。だが「処女作にはその作家のすべてがある」という使い古した言葉を信じるならば『ケルベロス第五の首』こそウルフの真の処女作である。ここにはウルフがその後追いかけることになるテーマがすべて含まれており、そしてＳＦ界随一のテクニシャンと呼ばれる技巧が存分に尽くされている。何よりも驚くべきはその完成度だ。ウルフは最初の長篇ですでに完成された作家だった。あまりに完成度が高すぎたためにかえって読者を遠ざけてしまったのではないかと思われるまでに。『ケルベロス第五の首』が発表されたときから、いやそれ以前に第一部が単独中篇としてデーモン・ナイトが編集する Orbit 10 に掲載されたときから、この小説に対する賛否はまっぷたつに割れた。すばらしい技巧を凝らした名作と評される一方で、「不必要にわかりにくい」「曖昧だ」「茫洋としてとらえどころがない」との異議もあった。だが、もちろんこの曖昧さは意図されたものである。この物語のテーマがまさに個人と歴史の曖昧さと両義性にあるからだ。

曖昧な物語について言及することは――それを言うなら翻訳すること自体――曖昧さを減じる行為である。だから本来ならばこの小説は何ひとつ情報を与えられない、白紙の状態で読みはじめるべきである。とりわけ第一部、主人公の語りに耳を傾けるうちに徐々に世界が立ちあらわれる瞬間の魔法を味わおうと思いたいなら。だが、同時にこの小説は重層的に読まれねばならない複雑な作品でもある。それを語るためにはどうしても内容に触れざるを得ない。したがってここより後の解説はあくまでも本篇読了後に読まれるべきである。解説から先に読むという妙な趣味の人は、読書の楽しみが大幅に減じる可能性があることを覚悟しておいていただきたい。

『ケルベロス第五の首』の舞台は遠未来、人類が植民した双子惑星サント・クロアとサント・アンヌである。テクノロジーは一部は現代よりはるかに進歩しているが、一部は退化して中世のような停滞した世界を作りあげている。サント・アンヌには最初の人類が訪れる以前から「アボ」と呼ばれる原住民が住んでいた。原住民はなんにでも自由に姿を変える能力を持っていたとされる。だが、彼らは人類によって滅ぼされてしまい、今はただ噂と伝承が残るのみだ。だが、その一方で一風変わった説を信じる者もいる。原住民たちは人間に滅ぼされたのではなく、逆に到着した人類を皆殺しにして彼らに取ってかわったというのだ。人間の姿を身にまとった原住民たちは、自分たちがもともと人間でなかったことも忘れてしまったという。

この共通の設定の元で三つの中篇小説が語られる。三つの中篇は独自の物語として読むことができるし、実際まったく異なる形式と文体が用いられている。第一話は少年の一人称で語られ、第二話は採集された民話であり、第三話は書かれた日誌や証言の採録のコラージュである。だが、注意深く読めば、その三つが相互に関連し、共通の登場人物とテーマによってつなぎあわされた大きな物語となっているのがわかるはずだ。三中篇に共通する最大のテーマとなっているのがアイデンティティの探求である。自分とはいったいなんなのか？　それぞれの物語の主人公はさまざまなかたちで自分のヴァリエーションと出会うことになる。クローン、コンピュータのプログラムによる人格の複製、一卵性双生児（それは天然のクローンに他ならない）。姿形と記憶が自分を作るというならば、記憶を奪われるのは自分そのものを奪われることに他ならない。そして人間の姿と記憶を身にまとって歩む異星人は（もしそれが実在するとするならば）人間とどこが違うというのだろう？　物語が進み、世界の輪郭がはっきりしてくるにつれ、それに反比例するかのように「自分」の輪郭は曖昧になってゆく。

最後まで結論が与えられないのに不満を感じる人もいるかもしれない。だが、これはもともと答えなどない問いなのである。ジーン・ウルフは我々のアイデンティティはどこまで信頼できるものなのか、と問いかけている。主人公が移ろいゆく自己の中で惑うとき、読者もまた自分の足下が不確かであることを知らなければならない。


アイデンティティとともにウルフが問いかけているのが歴史の不確かさである。歴史は記録によって、そして記憶によって作られる。これはウルフの小説にくりかえし登場する主題でもある。〈新しい太陽の書〉に登場するセヴェリアンは完全記憶の持ち主であり、自分の身に起こったことはすべて記憶している。〈新しい太陽の書〉という本自体、セヴェリアンが自分の記憶を綴ったものなのである。そしてこれをまったく逆転した兵士ラトロ・シリーズ（Soldier of the Mist, Soldier of Arete）では、主人公は記憶障害をわずらっており、わずか数日の出来事しか記憶しておくことができない。すべてを忘れないように、主人公はその日に起きたことをひとつずつ記録してゆくのだが、それがラトロの物語を作りあげる。セヴェリアンの、ラトロの歴史はすべて二人の記憶から作られている。現実は記憶の中のみで形作られる。そうマルセル・プルーストが言うように。

プルーストはウルフに最大のインスピレーションを与えた存在である。記憶と書くことについて『失われた時を求めて』ほど深く考察した小説はないからだ。『失われた時を求めて』は名前のない主人公「わたし」が記憶のままに世界を再構成してゆく物語である。だから『ケルベロス』第一話の主人公は名前を持たないのであり、物語は「わたし」が寝床に入る場面の回想からはじまるのである。ウルフはときに直接的に、あるいは間接的にプルーストの方を指し示している。それは二作品の冒頭を読み比べ、文体を比較してみればあきらかだろう。あるいは「わたし」が父の書斎で出会うピンク色の服を着た女性がいる。『失われた時を求めて』でも、主人公は幼いころに叔父の家でピンク色の服を着た美しい女性を目撃し、強い印象を受ける（その女性こそ、やがてスワンの妻となる高級娼婦オデットなのである）。そしてまた〈花咲く乙女たちのかげに〉ではじめて夢の女性アルベルチーヌに出会うとき、「わたし」がもっとも強烈に印象づけられるのはその瞳である。アルベルチーヌは緑色の目をしているのだ。

だが、本篇においてもっとも謎めいているのはタイトルそのものかもしれない。第一話の、そして全体のタイトルはもちろん、主人公「わたし」が育てられる館の前に立つ三つ首の犬の像にちなんでいる。三つ首の犬、ケルベロスは地獄の番犬であり、ギリシャ神話では冥府の青銅の門の門番であり、冥王ハデスの館を守る番犬とされている。三つの頭を持ち、尻尾は蛇になっているという。ダンテの『神曲』では地獄の第三圏に登場し、さまよえる魂をとらえて貪り食っている。ケルベロスは地獄の門の前に立ち、やってきた者に覚悟を告げる。すなわち「わたし」にとっての世界〈犬の館〉は貪欲なる者が住まう地獄への入り口なのである。

もちろん、それは〈犬の館〉の主人が何をひさいでいるかを思えば、たやすく了解されることである。そしてまた〈犬の館〉が「両世界でもっとも邪悪な都」であるポート・ミミゾンのサルタンバンク通り六百六十六番地にあることからもわかるだろう。六百六十六とは獣の数字である。ならばその番号のついた館に住む一族は悪魔そのものなのではあるまいか？

ジーン・ウルフはカソリック信者であり、その作品には深く宗教の影が落ちている。とはいえウルフはきわめて知的な人間なので（カソリック信仰自体も大人になってから神学書を学んで得たものである）、神も悪魔も単純な比喩ではない。「わたし」が悪魔だとすれば、それは人を堕落させるからではなく、彼が反進化的存在だからである。神は世界を創造した。だが、悪魔は何も創造しない。悪魔は創造する力を持たないので、神の創造物に干渉することしかできないのだ。「わたし」は人間的成長を拒み、あくまでも停滞しつづけることで悪魔的存在となるのである。悪魔は自分がなぜ神になれないのかがどうしてもわからず、いつまでも実験を繰りかえしつづける。模倣しかできないサント・アンヌの原住民（アボ）もまた、自分がなぜ人間になれないのかは決してわからぬままだろう。

『ケルベロス第五の首』にはさらに数多く、読み解かれなければならない謎とサブテクストが含まれている。さらなる深みを探究したい人は Robert Borski の web site〈Cave Canem〉(http://webpages.charter.net/rborski/) を参照されたい。ここには『ケルベロス第五の首』に関するおそらくは世界でもっとも詳細な研究がある。このページおよび〈urth.net〉(http://www.urth.net/urth/) で交わされていた議論は翻訳を大いに助けてくれた。これ抜きでは、そもそも翻訳を試みることさえできなかったろう。

作中引用はそれぞれサミュエル・テイラー・コールリッジ『対訳コウルリヂ詩集』上島建吉訳（岩波書店）、ウェルギリウス『アエネーイス』泉井久之助訳（岩波書店）、十字架の聖ヨハネ『カルメル山登攀』奥村一郎訳（ドン・ボスコ社）、カレル・チャペック『チャペックの犬と猫のお話』石川達夫訳

（河出書房新社）を参考にした。ただし、文脈に合うように適当に訳しなおしているので、ほとんど原型をとどめていないものもある。

＊

ジーン・ウルフ著作リスト（主要作品のみ／〈　〉内はシリーズ名）

1　Operation ARES（1970）
2　The Fifth Head of Cerberus（1972）『ケルベロス第五の首』※本書
3　Peace（1975）
4　The Devil in a Forest（1976）
5　The Island of Doctor Death and Other Stories and Other Stories（1980）（短篇集）『デス博士の島その他の物語』浅倉久志・伊藤典夫・柳下毅一郎訳（国書刊行会）※14篇のうち「デス博士の島その他の物語」「アイランド博士の死」「死の島の博士」「アメリカの七夜」「眼閃の奇蹟」の5篇と12・Wolfe Archipelagoの「まえがき」を収録
6　The Shadow of the Torturer（1980）〈新しい太陽の書 The Book of the New Sun〉『拷問者の影』岡部宏之訳（早川書房）
7　The Claw of the Conciliator（1981）〈新しい太陽の書〉『調停者の鉤爪』岡部宏之訳（早川書房）
8　The Sword of the Lictor（1981）〈新しい太陽の書〉『警士の剣』岡部宏之訳（早川書房）

9 Gene Wolfe's Book of Days（1981）（短篇集）※国書刊行会近刊予定
10 The Citadel of the Autarch（1982）〈新しい太陽の書〉『独裁者の城塞』岡部宏之訳（早川書房）
11 The Castle of the Otter（1982）（〈新しい太陽の書〉に関するエッセイ）
12 Wolfe Archipelago（1983）（短篇集）
13 Plan(e)t Engineering（1984）（短篇集）
14 Free Live Free（1985）
15 Soldier of the Mist（1986）〈Latro〉
16 The Urth of the New Sun（1987）〈新しい太陽の書〉※早川書房近刊予定
17 There Are Doors（1988）
18 Storeys from the Old Hotel（1988）（短篇集）
19 Endangered Species（1989）（短篇集）
20 Soldier of Arete（1989）〈Latro〉
21 Castleview（1990）
22 Pandora by Holly Hollander（1990）
23 Letters Home（1991）（書簡集）
24 Castle of Days（1992）（9と11の合本）
25 Young Wolfe（1992）（短篇集）
26 Nightside the Long Sun（1993）〈Book of the Long Sun〉
27 Lake of the Long Sun（1993）〈Book of the Long Sun〉

28 Caldé of the Long Sun (1994)〈Book of the Long Sun〉
29 Exodus from the Long Sun (1996)〈Book of the Long Sun〉
30 On Blue's Waters (1999)〈Book of the Short Sun〉
31 Strange Travelers (1999)（短篇集）
32 In Green's Jungles (2000)〈Book of the Short Sun〉
33 Return to the Whorl (2001)〈Book of the Short Sun〉
34 A Walking Tour of the Shambles (2002)（Neil Gaiman と共著）
35 The Knight (2004)〈The Wizard Knight〉※国書刊行会近刊予定
36 The Wizard (2004)〈The Wizard Knight〉※国書刊行会近刊予定
37 Innocents Aboard : New Fantasy Stories (2004)（短篇集）
38 Starwater Strains (2005)（短篇集）
39 Soldier of Sidon (2006)〈Latro〉

著者　ジーン・ウルフ　Gene Wolfe
1931年，アメリカ・ニューヨーク生まれ。兵役に従事後，ヒューストン大学の機械工学科を卒業。1972年から〈Plant Engineering〉誌の編集に携わり，1984年にフルタイムの作家業に専心するまで勤務。1965年，短篇“The Dead Men”でデビュー。以後「デス博士の島その他の物語」(1970)，「眼閃の奇蹟」(1976)，「アメリカの七夜」(1978) などの傑作中短篇を次々と発表，70年代最重要・最高のSF作家として活躍する。その華麗な文体，完璧に構築され尽くした物語構成は定評がある。80年代に入り〈新しい太陽の書〉シリーズ (全四部作) を発表，80年代において最も重要なSFファンタジイと賞される。現在まで20冊を越える長篇・10冊以上の短篇集を刊行している。

訳者　柳下毅一郎（やなした　きいちろう）
1963年生まれ。東京大学工学部卒。英米文学翻訳家・映画評論家。著書に『愛は死より冷たい』(洋泉社)，『興行師たちの映画史』(青土社)，『シー・ユー・ネクスト・サタデイ』(ぴあ) など。訳書に『クラッシュ』(J・G・バラード／ペヨトル工房)，『地球礁』(R・A・ラファティ／河出書房新社)，『遊星よりの昆虫軍X』(ジョン・スラデック／早川書房)，『悪趣味映画作法』(ジョン・ウォーターズ／青土社) など多数。

ケルベロス第五《だいご》の首《くび》

2004年 7月20日初版第1刷発行
2021年 7月 5 日初版第5刷発行

著者　ジーン・ウルフ
訳者　柳下毅一郎
発行者　佐藤今朝夫
発行所　株式会社国書刊行会
〒174-0056　東京都板橋区志村1-13-15
電話03-5970-7421　ファックス03-5970-7427
http://www.kokusho.co.jp
印刷所　明和印刷株式会社
製本所　株式会社ブックアート

ISBN 978-4-336-04566-9
落丁・乱丁本はお取り替えします。

歌の翼に トマス・M・ディッシュ／友枝康子訳 426頁　2520円（2400円）	近未来アメリカ、少年は歌によって飛翔するためにあらゆる試練をのりこえて歌手を目指す……鬼才ディッシュの半自伝的長篇にして伝説的名作がついに復活。サンリオSF文庫版を全面改訳した決定版！　05116-5
ダールグレン　I・II サミュエル・R・ディレイニー／大久保譲訳 492頁／544頁　3360円（3200円）／3570円（3400円）	都市ベローナに何が起こったのか……廃墟となった世界を跋扈する異形の集団、永遠に続く夜と霧。記憶のない〈青年〉キッドは迷宮都市をさまよい続ける。「20世紀SFの金字塔」が遂に登場。　04741-0/04742-7
奇跡なす者たち ジャック・ヴァンス／浅倉久志編訳 448頁　2625円（2500円）	独特のユーモアで彩られた、魅力あふれる異郷描写で熱狂的なファンを持つ巨匠ヴァンスのベスト・コレクション。表題作の他、ヒューゴー、ネビュラ両賞受賞の「最後の城」、名作「月の蛾」など全8篇。　05319-0
古代の遺物 ジョン・クロウリー／浅倉久志・大森　望・畔柳和代・柴田元幸訳 近刊	ファンタジー、SF、幻想文学といったジャンルを超えて活動する著者の日本オリジナルの第2短篇集。ノスタルジックな中篇「シェイクスピアのヒロインたちの少女時代」他、バラエティに富んだ作品を収録。　05321-3
第四の館 R・A・ラファティ／柳下毅一郎訳 近刊	単純な青年フォーリーは世の中を牛耳る〈収穫者〉たちに操られながら四つの勢力が争う世界で奇妙な謎に出会っていく――世界最高のSF作家によるネビュラ賞候補、奇想天外の初期傑作長篇。　05322-0
愛なんてセックスの書き間違い ハーラン・エリスン／若島　正編訳／渡辺佐智江訳 近刊	『世界の中心で愛を叫んだけもの』で知られるカリスマ作家による非SF作品／クライム・ストーリーを集めた全篇本邦初訳の短篇集。独特のテンションと感性がきらりと光るスピード感溢れるクールな傑作群。　05323-7
ジーン・ウルフの記念日の本 ジーン・ウルフ／酒井昭伸・宮脇孝雄・柳下毅一郎訳 近刊	〈言葉の魔術師〉ウルフによる1981年刊行の第2短篇集。18の短篇をリンカーン誕生日から大晦日までのアメリカの祝日にちなんで並べた構成で、ウルフ作品の初期名作コレクションとして名高い。　05320-6
ドリフトグラス サミュエル・R・ディレイニー／浅倉久志・伊藤典夫・酒井昭伸・深町眞理子訳 近刊	過去の作品集の収録された作品に未訳2篇を合わせた決定版短篇コレクション。新訳「エンパイア・スター」、ヒューゴー、ネビュラ両賞受賞「時は準宝石の螺旋のように」「スター・ピット」など全17篇。　05324-4
アンソロジー〈未来の文学〉 **海の鎖** ガードナー・ドゾワ他／伊藤典夫編訳 近刊	〈異邦の宇宙船が舞い降り、何かが起こる…少年トミーだけが気付いていた〉ガードナー・ドゾワによる破滅SFの傑作中篇である表題作を中心に伊藤典夫が選び抜いた珠玉のアンソロジー。　05325-1

＊

お日さま　お月さま　お星さま カート・ヴォネガット＆アイヴァン・チャマイエフ／浅倉久志訳 A4変型・上製　64頁　2310円（2200円）	ヴォネガットの数少ない未訳作品にして唯一の絵本の邦訳。アメリカ・デザイン界の重鎮チャマイエフの美しいグラフィックに彩られた、無神論者ヴォネガットによるクリスマス絵本。　05162-2
ぼくがカンガルーに出会ったころ 浅倉久志 四六変型・上製　390頁　2520円（2400円）	SF翻訳の第一人者浅倉久志、初のエッセイ集。SF・翻訳に関するコラムの他、訳者あとがき・解説、さらには膨大な翻訳作品リストも収録（単行本・雑誌発表短篇全リストなど）。装幀：和田誠　04776-2

未来の文学

失われたSFを求めて――60〜70年代の幻の傑作SF、その中でも本邦初紹介の作品を中心に厳選したSFファン待望の夢のコレクション。
「新たな読者の視線を浴びるとき、幻の傑作たちはもはや幻ではなくなり、真の〈未来の文学〉として生まれ変わるだろう」(若島正)

四六変型・上製

ケルベロス第五の首

ジーン・ウルフ/柳下毅一郎訳
334頁 2520円(2400円)

宇宙の果ての双子惑星を舞台に〈名士の館に生まれた少年の物語〉〈人類学者が採集した惑星の民話〉〈尋問を受け続ける囚人の記録〉の三つの中篇が複雑に交錯する、壮麗なゴシックミステリSF。 04566-9

エンベディング

イアン・ワトスン/山形浩生訳
356頁 2520円(2400円)

人工言語を研究する英国人と、ドラッグによるトランス状態で生まれる未知の言語を持つ部族を調査する民族学者、そして地球人の言語構造を求める異星人。言語と世界認識の変革を力強く描くワトスンの処女作。 04567-6

アジアの岸辺

トマス・M・ディッシュ/若島　正編訳
浅倉・伊藤・大久保・林・渡辺訳
366頁 2625円(2500円)

特異な知的洞察力で常に人間の暗部をえぐりだす稀代のストーリーテラー:ディッシュ、本邦初の短篇ベスト。傑作「リスの檻」の他、「降りる」「話にならない男」など日本オリジナル編集でおくる全13篇。 04569-0

ヴィーナス・プラスX

シオドア・スタージョン/大久保譲訳
310頁 2310円(2200円)

ある日突然、男は住む人間すべてが両性具有の世界にトランスポートされる……独自のテーマとリリシズム溢れる文章で異色の世界を築いたスタージョンによる幻のジェンダー/ユートピアSF。 04568-3

宇宙舟歌

R・A・ラファティ/柳下毅一郎訳
246頁 2205円(2100円)

偉大なる〈ほら話〉の語り手:R・A・ラファティによる最初期の長篇作。異星をめぐりながら次々と奇怪な冒険をくりひろげる宇宙版『オデュッセイア』。どす黒いユーモアが炸裂する奇妙奇天烈な世界。 04570-6

デス博士の島その他の物語

ジーン・ウルフ/浅倉久志・伊藤典夫・柳下毅一郎訳
418頁 2520円(2400円)

〈もっとも重要なSF作家〉ジーン・ウルフ、本邦初の中短篇集。孤独な少年が読んでいる物語の登場人物と現実世界で出会う表題作他、華麗な技巧と語りを凝縮した全5篇+限定本に付されたまえがきを収録。 04736-6

アンソロジー〈未来の文学〉
グラックの卵

H・ジェイコブズ他/浅倉久志編訳
368頁 2520円(2400円)

奇想・ユーモアSFを溺愛する浅倉久志がセレクトした傑作選。伝説の究極的ナンセンスSF、ボンド「見よ、かの巨鳥を!」他、スラデック、カットナー、テン、スタントンの抱腹絶倒作が勢揃い! 04738-0

アンソロジー〈未来の文学〉
ベータ2のバラッド

サミュエル・R・ディレイニー他/若島　正編
368頁 2520円(2400円)

〈ニュー・ウェーヴSF〉の知られざる中篇作を若島正選で集成。ディレイニーの幻の表題作、エリスンの代表作「プリティ・マギー・マネーアイズ」他、ロバーツ、ベイリー、カウパーの傑作全6篇収録。 04739-7

ゴーレム100

アルフレッド・ベスター/渡辺佐智江訳
504頁 2625円(2500円)

ベスター、最強にして最狂の伝説的長篇。未来都市で召喚された新種の悪魔ゴーレム100をめぐる魂と人類の生存をかけた死闘――軽妙な語り口とタイポグラフィ遊戯が渾然一体となったベスターズ・ベスト! 04737-3

限りなき夏

クリストファー・プリースト/古沢嘉通編訳
408頁 2520円(2400円)

『奇術師』のプリースト、本邦初のベスト・コレクション(日本オリジナル編集)。連作〈ドリーム・アーキペラゴ〉シリーズを中心に、デビュー作「逃走」他、代表作全8篇を集成。書き下ろし序文も収録。 04740-3

＊ISBNコードは先頭に978-4-336をつけて下さい

スタニスワフ・レム・コレクション
全6巻

スタニスワフ・レム
四六変型・上製

人間と地球外存在との遭遇をテーマに世界のSFの新たな地平を切り開いたポーランドの作家スタニスワフ・レム。サイバネティクス、量子力学から、進化論や言語学などの最先端の理論をふまえて構想され、SFのみならず、現代文学のあり方を模索しながら数々の傑作を世に問うてきた作家の代表作を集成し、その全貌に迫るファン待望の作品集。

ソラリス
沼野充義訳
369頁　2520円（2400円）

ほぼ全域を海に覆われた惑星ソラリス。その謎を解明すべくステーションに乗り込んだ心理学者ケルビンのもとに今は亡き恋人ハリーが現れる……。「生きている海」をめぐって人間存在の極限を描く傑作。　04501-0

大失敗
久山宏一訳
448頁　2940円（2800円）

任務に失敗し自らをガラス固化した飛行士パルヴィスは、22世紀に蘇生して太陽系外惑星との遭遇任務に再び志願する。不可避の大失敗を予感しつつ新たな出発をする「人間」を神話的に捉えた最後の長篇。　04502-7

天の声・枯草熱
沼野充義・深見　弾・吉上昭三訳
409頁　2940円（2800円）

偶然受信された宇宙からのメッセージは何を意味するのか。学者たちの論議をたどりながら認識の不可能性を問う『天の声』と、ナポリで起きた連続怪死事件をめぐる確率論的ミステリー『枯草熱』。　04503-4

変身病棟・挑発
関口時正・長谷見一雄訳
近刊

ナチス占領下の精神病院を舞台に、患者を守る無謀な試みに命を賭す青年医師の姿を描いたレムの長篇処女作のほか、ナチスによるユダヤ人大虐殺を扱った架空の歴史書の書評『挑発』、『一分間』など5篇を収録。　04504-1

短篇ベスト10
沼野充義・関口時正・芝田文乃・久山宏一訳
近刊

ポーランドで刊行されたベスト短篇集をもとに、『ロボット物語』や泰平ヨンものから「三人の電騎士」「マスク」「テルミヌス」「ドンダ教授」「泰平ヨン第21回の旅」など10篇を集成した新訳アンソロジー。　04505-8

高い城・文学エッセイ
沼野充義・巽　孝之・芝田文乃他訳
443頁　2940円（2800円）

第二次大戦直前のルヴフで暮らした少年時代を、情感豊かに綴った自伝に、ディック、ウェルズ、ドストエフスキー、ボルヘス、ナボコフといった作家論や、『SFと未来学』からの抄訳を収める。　04506-5

＊

スターメイカー（新装版）
オラフ・ステープルドン／浜口　稔訳
四六判・上製　390頁　2730円（2600円）

想像力の飛翔により肉体の束縛を逃れた主人公は、地球を脱出し、時空を超え、太陽系の彼方、銀河の果てへと飛びたつ。宇宙の誕生からあらゆる銀河の滅亡までを壮大なスケールで描く幻想の宇宙誌。　04621-5

最後にして最初の人類
オラフ・ステープルドン／浜口　稔訳
四六判・上製　397頁　2940円（2800円）

世界終末戦争、火星人との闘争を経て、進化の階梯を登り始めた人類は地球を脱出。金星や海王星に移住するが、ついに太陽系最後の日が……20億年に及ぶ人類の未来史を神話的な想像力で描いた伝説的作品。　04538-6

ライト
M・ジョン・ハリスン／小野田和子訳
四六変型・上製　448頁　2625円（2500円）

めくるめく奇想と量子力学が織りなす究極のエクストラヴァガンザ――英国SFの巨匠によるポストモダン・ニュー・スペースオペラ降臨。ニール・ゲイマン、アレステア・レナルズ推薦！　05026-7